Née le 21 novembre 1967 à Paris, **Alice Ferney** a fait des études de commerce à l'ESSEC et a obtenu un doctorat en sciences économiques. En 1987, elle se lance dans l'écriture, s'inscrivant dans le courant du roman classique. Ses thèmes de prédilection sont la féminité, la différence des sexes, la maternité, le sentiment amoureux. Mariée et mère de trois enfants, elle conjugue sa vie de professeur à l'université d'Orléans et de romancière confirmée avec sa vie de famille. En 1997, *Grâce et Dénuement* obtient le prix Culture et bibliothèques pour tous. Elle est également l'auteur de *Le ventre de la fée* (1993), *L'élégance des veuves* (1995) et *La conversation amoureuse* (2000).

Les autres

Du même auteur
aux Éditions J'ai lu

GRÂCE ET DÉNUEMENT
N° 5585

L'ÉLÉGANCE DES VEUVES
N° 5740

LA CONVERSATION AMOUREUSE
N° 6880

DANS LA GUERRE
N° 8098

Alice

FERNEY

Les autres

ROMAN

J'ai lu

À un autre, quand il me donne sa main et me demande la mienne.

La pensée que je n'étais pas pour autrui tel que je me l'étais figuré jusqu'alors me devint une vraie obsession.

Luigi PIRANDELLO,
Un, personne et cent mille.

PERSONNAGES

Une famille

Nina, la grand-mère maternelle
Moussia, la mère
Luc, le gendre et père
Niels, le fils aîné
Théo, le fils cadet

Des amis

Estelle, fiancée de Théo
Claude Mauval, meilleur ami de Niels
Fleur Giaspini, fiancée de Claude Mauval
Marina Dastre, amie d'enfance de Théo
Arthur, un petit garçon, fils de Marina

Première partie

CHOSES PENSÉES

FLEUR

Claude et moi nous marchons sur des graviers en direction de la porte-fenêtre où une lampe fait un halo de lumière. Je sais que ma façon de me tourner vers lui révèle une adoration exagérée qui étonne. C'est un effet de ma volonté : je m'efforce vraiment d'aimer. Je lui demande : Tu es souvent venu ici n'est-ce pas ? Sa réponse se perd dans le bruit que font nos pas. Crr crr crr. J'aperçois Théo qui bavarde avec Estelle en lui prêtant sa cigarette. Ils sont si concentrés l'un sur l'autre qu'ils ne nous ont pas encore vus. Des bandes de fumée s'élargissent, s'estompent puis se dissipent au-dessus de Théo. L'air a la fraîcheur que font ensemble la nuit et le vent. Je me dis : Quelle chance merveilleuse d'habiter une maison, en un temps où s'élèvent des immeubles qui ressemblent à des prisons ! Le jardin compose un écrin de touffeur autour des murs. Je n'entends pas une voiture. Je dis : Regarde ! il y a même un cerisier ! Moussia prétend qu'il croule chaque année sous les fruits. Claude sait déjà tout cela. Nous sommes invités quand nous le voulons à venir en manger, me dit-il. Je demande : Moussia est très accueillante ? Très, dit Claude, elle a toujours le sourire même lorsqu'on la sollicite à l'improviste. Tu l'as déjà remarqué quand même ? Il faut que je dise oui. Je dis : Oui, j'ai remarqué.

Voilà une chose qui me déplaît dans la vie à deux, on dirait que l'on perd le droit de ne pas apprécier une personne sous prétexte qu'elle plaît beaucoup à l'autre.

Je trouve que pour son âge Moussia est une très belle femme. Elle porte de grandes jupes de velours qui lui vont à merveille. Jamais je ne l'ai vue habillée autrement : pas de pantalon, toujours de la longueur. Et de la grâce. J'aimerais lui plaire. On ne sait pas pourquoi quelquefois on désire tellement être apprécié. J'essaie d'être souriante et polie. Quand je dis que la maison est merveilleuse, je suis sincère. Ils ont toujours l'air étonné de mes compliments, Niels, Théo, Moussia : même si l'on connaît sa chance, on finit par s'y habituer et on la perd de vue. C'est une étrange famille. Je me demande si Moussia et Théo apprécient Claude autant qu'ils en ont l'air. Il est surtout l'ami de Niels.

Qu'est-ce que tu fabriques ? Viens ! Claude est impatient. Le ciel, la terre et la nuit se confondent en une pénombre qui nous habille, une sorte de poussière brune que j'effleure, un halo de silence. Dans l'obscurité, je vois la silhouette noire du marronnier géant planté à l'extrémité de la pelouse. L'herbe est humide, le froid monte de la terre, un coup de vent me glace puis retombe, mes cheveux se libèrent de l'ordre que j'y avais mis. Je pourrais rire toute seule dans cette bourrasque, ou pleurer, ou crier. Je me sens si vivante : une flamme qu'on ne souffle pas. C'est fou comme la souffrance aiguise la sensation d'exister. Voilà ce que m'inspire la nuit sur le jardin. Je n'en dis pas un mot, je retiens l'expression en moi, je ne sais pas me commettre dans cette sincérité. Comme on se tient sagement ! L'estampille de la raison contrecarre nos fantaisies, nos élans se brisent, eux qui pourtant ne sont pas folie mais gaieté. Qu'est-ce que tu fais encore ? dit Claude dans un rire. Je suis debout dans le vent. Claude glisse sa main dans la mienne et sa bouche souffle dans mon cou, juste derrière l'oreille, pour poser un baiser sensuel, un effleurement qui me fait tressaillir. Je suis aimée, j'ai besoin de cette tendresse pour accepter d'être touchée. Je ris, je lève mes bras en l'air et les agite, comme des algues dans l'eau. Je sais très bien sourire et rire. Voilà pourquoi je suis sûre d'une chose : Claude ignore à quel point je suis blessée et empoisonnée pour la vie.

Ah ! voilà Claude, dit Moussia, et Fleur !

Je la regarde, j'aperçois quelque chose de nouveau en elle, comme une tache qui viendrait d'apparaître : sa bouche forme un sourire, mais moi je vois que ses yeux sont loin de ce sourire. Elle appelle ses fils : Théo ! Niels ! Et elle dit : Claude et Fleur sont arrivés.

THÉO

Je suis né à 18 h 18, un dimanche, à la clinique Roseraie, il y a de cela vingt ans, jour pour jour. Maman vient de le rappeler. Maman se souvient de tout ce qui concerne ses enfants. Elle a consigné dans un carnet nos émois et nos rébellions. Elle sait ce que la vie a fait pour elle à travers nous. C'est une mère russe : l'âme artiste et le cœur passionné. Je mesurais cinquante et un centimètres. Je pesais trois kilos cinq cent cinquante, ce qui est le poids de naissance moyen chez les garçons en France. Poids moyen, c'était un mauvais départ ! Mon frère Niels, lui, dépassait les cinq kilos. Par sa faute, j'aurais pu perdre ma génitrice et ma naissance. Mais maman a survécu à l'enfantement de ce dinosaure. Maintenant que grand-mère va nous quitter, maman appréhende davantage notre départ. C'était une chance ses deux fils auprès d'elle, cette maison pleine pendant si longtemps. Cette maison qui nous porte, depuis le jour où Nina a mis maman au monde dans la chambre bleue.

NIELS

Je ne cherche pas à me rendre sympathique. J'impose ma volonté, mieux que la plupart des gens, je sais ce que je veux. Et lorsque je désire quelque chose, posséder, faire, connaître, je n'ai ni doute sur cet appétit, ni hésitation sur mon action. J'agis dans le sens de ma satisfaction. Cela fait de moi ce que les autres appellent, selon la complexité de leur vocabulaire : un égoïste, un salaud, un enfant gâté, un prédateur, un tueur. Pourquoi cela me fait-il sourire ? Parce que je crois tout le monde pétri dans cette même matière avide, mais certains sont plus hypocrites que moi.

ESTELLE

Je vais entrer dans cette famille et j'aime cette maison. C'est une maison ouverte, qui vous avale, vous accueille et vous installe au coin de son feu. On entre, on sort, on est dedans, dehors, en un instant. Je planterai mes racines dans ce jardin. Il renferme tout l'accomplissement d'une famille.

Voilà l'image qu'aujourd'hui j'ai de moi : je suis un arbre. Un jour, je l'ai dit résolument : je suis un arbre, sédentaire par nature, enracinée par l'écheveau de mes affections, incapable de quitter le premier monde qui me fut donné, condamnée à rester, plantée, mais pour autant féconde et tutélaire, propulsant vers le ciel cent branches portant bourgeons, dans un mouvement de respiration continue, dans la joie de désirer, avec une énergie si immense et vorace que je la cache pour ne pas être effrayante. Une épouse, je crois, fait mieux de charmer que d'impressionner. Sans vanité, je ferai des enfants et une œuvre ! Je l'ai su au-dedans : j'ai la densité palpitante d'un feuillage. Théo me dit : Tu es une fleur. Je veux bien être sa fleur. N'aie pas peur, toi que j'aime, je ne suis pas une fleur fragile. Ma force ne faiblira pas, et pas davantage mon amour.

MARINA

Je suis arrivée la première, tenant par la main Arthur qui hurlait parce qu'il réclamait mes bras. Il ne veut jamais marcher. Pour une fois je n'ai pas cédé. J'étais trop fatiguée et il pèse maintenant près de vingt kilos. Il trépignait comme un enfant sauvage, un petit débile qu'on ne peut éduquer. Il se roulait dans les graviers et criait encore plus fort à cause du mal que ça lui faisait. Ce vacarme s'envolait dans l'air au-dessus du jardin. Pas une oreille pour entendre cette comédie. Personne pour penser : Le fils de Marina est très capricieux, c'est normal il n'a pas de père. J'ai frappé trois coups légers contre la porte. Personne ne venait. Alors j'ai recommencé en disant à Arthur de taper avec moi. Il s'est arrêté de pleurer et s'est mis à rire. Nous tapions tous les deux de plus en plus fort. Les enfants passent du rire aux larmes en un instant. Je crois que nous sommes pareils à eux, mais nous imaginons devoir aux autres des explications. Quand Moussia a ouvert la porte, elle s'est agenouillée pour attraper Arthur et le faire sauter en l'air. Elle le fait chaque fois que nous venons et ce spectacle me cause plaisir et souffrance. Nous sommes entrés au chaud, des bûches craquaient dans la cheminée, le salon faisait une bulle de lumière orangée. Mon cœur s'est serré d'un seul coup à ce spectacle. Ici, c'est un peu ma maison. Je pourrais le croire et m'y habituer si Niels n'était pas là toujours à me jeter dehors. Il ne supporte pas les enfants. Et j'ai dû laisser passer son orage : Que va faire ton gosse toute la soirée ? Pourquoi l'as-tu amené ?

Niels ignore qu'il parle de son propre fils. Et Moussia serre dans ses bras son petit-fils sans rien deviner. Je suis désespérée : il n'y a donc aucune magie en nous, aucun don pour voir derrière les façades, pour deviner, pressentir ? Et voilà ! La vie est plate et matérielle, l'invisible n'a pas d'existence, et moi je détiens un secret qui m'affermit et m'immole tour à tour. En est-il forcément ainsi ? Je n'avais pas à espérer de Niels qu'il devinât. Le plus simple n'était-il pas de le lui dire ? Pourquoi ai-je évité le plus simple ? En va-t-il toujours de cette manière et quel tort ai-je eu véritablement ? Est-ce par nos propres actions que nous nous faisons le plus de mal ?

Viendrai-je un jour à bout des questions que je me pose depuis que je suis mère ?

MOUSSIA

Luc passe de moins en moins souvent à la maison. Ce n'est pas un divorce entre nous, aucun juge ne s'est mêlé de nos affaires, mais c'est bel et bien une séparation de corps. Je voudrais qu'il soit là ce soir. A-t-il donc oublié jusqu'à l'anniversaire de ses fils ? Je sais qu'il n'a pas été heureux d'être marié, il ne s'en est même jamais réjoui. Je veux dire de rentrer le soir dans une ambiance conjugale ou familiale, de raconter sa journée – Dieu sait qu'il ne voulait rien raconter –, d'avoir alors l'impression d'être surveillé, ou contredit, ou désapprouvé. Et puis bien sûr de partager une même maison et de devoir (un tant soit peu) prendre garde à la vie des autres. J'ai aimé un homme qui se tenait dans les nuages et j'ai voulu le ramener sur la terre. Mais comment la terre serait-elle plus attirante que le ciel ?

Ah ! justement le voilà !

MARINA

Caractère : nom masculin. Manière habituelle de réagir, propre à chaque personne. Et juste en dessous : *Personnes susceptibles s'abstenir*. Voilà ce qui était écrit en gros sur le couvercle. Ce jeu a reçu une récompense au Festival international des nouveaux jeux de société. Je ne m'arrête pas à ce détail positif, j'imagine le chambardement qu'il peut susciter dans notre groupe. Un jeu de miroir tient nos relations dans le monde des ombres et des reflets. Personnages et Caractères propose d'éclairer cet imbroglio. Mais justement, faut-il faire la lumière ? Je suis de l'avis de Fleur : c'est prendre des risques. Théo lit la règle du jeu avec un sérieux d'enfant. On dirait que lire à voix haute le protège de comprendre ce qu'il annonce. Et Niels s'amuse, se frotte les mains, il assistera en direct à une expérience psychologique. C'est bien digne de lui d'avoir offert ce cadeau. J'éprouve ce soir une haine tragique envers Niels. Pourquoi tragique ? Est-ce que j'exagère d'employer ce mot ? Non, il y a de la tragédie dans ma vie, Niels est le père de mon fils. Je ne peux l'oublier. L'amour perdu ne lie pas autant un homme et une femme que l'enfant qu'ils ont fait ensemble.

Les enfants rapprochent à jamais leurs parents. Comment Niels aurait-il pu ne pas songer qu'Arthur était de lui ? Cette pensée l'a forcément traversé. Et s'il l'a repoussée d'un revers d'inattention hors de ses songeries, c'est qu'il ne veut pas récupérer la mère en même temps qu'il découvre le fils. Je ne vois pas d'autre raison.

MOUSSIA

Je n'ai rien dit, mais j'ai pensé : Qui a eu cette idée saugrenue de lui offrir un jeu ? Comme si tout le monde ne savait pas que pour Théo jouer c'est perdre son temps ! Mon fils ne veut pas faire de la vie un brouhaha de fête, une ivresse ou un perpétuel divertissement ; il ne souhaite pas *s'occuper*, passer le temps, il veut travailler, produire, et méditer aussi. Il espère se sentir avancer vers un état plus parfait de lui-même.

Quand il a ouvert le paquet, Théo a eu un sourire doux. Était-ce de l'indulgence pour Niels ? S'il a fait semblant d'être content, c'était avec naturel, aucun des fards de la politesse ne se voyait sur son visage.

Maintenant nous allons faire une partie, et je n'en ai pas la moindre envie. Je suis bien trop malheureuse pour jouer. Je voudrais m'allonger dans le noir de ma pensée, me serrer dans les draps, n'avoir rien à dire à personne, aucun sourire à composer. Je voudrais réfléchir. Me recueillir, m'appesantir, reprendre au pas à pas de l'attention tout ce qui est passé et ne reviendra plus, ce qui m'a faite telle que je suis aujourd'hui. Puis j'imaginerai ce qui va venir, demain, après-demain, et tout au bout du sort. Je veux faire une pause. Si j'étais seule, je sais quelle soirée je goûterais : rêveries et souvenirs, larmes et apitoiements, inventaires et résolutions. Je m'installerais au lit avec les albums de photographies. Ce serait une belle idiotie. Mais j'ai si peur ! On dirait que je réalise seulement aujourd'hui comment il est possible de gâcher, de rater, comment peut s'éteindre en soi tout le poudroiement de lumière et disparaître le sentiment même de son cœur dans la vie. On peut passer là sur ce chemin pour des prunes.

Je ne vais pas déjà capituler. Il suffit que je pense à Nina : au nez et à la barbe de l'âge, elle a su rire et se rassasier. Ma mère ! N'aurait-elle pas gardé pour elle toute sa force, ne me transmettant que la faiblesse ?

Comme Estelle et Théo sont beaux. L'amour ne les enivre pas, il les apaise. Je demande : Est-ce que je peux mettre de la musique ? Et puisque je suis chez moi, sans attendre la réponse, je m'éclipse un instant pour choisir un disque. Voilà une pause : simplement ne pas être regardée. Se soustraire à tous les yeux du monde. Ne plus craindre qu'ils lisent en vous votre souffrance du jour. Je n'aime pas être au milieu des autres lorsque je souffre. Être au milieu des autres, quelle illusion. On n'imagine jamais assez loin à quel point on est seul à vivre sa vie.

Que m'a dit exactement le Dr Hervé cet aprèsmidi ? Je ne peux déjà plus me rappeler ses mots exacts. Je voudrais ne les avoir jamais entendus. Tant que l'on est intact, on contemple les blessures des autres, peiné pour eux, se croyant éternellement miraculé et rendant grâce pour cela, alors que le sursis prendra fin, par construction. Aujourd'hui ce sont les autres qui sont heureux au salon.

Ils m'appellent. Moussia ! Vous n'allez rien comprendre au jeu ! J'en suis certaine. Comment se concentrer sur une futilité alors qu'un événement grave est venu canarder votre existence ?

Je crie : J'arrive !

Toute l'ardeur en moi a été pillée en deux révélations. Votre mère doit être hospitalisée en soins palliatifs. Vous avez une petite boule au sein. Il va falloir aller regarder ça de plus près. Est-ce que j'ai fabriqué une boule au sein parce que ma mère va mourir ? Oui, je le crois. Je l'ai façonnée comme mon malheur. Suis-je incapable de devenir, comme toute femme de bientôt soixante ans, une orpheline ? Oui.

THÉO

Pourquoi m'ont-ils offert un jeu ? Niels a-t-il une idée derrière la tête ? Nous sommes bien obligés d'y jouer. Je ne sais pas pourquoi, j'ai ce soir envie de faire plaisir à mon frère.

NINA

Cette part de gâteau qu'ils m'ont apportée est énorme. Dans ma jeunesse, je n'ai pas eu à manger et voilà que je n'ai rien à faire que manger ! Être une vieille dame dont on n'attend plus que les sourires a quelque chose de grotesque. Moussia est adorable avec moi. Sait-elle déjà que son deuil approche ? Elle sera seule pour passer au travers de l'épreuve, orpheline transpercée, sans le secours d'une fratrie pareillement attristée. J'ai encore à vivre ma propre mort et je serai seule aussi. Nous croyons que la vie se partage, que nous nous tenons les uns les autres par les fils entrelacés de l'amour, et je sais mieux que Dieu à quel point une part de nous-mêmes reste inaccessible à tous les autres. Laquelle ? Celle qui respire, celle qui entend le sang battre dans les tempes, qui affronte la solitude du corps, la joie simple de se sentir vaillant, la passion d'amour, la maladie, la peur de mourir : celle qui se désempare. Moussia refuse d'entendre cela, elle veut croire à une communion des cœurs qu'elle n'a pas connue depuis longtemps. Mais je n'ai pas cédé, j'ai dit ce que j'avais à dire.

MOUSSIA

J'ai pleuré tout à l'heure dans la voiture en pensant à cette petite boule. Ce n'était pas elle qui provoquait mes larmes, c'était penser aux mains de Luc autrefois sur mes seins. Je dis le mot *autrefois* et cela m'émerveille. Ma vie est assez longue pour contenir un autrefois, un temps ancien et révolu, une architecture de moments qui n'a plus cours. Autrefois j'ai fait face au désir d'un homme. Ma mère aussi, qui est en train de mourir… Je pleure parce que la loi des séries vient se vérifier dans ma vie : tous les départs en même temps.

THÉO

Pourquoi n'ai-je pas proposé à Nina de descendre avec nous ? Elle avait l'air absente et digne ce soir dans son lit. Mais j'interprète les apparences. Nina ne laisse jamais paraître ses sentiments ou ses désirs. Elle n'a rien dit quand le médecin lui a parlé de soins palliatifs. Elle ne s'est pas plainte une seule fois de quitter sa maison. Avec sérénité elle a longtemps répété qu'elle choisirait le moment de sa mort, maintenant elle n'en parle plus. Nina n'est pas indestructible mais n'a cessé de nous faire croire qu'elle l'était. Tel fut le principe de sa relation aux autres : taire son souci, oublier d'être vulnérable et toujours se montrer solide. Nina va quitter la maison dans laquelle elle a passé cinquante années et elle ne dit rien. Personne ne sait ce qu'elle pense. Au vrai, quelle que soit sa peine, elle nous l'épargne. Cela ne veut pas dire que la souffrance n'existe pas, mais Nina ne lui donne jamais de mots, pas le moindre. Elle appartient à cette génération qui, la dernière, put croire que le silence est salvateur, que l'on éteint la brûlure en la taisant. Petit garçon, je percevais déjà quelle exception cela faisait.

MARINA

Ce jeu énerve Niels comme la neige, en les rendant fous de joie, énerve les chiens. Pour quelle raison est-il dans une telle jubilation ? L'asymétrie de l'information ? Savoir quand les autres ne savent rien ? Connaître d'emblée ce qu'ils découvriront ? Être le spectateur averti de leur découverte ?

Et c'est l'anniversaire de son frère ! Il s'en moque, il ne pense qu'à faire sa partie. Que cherche-t-il ? Personne ne le sait. Peut-être pas même lui. D'ailleurs il a beaucoup trop bu pendant le dîner pour savoir encore ce qu'il dit. La première euphorie de l'alcool le soulève comme un petit vent sur un lac. Moi aussi je suis grise… Personne ne s'aperçoit de rien ! La violence de la vie en groupe est tout entière résumée là : un individu y disparaît avec sa souffrance, comme par enchantement.

ESTELLE

Je regarde Niels et j'ai envie de rire. C'est un vrai bébé ! Un petit capricieux qui se prend pour un homme... ça n'est pas rare. Quand ils ne sont pas adultes au moment où ils sont tenus pour tels, les hommes redeviennent des enfants : tout se passe comme si leur pouvoir patriarcal ressuscitait l'omnipotence de l'enfance. Ils prétendent à tout, entendent faire ce qu'ils veulent, quand ils veulent, comme ils veulent. Et nous les femmes, sommes-nous censées être à leur service comme à celui de notre progéniture ? Je suis douce et rebelle, et avide de créer et de connaître, pour lutter sans violence contre ces tropismes. Je vais exister et ce sera évident. Je vais être présente et pleine. Et pas pour leurs beaux yeux.

MARINA

Claude se trouve très beau. En soi c'est déjà un fait remarquable : la plupart des gens aimeraient être plus avantagés par la nature et ne sont pas sensibles à leur propre beauté. Claude ne doute pas de son intelligence. Est-ce que ça n'est pas un signe de stupidité ? Sa femme, qui lui plaît pour son chic et son argent, et parce qu'il croit la dominer, le regarde comme s'il était Zeus. Pourquoi Claude m'énerve-t-il ? Je ne suis pas jalouse de son contentement ? J'ai envie de lui dire qu'il est prétentieux. C'est vrai qu'il l'est. Moi. Moi. Moi !

Je devrais prendre exemple sur Estelle qui ne dit rien. Il n'y a rien à dire ! Pourquoi devrais-je dire à Claude qu'il est prétentieux ? Il n'a pas envie de le savoir. De quel droit lui infligerais-je mon jugement : tu es prétentieux ? Ce serait en fait prétention de ma part.

Je me trompe peut-être : la subtilité nous mène-t-elle au silence ? Comme si on comprenait qu'affirmer est inutile et exagéré. Comme si on entrait dans les raisons des autres. Comme si on acceptait leur surdité et que l'on renonçait à imposer notre vision autant qu'à les transformer.

Mais je n'arrive jamais à me taire ! C'est à moi que je fais du bien en disant ce que je pense.

FLEUR

J'ai si peur ! Je crois que je parle parce que j'ai cette crainte de ne pas exister. Quand je parle, personne ne m'écoute. C'est idiot de continuer mais je poursuis quand même. Je voudrais me taire et exister. Je voudrais un homme qui protège mon silence, un amour qui entend un faible soupir. Claude s'amuse quand une escarbille du feu me brûle. Claude me demande ce qui ne va pas dès que je ne parle pas. Claude ne sait pas répondre à mes questions.

Claude n'a pas trace de romantisme. Il prétend que je l'aime parce que le sang en moi devine qu'il me fera de beaux enfants. Mais je n'aurai jamais d'enfant ! La mère que j'ai eue a tué celle que je pourrais être. Ma mère : sourde et muette et pas caressante, et abritant dans sa maison des désirs incestueux... Laisse papa te laver ! C'était un ordre. Ton père veut t'aider à faire ta toilette. Fais-lui plaisir tout de même, ça n'est pas difficile ! Personne ne devine que ces paroles m'ont été dites. Les secrets de cette espèce ne sont pas percés. Et si je laisse Claude s'approcher, c'est bien qu'il ne sait pas lire en moi. Dire qu'il a une adoration pour mon père ! Monsieur le juge par-ci, monsieur le juge par-là. Si je brisais la belle image, Claude peut-être refuserait de me croire, ou bien il me haïrait... la haine des victimes est plus appropriée parfois que la compassion.

CLAUDE

Je vois bien que j'agace Marina, et elle m'énerve elle aussi. Elle m'en veut tellement de connaître son secret ! Si elle songeait à me remercier de le garder, sa crainte ne se changerait pas en violence. Qu'est-ce que ça peut lui faire après tout que je sois intéressé par ce que l'on pense de moi ? Oui je le suis ! Si je pouvais écouter ce que les gens disent de moi quand je suis absent, je le ferais. C'est un moyen de mieux se connaître, à travers l'image que l'on projette au-dehors. Quelle impression est-ce que je fais aux autres ? Ai-je l'air vif, intelligent, cultivé, généreux, attentionné ? Je n'ai pas peur des critiques. D'ailleurs il n'y a pas tant de reproches à me faire ! On prétend souvent que les gens médisent dès qu'ils parlent des absents. Je ne vois pas pourquoi ce serait systématique. Tout dépend de la personne dont on parle. Je n'ai pas de défaut rédhibitoire à épingler.

MOUSSIA

Mes garçons ! Mes enfants ! Je vous aime comme il faut aimer, dans le désespoir. Vous ne le savez pas, jamais ne l'avez su, jamais ne le saurez. Et pourtant ce soir, quelle mélancolie de vous voir devenus des hommes. Je contemple vos amies. Vos amours les embellissent. Je vois venu le temps où vous quitterez ma maison et mes bras, votre chambre et votre mère. Votre père sans cesse me dit que c'est la vie. Qu'est-ce que ça veut dire ? C'est aussi la vie de rester. Votre père est de mauvaise foi. Il prétend accepter ce qu'en fait il désire. Il sait déjà qu'il partira derrière vous. Depuis combien d'années attend-il ce moment ? Et moi je sais seulement que j'appréhende les jours sans vous. Vous êtes ma fête. Restez ! N'est-ce donc rien d'être la fête de mon cœur ? Que pourrait-on demander de plus ? Quand vous étiez enfants, vous saviez que c'était précieux.

Pas un être qui reste. Tout le monde s'en va. Les parents, les enfants, et l'on demeure au milieu de son monde déserté, l'orphelin abandonné. Je pleure tout le temps. Il me semble que plus personne n'ose aller dans ses pleurs. Depuis quand les femmes ont-elles cessé de pleurer quand partent les hommes ou les enfants grandis ? Où ont-elles rangé leurs larmes ? Les miennes coulent et me défont les yeux. J'ai bien vu qu'Estelle s'en était aperçue.

MARINA

Je regarde Niels en essayant de retrouver ce qui en lui m'avait attirée. Rien ne me vient ni à l'esprit, ni au cœur.

La première fois que j'ai fait l'amour avec Niels, je n'avais pour lui ni sentiment, ni désir. C'était Théo qui me faisait rêver. Je voulais entrer dans cette famille. Je voulais aussi ne plus être vierge et savoir enfin ce que c'est que l'amour. L'amour ! Je devrais dire le sexe, sans avoir peur des mots. Niels s'est occupé de ça très bien, sa sensualité est tendre. Mais le lendemain j'étais amoureuse de lui à la folie. Les caresses sur une jeune fille sont de l'alcool sur un petit feu.

MOUSSIA

Pas un être qui reste. Pire : rien qui demeure en l'état. Pas un corps, pas un sentiment, pas une relation, pas un sourire. On dirait que le monde se détruit à perpétuité, s'envole vers un devenir lui-même éphémère. Alors le présent finit par n'être plus rien, qu'un instant vacillant destiné à disparaître. Et ce qui disparaît me fait souffrir. Il n'y a rien à quoi s'accrocher, rien qui ne se fige comme il est. Au-dessus de nos têtes, le ciel immuable est un déplacement incessant. Sous nos pieds la terre s'érode. L'architecture naturelle évolue. L'air se recompose. Même les glaciers, qui semblent pourtant pétrifiés dans leur froid, vivent et bougent et rendent leurs morts. La montagne immobile change elle aussi, se couvre et se découvre. La chair se flétrit, s'amollit, s'interrompt. Les sentiments s'altèrent, s'embusquent, s'appetissent... Ce déplacement perpétuel des choses vers le chaos, la vie même, sa fugacité, cet épanouissement voué à se racornir, tout cela m'accable. Je voudrais le poudroiement de la stabilité, comme un champ de blé sous le vent et le soleil : le léger mouvement attaché à la chose impérissable. Pourquoi n'acceptes-tu pas la fin des choses ? me demande Luc. C'est une maladie.

Oui, je suis sentimentale. Et ma vie depuis toujours embrasée par la mélancolie. C'est possible.

THÉO

À haute voix, je commence à leur lire la règle du jeu. S'y trouve d'abord expliqué quel est le but de ce divertissement, qui mêle le plaisir de la convivialité à l'émoi de la révélation, ainsi qu'il est promis sur la boîte. Voilà maman qui vient s'asseoir avec nous. J'annonce : But du jeu – le silence autour de la table est plein d'intérêt. Je vois Fleur qui touche sa chevelure, avec les doigts de la main écartés pour les peigner. Elle a de beaux cheveux, le sait-elle ? Oh oui, elle en est sûre ! Elle me sourit gracieusement comme à tout le monde.

Je lis : « *Personnages et Caractères est un jeu de psychologie qui peut engager de quatre à douze joueurs. Pour l'intérêt de la partie, il est préférable que les participants se connaissent un peu. Ou croient se connaître, ce qui revient sans doute au même. Le jeu leur fournira l'occasion de tester la profondeur et la justesse de leur familiarité.* »

Pendant que je lis, je ne peux pas observer leurs visages, mais je peux sentir qu'ils attendent la suite et sont attentifs. « *Connaissez-vous vos partenaires de jeu ? Savent-ils qui ils sont pour vous ? Et eux, vous connaissent-ils ? Quelle image de vous-même leur donnez-vous ? Êtes-vous celui qu'ils croient ?*

De quoi vous jugent-ils capable ? À quoi s'attendent-ils de votre part ? Êtes-vous étonné(e) de ce qu'ils pensent de vous ? De quoi ne sauriez-vous pas les détromper à votre propos ?... Personnages et Caractères vous offrira à chaque partie l'opportunité de répondre à ces questions. »

Au revers du couvercle, nous lisons distinctement cet avertissement : *Personnes susceptibles s'abstenir*. Les mots sont écrits plusieurs fois, à l'endroit, à l'envers, en gris, en bleu et en rouge. Personnes susceptibles s'abstenir. Et cela nous fait rire. Maman confie ses inquiétudes à Niels : Quel est ce jeu qu'il a trouvé, n'est-ce pas dangereux entre amis ? Claude se réjouit beaucoup de découvrir ce que les autres pensent de lui. Je le vois qui rit avec Niels. Est-ce que les mêmes parmi nous qui s'en amusent ne sont pas ceux qui regretteront d'avoir joué ? J'ai l'intuition de cette coïncidence cruelle. Mais comment être certain qu'elle est juste ? Quant à moi, cette idée naît dans l'œuf noir d'une antipathie, aussi je ne peux accorder crédit à ce pressentiment : Claude a toujours son port souverain d'homme qui pense avoir gagné dans la compétition de la vie, et pendant cette soirée il connaîtra peut-être quelques déconvenues. Si je suis capable de le concevoir, c'est que le contentement de soi prend chez lui des proportions agaçantes. Pas plus que les autres il n'a de raison de se méfier. D'ailleurs, tous nous allons peut-être en découdre avec nos chimériques espoirs de plaire. Il n'est pas bon, du point de vue de la sauvegarde des illusions, d'interroger le regard de ceux qui nous voient vivre. Je le crois. Ai-je reçu un cadeau empoisonné ? Nous allons découvrir quels drames élaborent les mots et comment les harmonies que nous admirons reposent, avec fragilité, sur les choses que nous avions su taire. Je vais faire ce plaisir à Niels. Ce soir mes ailes me rendent léger.

Dans l'amour d'Estelle, me voilà si heureux que j'ai envie de gâter mon frère qui l'est moins que moi.

Quand je scrute le visage de mon frère, il sourit. Personne n'est susceptible ici, assure Estelle. Il y a un acquiescement muet et partagé. Nous sommes prévenus. Et nous passons, légers, futiles et confiants, à la règle du jeu, puis au jeu lui-même, à la parole affranchie qu'il réclame, offerts, avec une innocence animale, aux ravages de la profération. Sait-on à quel point il y a en chacun de nous un juge et une balance ? Qui a déjà imaginé les opinions sévères que portent sur lui-même les compagnons qu'il se croyait acquis ? Lequel se sait susceptible et incapable de les entendre ? Et sensible au regard des autres ? Et vulnérable ? Nous sommes quelques amis réunis qui découvrent un jeu, une nouveauté dont la fantaisie semble anodine, nous suivons l'élan de la curiosité. Ignorons-nous réellement que l'amitié paisible se tisse dans les silences ? Je me propose de poursuivre, quelques rires persistent. Chut ! fait maman. Et je me remets à lire la règle.

« But du jeu : Être le premier joueur à se débarrasser de ses cartes-questions en anticipant la réponse des partenaires que l'on choisit de questionner. » *« Contenu du jeu : deux cent quatre-vingts cartes-questions, réparties en quatre types, les questions de Scrupules, les questions Melo, Duo ou Ego. Douze cartes de vote, à double face (une auréole symbolisant la vérité et une fourche symbolisant la mauvaise foi). Un paquet de grilles-réponses. »*

« Lorsque c'est votre tour de jouer, vous procédez de la manière suivante : Premièrement, vous choisissez une question dans votre jeu. Puis vous y répondez vous-même en inscrivant votre réponse sur la grille prévue à cet effet. Deuxièmement, vous choisissez parmi les joueurs, en fonction de leur personnalité,

celui qui vous paraît le plus susceptible de donner la même réponse que vous. Vous lui posez la question. Troisièmement ce joueur vous donne sa réponse. Tout cet échange se passe à voix haute devant les autres joueurs qui écoutent. C'est la phase question-réponse. »

Fleur dit : Je ne comprends déjà plus rien ! Je fais remarquer qu'il faudrait lire jusqu'au bout pour savoir et, disant cela, j'ai l'impression d'entendre ma mère parler par ma bouche. Ce n'est pas la première fois qu'elle se mêle à moi, je ne suis plus surpris par cette persistance au creux de moi-même d'un cœur exigeant. Je reprends la lecture, répétant hâtivement ce que j'ai déjà lu, pour arriver avec cohérence à ce qui nous éclairerait. Ma lenteur méticuleuse énerve mon frère. À mon avis c'est très simple, dit Niels. Lorsque Niels se mêle de m'interrompre, je n'ai plus envie de continuer. Voilà ! Je me tais et les autres écoutent Niels. Mais maman me dit de reprendre et je lui obéis.

CLAUDE

Personne ne se juge vraiment laid. Personne ne se trouve assez beau. Tout le monde aimerait être un peu différent de ce qu'il est. Mais je suis sûr que nul homme, se regardant dans un miroir, ne se dit en face : Je suis affreux.

Je suis donc semblable à n'importe qui : je m'aime assez pour souhaiter survivre un jour après un autre, dans cette interminable proximité que l'on a avec soi, son corps et son tempérament, et les mots et la conscience intermittente de ce qu'on est, et l'aveuglement nécessaire pour habiter cette maison que l'on n'a pas choisie.

Et je vais même plus loin dans ma pensée : n'importe quelle personne espère des compliments. Parlez d'un autre, aussitôt vous vous entendrez demander : Et moi, comment tu me trouves ?

Et moi comment tu me trouves ? veut dire : Dis-moi que tu me trouves bien. Mais oui, il ne faut pas en douter, nos questions ne sont que des espoirs de réponses. Nos questions sont nos désirs. Et c'est bien de cette façon détournée par nos attentes, que nous nous parlons.

NIELS

Mon frère est concentré sur la règle du jeu. Je l'écoute d'une oreille que mes yeux viennent distraire. Je prends tellement de plaisir à regarder les femmes… Les cheveux de Fleur ont la couleur du pelage d'hiver des écureuils. Son tricot couvert de petites perles scintille. Elle écoute. Au léger pli entre ses sourcils, je sais qu'elle s'applique à comprendre tout ce qu'explique Théo. Il a l'art de compliquer les choses les plus élémentaires, au lieu d'éluder les détails pour saisir le principe essentiel. Je ne peux pas m'empêcher d'intervenir et je vois bien que ça énerve tout le monde. Mais je dis : À mon avis c'est très simple. Chacun de nous à son tour tirera une carte-question et répondra sur sa fiche. Puis il posera sa question à un partenaire dont il pense que la réponse sera similaire à la sienne. Si c'est le cas, il aura gagné et se débarrassera de sa carte. Le premier qui a épuisé toutes ses questions sera vainqueur. Alors c'est facile ! dit Fleur. Si on connaît bien ses amis, murmure Estelle. Allez Théo ! continue de lire exactement ce qui est expliqué, dit Moussia. Maman a toujours pris garde d'encourager spécialement son fils cadet, le bel oiseau qui a la patte cassée. Quelle patte d'abord ? ! Et qu'on ne me dise pas que je suis dur et brutal. Je le suis. Et je le sais. Pour autant, qu'est-ce que j'y peux ?

THÉO

Comprendre la règle d'un jeu demande toujours un peu de patience et d'attention. J'essaie de les solliciter : « *Quatre types de questions concourent à révéler les caractères des participants : les questions Mélo (couleur grise) concernent l'ensemble des joueurs, c'est-à-dire que celui qui répond peut se citer lui-même. Exemple : Pour vous, quelle est ici la personne la plus lunatique ? Un autre exemple : Quelle est ici la personne la plus complexée ? Le questionné note sur sa grille le nom d'un des participants et peut noter le sien.* »

« *Les questions de Scrupules sont des questions de comportement : dans une situation donnée, le joueur ferait-il oui ou non ce qu'on lui propose. Exemple : Quelqu'un dont vous reconnaissez tout de suite le visage vous aborde avec familiarité. Après dix minutes de conversation, vous n'êtes toujours pas en mesure de vous souvenir de son nom. Lui demandez-vous de vous le rappeler ? Le joueur dispose de trois réponses : oui, non, cela dépend. Il inscrit sa réponse sur sa grille dans la colonne Scrupules.* »

Claude laisse échapper un rire énorme. On dirait le diable à notre table.

THÉO

« *Sera déclaré vainqueur celui qui se sera débarrassé le premier de toutes ses cartes-questions.* » À ces mots que je fais claquer, Claude dresse son poing en l'air, à la manière des champions d'aujourd'hui. Ce geste-là me semble l'un des combles de l'inélégance, parce qu'il faudrait toujours, sinon éteindre en soi le désir de vaincre, du moins ne pas le montrer. J'ignore d'ailleurs pourquoi j'entretiens cette idée avec autant de foi que de pratique. Quel hypocrite tu fais ! me dit souvent Niels quand il sait que je tiens à quelque chose en faisant mine de m'en moquer.

Donc je lis de nouveau et tout le monde se tait.

CLAUDE

Puisque c'est à lui que le jeu a été offert, Théo a pris les choses en main. Il joue avec sérieux son rôle de maître de cérémonie. Et il faudrait l'écouter comme un maître d'école. Je demande : Est-ce que c'est un jeu d'enfoirés ? Ils ouvrent des yeux ronds. Je leur explique. Vous ne connaissez pas les *nasty games* ? Les jeux dans lesquels il faut surtout jouer contre les autres. Les trahir, leur mentir, leur faire des promesses… Marina dit : Ah ! oui ! bien sûr qu'on connaît ! Je sais qu'elle ne supporte pas de ne pas connaître une chose. Que je parle en anglais énerve Théo. *Anyway*. J'ai toujours senti qu'il ne m'aimait pas, sans en connaître la raison. C'est peut-être inexplicable, une de ces antipathies animales qui vous submergent.

Niels m'a murmuré dans l'oreille : On peut jouer la partie comme un enfoiré. Tu vas comprendre très vite. Et il a ri. Quel drôle de type ! Comment être certain que Niels est un ami ? On ne peut pas savoir ce qu'il pense.

FLEUR

J'ai aussitôt pensé : Mais je ne veux pas jouer à ça ! Vous êtes fous ! C'est vraiment un truc à semer la zizanie entre des amis ! J'ai répété l'avertissement : *Personnes susceptibles s'abstenir*. C'est pourtant explicite ! Ils se croient capables de tout dire et de tout entendre. Ils pensent que les vérités crues sont plus salutaires que funestes. Je ne déposerai pas un mot dans ce piège. Je resterai silencieuse. Ils ne m'écoutent pas, tant pis. Pourquoi ne me prend-on pas au sérieux ? Je souris trop, je parle pour ne rien dire. Je suis nouvelle dans ce groupe. Ils ont dû être étonnés d'ailleurs. Est-ce qu'on ne l'est pas souvent en découvrant les choix amoureux de ses amis ? Ils ne me connaissent pas. Je ne veux pas qu'ils me connaissent. Non, je ne souhaite pas être connue. Je ne sais même pas ce que je souhaite. Rien peut-être.

NINA

Vous avez une maladie sévère, m'a dit le professeur Roger. Rien de plus. Mais pour qui ne veut pas s'aveugler, c'est suffisant. À mon âge, on ne vous opère pas. On vous dépose en soins palliatifs. Je dis *dépose* parce qu'on ne marche plus seul, parce qu'on est épuisé : usé, consumé. On attend que la mort vienne vous libérer du corps empêtré et faible qui vous est venu peu à peu, ou de la maladie. La mort libératrice est le paradoxe de la fin de la vie : un jour vient où l'on ne cherche plus à guérir. Ce ne sont pas des divagations de vieille femme, ce sont des faits. Voici venu le moment d'appliquer une dernière fois ma devise : devancer. Ma chair centenaire est devenue une prison au lieu d'une liberté, une montagne au lieu d'un véhicule. L'idée d'en sortir sans attendre le délabrement ultime peut effrayer mais je le ferai. Je m'exprimerai pleinement une dernière fois. Oui oui.

THÉO

Ma grand-mère est née en 1900. Il faut faire l'effort d'imaginer cette vie, éclose en Ukraine avec le XXe siècle, pour traverser une révolution, l'assassinat d'un tsar, deux guerres, un exil définitif, la déportation et la mort d'un premier mari, une fille de vingt ans tuée par la Gestapo, tout un premier amour dont il ne reste rien, la vie ruinée comme une cathédrale bombardée. Et la flamme intérieure en Nina jamais ne disparaît. La flamme séduit un amant *a priori* peu disposé à l'épouser, mon grand-père, que je n'ai pas connu, il est parti à la naissance de ma mère. Probablement Nina avait fait l'enfant sans lui demander son avis. En tout cas c'est l'élan de cette deuxième chance, qui fut aussi la nôtre, la naissance tardive de maman, Moussia, ici dans cette banlieue tranquille, à quelques pas de la maison où Céline a fini sa vie ! Nina le connaissait bien. Elle n'a jamais voulu croire qu'il était misanthrope. Il aime les hommes qui ne sont pas à la hauteur de cet amour et le déçoivent ! disait-elle pour le défendre. Nina, toujours dans la bienveillance, dans l'éblouissement de la vie, solaire et envahissante ! Pourquoi est-ce que je parle d'elle à l'imparfait ? Je ne devrais même pas parler d'elle. Elle n'aimerait pas nous entendre… et d'ailleurs je n'aime pas parler des autres.

FLEUR

Qui n'est pas susceptible ? Qui peut entendre les critiques en souriant ? Très peu de gens sont capables d'écouter une remarque ou un reproche qui engage leur être, sans éprouver aussitôt du mécontentement, un grand déplaisir, et de la colère contre celui qui leur parle. Je suis sûre de cela. L'expérience est simple à mener : essayez de pointer le nez d'un ami sur son défaut le plus criant. Adressez-vous à lui avec douceur et gentillesse, mais franchise, sans éluder, puis regardez sa tête : déconfite, furieuse. Il vous en veut déjà... et quelque chose est détruit entre vous, la candeur, l'idée qu'on se faisait de l'idée que l'autre se faisait de soi, irrémédiablement annihilée par une seule parole. Un mot qu'on a laissé s'envoler ne se laisse plus jamais rattraper par l'aile. Qui a dit cela ? Estelle doit le savoir, il paraît qu'elle sait tout. Alors je le lui demande. C'est Luther qui a écrit cette phrase, dit Estelle. Il voulait signifier bien sûr que tout peut être dit, que les paroles ont la légèreté du souffle qui les porte et s'évanouissent comme la voix, et cependant toutes ne peuvent pas être dites. Il nous faut du discernement.

Ils n'y croient pas. Ils veulent penser que l'on peut se parler ! Je m'étonne vraiment mais n'ose pas insister. Niels est persuadé qu'il n'a pas de défaut.

Il n'imagine pas une seconde ce que nous pourrions lui dire. On ne peut presque rien se dire les uns sur les autres. Cette conversation-là est un sentier miné. Il faudrait le déplorer, se corriger, accepter d'écouter dresser la liste de ses défauts par ses amis. N'est-ce pas pour les autres que l'on se transforme soi-même ? Claude me trouve maniaque dans mon appartement. Je peux l'entendre mais ne supporte pas qu'il me prenne sur le fait et me le fasse remarquer. Car alors le trait s'impose indéniable et nous n'avons rien à débattre. Pourtant il m'arrive d'affirmer que je suis maniaque à la maison et que j'en suis fière… Allez comprendre pourquoi ce que vous dit un autre diffère de ce que l'on peut dire soi-même, et quand bien même l'idée est semblable. Croyons-nous les autres incapables de cette bienveillance que nous avons pour nous-mêmes ?

Suis-je la seule ce soir à me poser ces questions ? Si Estelle ne réagit pas, peut-être ai-je tort de m'inquiéter. Tout le monde ici répète qu'elle est d'une intelligence remarquable. Jamais Estelle ne nous laisserait faire une bêtise ?…

NINA

J'ai bien l'intention de mourir cette nuit. Dans la même chambre où il y a cinquante-huit ans j'ai porté à mon sein le corps sanglant de ma fille nouvellement née. Depuis plusieurs semaines je m'y prépare. J'ai toujours dit que je choisirais moi-même. Depuis que je l'ai décidé, je n'en parle plus. L'abandon volontaire du monde n'est pas à annoncer mais à réussir. Est-ce que ça n'est pas le passage à l'acte le plus incertain qui soit ? Qui est assuré de savoir mourir par lui-même ? Et n'est-on pas souvent faible là où l'on se croyait fort et fort là où on se jugeait vulnérable ? Il n'y a rien à annoncer, il n'y a pas à semer par avance la tristesse ou la crainte. Il n'y a surtout pas à révéler ce désir le plus intime et le plus personnel, oui, plus intime que l'élan sexuel qui lui se partage.

Ils comprendront. Ils savent que j'aurais dû bientôt emménager dans la maison médicalisée que m'a trouvée Moussia. Ils ne me croient ni fantasque, ni capricieuse, ni gâteuse, mais usée et déterminée. Je n'irai pas vivre ailleurs que chez moi. J'ai une maison et je suis ma maison. Ma mort advient là où est advenue ma vie. Surtout ne pas mourir à l'hôpital ! Peut-on faire d'une chambre aseptisée où défilent les futurs défunts une chambre à soi ? Voilà la maison pleine, mes petits-fils et leurs amis autour de ma fille. Je les entends rire. L'enfance n'est pas encore très loin d'eux. Ils viennent à peine d'aborder les rives de la vie adulte. Certains, surtout les garçons, dans le secret de leurs cœurs, persistent à jouer et rêver comme des enfants. Je veux partir de mon plein gré dans cet élan de la jeunesse qui se tient au bord de la vie et me prolonge.

Théo et Niels sont des joyaux. Ils m'embellissent. Comme ils sont jeunes ! Ils sont occupés à étudier. Ils n'ont travaillé que par intermittence, pour effectuer les stages réclamés par leur formation. Ils disposent d'une quantité rare de temps personnel et de loisir. Aucune charge familiale ou professionnelle n'est encore venue dévorer leur vie. Ils se regardent dans cette liberté. Ils ignorent que cette chance ne se reproduira pas dans leur vie avant la vieillesse. Pour le moment, leur jeunesse frémit sous l'amour comme une eau sous le vent. Elle est élan et gaieté, mais aussi en revers doute et inquiétude, pressentiment fatal de ce que pourrait devenir ce poudroiement d'espérance ou de potentialité qui les enveloppe aujourd'hui, halo d'optimisme dans lequel ils nagent. Ils ignorent tout à fait comment un jour l'existence se fige dans une forme durcie, presque définitive, l'impossible et l'irréversible apparaissent. Puis la fulgurance d'une souffrance désunit la belle confiance, on se relève, titubant, et ce qu'il faut de force en soi pour redresser ce sujet abattu, je le sais, c'est énorme, et pourtant c'est en nous. Je le dis souvent à ma petite Moussia, il ne faut pas en douter : sous la peau douce des femmes et des hommes, il y a le roc d'un cœur qui veut battre envers et contre toutes les apocalypses. Quel paradoxe de penser cela le soir de sa mort.

FLEUR

Je crois que personne ne me prend au sérieux en partie parce que je m'appelle Fleur. C'est un prénom que je trouve ridicule. Si je m'appelais Geneviève ou Clara, ou Hannah, Simone même, les gens me verraient autrement. Pas dans la bulle de la grâce, de la joliesse et de la futilité, mais dans une évocation plus pesante, plus grave. Si j'avais un prénom de peintre ou de philosophe…

Tout fait sens, même ce que de nous-mêmes nous n'avons pas choisi.

Fleur, c'était une idée de ma mère, et je porterai ce prénom tous les jours que Dieu fait, et il sera gravé sur ma tombe. Pour l'éternité des vivants et des morts, je serai Fleur, l'enfant de ma mère qui avait mauvais goût. La famille, ça se porte sur le dos du matin au soir de la vie.

NINA

Je regarde le journal télévisé. Comme si je pouvais par là m'acquitter de ma présence au monde, mais c'est peine perdue. À mon âge on ne résiste plus aux clameurs mondiales de la violence : on éteint le poste et on pleure. Un tremblement de terre a fait vingt mille victimes en Turquie. Les maisons sont des décombres, des familles entières périssent ensevelies. Le soleil pactise avec la mort et il faut craindre les épidémies. Dois-je encore à mon âge continuer d'imposer à mes yeux les paroxysmes de la douleur ? Maintenant je continue de voir la petite fille, toute noiraude et ébouriffée qui fixait l'objectif de la caméra indiscrète. Qu'est-ce que vous voulez de moi ? Qu'espérez-vous comprendre ? Le sourire de l'enfance s'était écrasé sur la bouche et le regard disait : Vous ne savez rien de ma douleur. Elle n'aura plus ses parents, ni même ses frères et sœurs. Je quitte la douleur des autres avec soulagement. Ces petites boîtes de télécommande sont bien pratiques pour les vieux comme moi. Moussia dit que je zappe aussi bien que les jeunes. Je ne zappe pas, je fuis. Car je ne peux rien faire. Que pleurer ou essayer de devenir meilleure.

Quand l'âme de ma belle Tania s'est envolée, prise par la guerre et l'indignité des hommes, je suis restée moi une mère sans sa fille. Et je n'ai plus jamais parlé la langue roulante, douce et rugueuse, de ce pays glacé que l'utopie avait affamé. Un jour de ma vie j'ai ainsi regardé mon enfant morte. Comment pourrais-je regarder sans larmes une fillette perdue qui n'a plus la douceur de sa mère ? C'est la vie réelle, telle que nous l'éprouvons dans sa longue glissade sur nous, qui rend plus vive notre vie imaginaire et empathique.

Au salon, ils rient. J'ai envie de leur écrire que je les entends rire. Que font-ils ? Moussia m'a soufflé qu'ils allaient jouer à un jeu et qu'elle n'avait pas le cœur à jouer. Pourquoi pas ? Je crois que j'y prendrais plaisir. N'est-il pas normal qu'ils ne songent pas à m'inviter. Trois générations font un fossé séparateur. Ils ne pensent pas à moi. Peut-être veulent-ils m'oublier pour ne pas souffrir de mon départ. N'ai-je pas procédé de cette manière avec la mort des autres plusieurs fois dans ma vie ?

ESTELLE

L'avenir ne nous est jamais livré en entier : même lorsque nous possédons la volonté de décrypter les présages, les signes que le présent distille ne donnent pas les clefs de ce qui nous est promis. Pourtant nous croyons souvent savoir, puisque nous sommes au centre de notre monde. Et alors nous imaginons réussir, nous n'envisageons pas le pire. Et parfois l'apothéose est dramatique, nous atteignons des sommets de cruauté, de bêtise, de mesquinerie ou d'ignorance. Nous nous étonnons nous-mêmes. Encore un record battu ! Nous nous tenons sur le pic de la vilenie, le drapeau de la rage à la main. Une seule chose me console : du pire peut sortir le meilleur. Ce soir, j'attends le pire et le meilleur, mais la main de Théo est dans la mienne.

MARINA

Fleur prétend que l'on s'aime bien plus qu'on ne le croit. On n'apprécie pas que quelqu'un vienne déchirer la belle image, désavouer ce que l'on croit de soi. Je lui réponds : Et alors ? Elle s'insurge : Alors rien, c'est juste que je m'en faisais la réflexion. Et moi j'ajoute : Ce serait invivable de ne pas s'aimer ! Elle paraît vexée. Je l'ai dit sur un ton qui n'est pas aimable, j'en conviens. Il m'arrive d'être agressive sans le vouloir, seulement parce que je ne suis pas d'accord avec une idée. Tout le monde me dit : Mais sois donc souple ! N'enfourche pas aussitôt ton cheval ! Laisse pisser !

Laisse pisser ! Quelle vilaine expression ! D'ailleurs je ne suis pas d'accord. Les idées et les opinions ont leur importance. On ne peut pas ne pas les défendre ou les contester.

Je suis sûre de ne pas m'aimer. C'est vrai, je ne m'aime pas. Je le pense. Ne pas se supporter soi-même, se demander combien de temps on saura vivre la vie qu'on s'est faite, c'est une épreuve affreuse à traverser. Pourquoi rient-ils sans arrêt ? Ce jeu va mal finir. Tout le monde le devine et personne ne le dit. J'avais envie de danser. Juste virevolter dans la musique et oublier.

MOUSSIA

Je n'avais pas cette tache au-dessous de l'œil droit. Le bas de mon visage s'est élargi. C'est la chute : tout le haut descend. J'ai beaucoup moins de cheveux aussi… Pourquoi ne suis-je pas allée chez le coiffeur ? Je pense à ça tout d'un coup. Parce que ce jeu renvoie chacun à lui-même. Je suis si lasse ce soir. J'ai l'impression d'être fatiguée de malheur. Je me sens aussi vieille que ma tristesse.

On se voit vieillir à petit feu. Comment fait-on pour supporter ça, jusqu'à la mort qui n'est pas non plus un arrangement satisfaisant ? Ma mère a accepté d'être telle que sa vie la dessinait jusqu'à l'âge de cent ans. Aujourd'hui seulement, dans la crainte de sa mort et de ma maladie, je prends la mesure de son endurance courageuse. On ne comprend ses parents qu'au moment de vivre ce qu'ils ont eux-mêmes traversé. La boule que j'ai au ventre me parle : Tu n'y arriveras pas. Ce n'est pas une boule, c'est une bête, une bête enroulée sur elle-même qui a mal et gratte et ronge.

ESTELLE

Moussia ne va pas bien. Elle se fait du souci pour sa mère. Sa mère si vieille qu'elle est comme faite pour la mort, prête à être livrée, donnée à la terre. Quand je vois la peau des bras de Nina, si fine, bleutée par le moindre contact, serrant tellement de plis, je ne peux plus en détacher mes yeux, et je regarde mes bras promis à cet avenir fripé. Tout ce chemin, cette longue traversée, pour finir par être débarqué malgré soi ! Je ne peux plus contempler un visage d'enfant sans penser au vieillard qu'il fera. N'est-ce pas une horrible imagination qui me tient l'esprit ? Je voudrais mourir jeune en ayant déjà fait une œuvre, avoir fini de polir une pierre, la laisser posée derrière moi et disparaître, m'éclipser tout en restant présente à jamais. C'est beaucoup demander, c'est se tenir dans le doute, l'inquiétude et l'appétit… il faut le vouloir pour l'obtenir.

Vivre, je n'y arriverai jamais. Est-ce que j'aime vraiment la vie ? Je ne m'accoutume pas à la perte, partout aux aguets, ou déjà au travail, gribouillant le bonheur. Maintenant je reçois les cadeaux dus à mon âge : aimer un homme, travailler, entreprendre, enfanter, élever des enfants. Plus tard je rendrai les enchantements : les regarder s'éloigner, se tenir les uns à côté des autres et souvent être déçue que rien ne soit vraiment dit, voir fondre dans ses mains tous les pouvoirs qu'on avait… Pourquoi ne puis-je m'empêcher de penser aux ombres tapies dans l'avenir, aux orages lointains, aux marées très basses de toutes mes amours ? Il faudrait vivre un instant après un autre, comme ils viennent, mais j'ai la perspective entière sous les yeux.

Est-ce que tu aimes la vie ? Je poserai cette question à Théo. Il ne se l'est peut-être jamais posée. S'il ne trouve pas de réponse, ce sera une réponse.

NINA

Tout est arrivé très vite, mais j'étais prête. Je suis tombée un matin en faisant ma toilette. J'étais affaiblie. Moussia a longuement parlé avec une femme médecin. Moi je savais tout sans mot. Parce que le corps ne se trompe pas. J'ai eu l'impression d'une fin en moi bien avant qu'elle fût annoncée. J'ai su ma lassitude finale avant de pouvoir en faire le constat. Ça n'est jamais à leur naissance, mais à leur avènement définitif, lorsqu'il est bien trop tard pour en changer le cours, que nous découvrons les choses en nous. Triste lucidité qui nous est donnée là…

Ils croient tous que je ne sais rien de ma maladie. Ou alors est-ce moi qui crois qu'ils ont cette idée. Quelle idée ! Moussia elle-même a choisi de me cacher la vérité ! Ils voudraient à la fois alléger mon esprit de la pensée de ma vie et de celle de ma mort. On ne devrait souhaiter pareille dépossession à personne.

Je veux ouvrir grande ma pensée à l'idée de ma mort. Je veux me l'approprier. Comment pourrais-je accepter de mourir sans savoir ce que je fais ? Ma tête tient toute ma vie. Ma pensée est capable de tous les envols, pirouettes et rampements, j'affronterai la disparition du monde dans mes yeux.

ESTELLE

Niels vit la vie comme un jeu, s'amuse de tout, croyant que les mots et les gestes ne pèsent rien, s'effacent par d'autres mots et d'autres gestes contradictoires. Il aspire à la légèreté. Théo déteste les jeux. Chaque enfant vient dans une famille occuper le territoire laissé libre par les autres. Chaque enfant répugne à répéter. Niels joue, Théo vit. Il faudra que je le dise à Moussia. Que fait-elle ? Elle ne joue pas, elle ne vit pas, elle regarde et vient à l'aide. La mère nourricière par excellence. Mais elle a plus d'affinité avec Théo.

THÉO

Il y a chez mon frère un goût pour la provocation qui, ce soir, se donne le champ libre. Au milieu de *mes* amis, il dit ce qui lui passe par la tête, se fait tour à tour suspicieux, facétieux, perspicace ou menteur. Il vient d'accuser Claude de mentir et Estelle d'être une bavarde. Je le regarde comme s'il fallait le surveiller. Quel attentat prépare-t-il encore et contre qui ? Je comprends de mieux en mieux ce qu'apporte ce jeu et ce qu'il peut détruire. Des mots viennent du dehors. D'ordinaire on se connaît d'abord et surtout du dedans. On ne saurait jamais se voir d'où les autres nous regardent. J'observe Niels qui palabre et agite ses bras, lui ne se voit pas. S'il veut se voir, il se regarde et donc s'interrompt. Même dans les miroirs, si nous voulons nous y surprendre, nous nous contemplons en train de nous contempler, ce qui n'est pas vivre.

Et maintenant, voilà que l'occasion nous est donnée d'un commentaire extérieur. Je m'inflige et subis la tyrannie du regard des autres : ils croient nous connaître, ils nous imposent ce qu'ils s'imaginent, ignorant résolument qu'ils ne sauraient tout découvrir. Les autres, ils prétendraient pour peu nous dire qui nous sommes, sous ce vieux prétexte existentialiste que seuls nos actes écrivent notre identité.

NIELS

Être celui à qui la vie réussit, dresser au ciel la cathédrale de ses ambitieuses actions, et la construction s'élance, jusqu'où ne monterait-elle pas, et l'entourage admire, s'étonne et s'extasie. Être celui qui est complimenté, qui n'est jamais à plaindre. Souffrir sans le dire car manquent les objectives raisons à donner… Voilà donc le sort, le rôle, la place, qui me sont échus dans cette fratrie. Je l'ai sûrement voulu. Est-ce que je ne me donne pas tout ce mal pour cacher la honte que je recèle ?

FLEUR

Je suis une fille gentille que la vie a malmenée, du moins je le crois. Je suis attentive aux autres : ce qui les émeut vient aussitôt m'émouvoir. Oui, l'émotion me prend très vite, je partage de nombreuses peines. Pourquoi les autres me voient-ils dans une violence que je n'éprouve pas ? Pourquoi suis-je à leurs yeux vindicative, véhémente, difficile ? Pourquoi cela m'affecte-t-il tellement de découvrir qu'ils me voient comme ça ? Pourquoi ne puis-je m'en moquer si je sais que je ne suis ni violente, ni difficile ? On ne peut pas se moquer des autres ? Mais si, Claude l'a dit, on le peut lorsqu'ils se trompent. Les autres ne vont pas écrire la personne que je suis. Mon identité n'est pas décrétée par les autres.

Il suffit de s'installer dans la bonne foi et de se regarder.

ESTELLE

Dès que vous avez le dos tourné, les autres parlent de vous. Je déteste cette violence qu'ont alors les mots. Ceux qui résument, qui vaguement évoquent, qui vont très vite autour de vous, et de vous ne cernent que la part de l'autre. Être en dehors, c'est risquer d'être évoqué du dehors. S'échapper, c'est être rappelé dans les mots. Elle n'est pas si... elle est un peu ça... elle pourrait être un peu plus...

Elle. Le pronom de l'absence.
Être. Le verbe qui qualifie.

Dans mon dos, que murmurent-ils ? Je devine un peu. Ils disent que je ne suis pas si intelligente que l'on pourrait le croire. Ils pensent que je suis bigote et un peu tarte, et pas du tout dans le vent. Ils disent que je m'habille d'une manière désopilante. Et je suis agacée qu'ils le disent, malgré moi je le déplore, j'en souffre. Est-ce parce que je me le dis moi-même ? Qu'y a-t-il de vrai là-dedans ? Dans quelle mesure puis-je le savoir ?

MOUSSIA

Nous sommes tellement remplis de mots qu'il nous faut absolument parler : comme s'ils étaient des oiseaux à libérer, comme s'il fallait faire le vide avant de laisser venir en nous d'autres mots. Nous parlons, nous parlons : les uns aux autres, les uns contre les autres, les uns des autres. Les mots s'agitent inutilement entre nous. Ceux que nous osons dire. Ceux que nous gardons pour nous. Ils sont tous là. Nous les avons sur le bout de la langue, au bord des lèvres, derrière la paroi du front, dans la tête. Souvent nous les avons déjà dits et nous les répétons. Ils ne s'usent pas, ils gardent leur pouvoir de transformer, de blesser, ou d'illuminer.

Oui ! Nous sommes avec les mots comme des poissons dans l'eau. Nous vivons dans la mer des mots comme dans la mer des autres. Et peu à peu nous viennent des écailles protectrices, des nageoires pour fuir, des dents pour mordre.

MARINA

Si je pouvais changer quelque chose en moi, ce serait ma sensualité. Quel défaut ! Ce qui nous mène par le bout du nez est un défaut. Tout ce qu'on ne contrôle pas (excepté l'amour) : la colère, l'envie, la jalousie, l'appétit... Je rêve de me dépassionner, de m'affadir, de me calmer, pourquoi pas de me glacer. Être sans opinion ! Être capable de parler pour ne rien dire ! Comme Fleur. Être capable de ne pas répondre quand on m'agresse ou qu'on me séduit. Mais que disent mes amis si je leur dévoile ce programme ? Ils s'exclament : Tu perdrais tout ton charme ! Ou mieux, viennent me susurrer : Nous t'aimons telle que tu es. C'est parce que tu es ainsi que nous t'aimons.

Et voilà ! Au fond, lorsqu'une personnalité espère se transformer, ce sont les autres qui ne veulent pas qu'elle change. Comment peut-on s'améliorer dans ces conditions ?!

THÉO

Fleur éprouve une appréhension. Elle ne veut pas jouer, elle essaie de le dire. Je la vois bien derrière son sourire, qui oscille gracieusement entre la délicatesse que sa bonne éducation lui a enseignée et une nature plus fougueuse, loyale, qui ne veut ni tricher ni mentir. Sa franchise est aussi soudaine et inattendue que l'éclat de rire d'un dormeur. Être délicate ? Être franche ? Elle dansote entre les deux. Quand elle laisse faire le mélange, elle peut dire de terribles choses avec un radieux sourire et cette voix singulière qu'elle a, haute et claire comme une clarinette. Fleur ne doit avoir que des amis intelligents. Il leur faut cette qualité pour accepter ce qu'elle dit. Elle n'a pas tort de juger le monde susceptible. C'est à quoi sa parole s'est heurtée le plus souvent. Elle croit que personne ne l'écoute. C'est plutôt que personne ne veut l'entendre. Nous sommes ici jeunes, fragiles et ombrageux, de cela je suis certain, mais nous ne sommes pas dénués d'intelligence.

MOUSSIA

Ma mère ! Tu as voulu mourir. Je te l'ai permis. Tu as gagné auprès de mon cœur tous les droits. Tu es celle qui peut tout, celle qui ayant tant offert et dispersé est autorisée à tout reprendre. Meurs ma mère ! Tu peux le décider maman. Va ! Devance le grand horloger ! Fais comme tu le veux ! Le jour d'une fête, dans les rires des enfants, avance les aiguilles, choisis l'heure et la minute ! Tu m'as emplie d'une force que j'ignorais, je la trouve en te perdant. Ta désertion me recompose. Et je traverse ta mort comme une longue femme effritée qui se rassemble. Voici l'ordalie de ma maturité, j'accoste vers la vie solitaire sur une terre sans toi. Et tu me mords une dernière fois, tu m'étreins en t'arrachant, tu serres mon cœur avec ta sauvagerie de mère libre, tu me caresses et m'abandonnes en laissant ton empreinte. Maman, tu étais l'amour de ma vie. Tu étais l'âme de notre famille, et mon enfance partagée en toi et moi. Combien de jours vais-je encore te parler ? Le cadet de mes fils a vingt ans, tu avais cent ans, soudain tu n'es plus avec nous, et je me tiens debout dans cet obscurcissement, et tous ici parlent ensemble et j'aime me taire au milieu d'eux. J'ai en moi tant de secrets à envisager.

MARINA

Niels est fier comme un enfant. Il croit que son idée plaît. Pauvre Niels ! Qui se croit si intelligent et irrésistible, et qui a tout sous les yeux pour le croire. Ce qu'il ignore fait de lui un imbécile, mais justement il l'ignore. S'il en avait connaissance, peut-être deviendrait-il un autre garçon. Dire qu'il s'imagine connaître une femme, sous prétexte qu'il a caressé ses fesses, alors qu'il ignore même avoir d'elle un fils. Un petit garçon qui joue ici même, dans cette pièce, et dont personne n'aperçoit la ressemblance avec son père. C'était sûrement une chose inimaginable dans cette famille que l'enfant d'un amour, si éphémère eût-il été, fût un secret pour un de ses géniteurs. Et Moussia la magicienne n'accepterait jamais l'idée qu'elle ne reconnaissait pas d'emblée son petit-fils : son sang.

Marina la voleuse d'enfant ! Marina malheureuse qui se moque tellement d'eux. Je pourrais en quelques mots les rendre fous. Leur beau monde poétique, leur sens de la famille, l'ensemble de cette cathédrale éclaterait en morceaux : que le frère aîné séduise l'amie d'enfance du cadet, en secret devienne son amant, et qu'en secret elle porte son enfant, dans la détresse d'être quittée puis la joie de se trouver mère, mais toujours dans le silence, que le sang en somme ne parle pas de lui-même, que le nom du père ne soit pas donné, rien de tout cela n'est concevable pour Moussia. Allez Marina, fais un sourire !

THÉO

Cinquante-huit ans. Maman ce soir a l'air d'avoir cent ans, comme si elle portait justement ceux de Nina. Elle est à bout de force. Papa a tort pourtant : la mort de Nina ne sera pas une délivrance mais un coup de massue. Je ne peux pas souhaiter la disparition de ma grand-mère. Je ne veux pas y penser. Ce moment où la mort s'installe dans la vie, comme une sentinelle à l'entrée d'une porte, désunit notre force pour vivre alors même que nous ne sommes pas celui qui doit mourir. Je voudrais n'avoir jamais à contempler ma mère dans cette traversée.

Où est la main d'Estelle ? Je ne serais plus bon à rien désormais sans cette main. Et je la tiens longuement, elle se donne à moi, je peux la sentir palpiter dans ma paume, sa douceur, sa chaleur qui devient moiteur en se conjuguant à la mienne. Estelle me sourit quand elle se dégage et la reprend. Elle sait alors qu'elle me vole quelque chose. Je possède à jamais une bouée, un soleil, une échappée ! Partout où j'irai, je partagerai cette chance de vivre en deux.

MOUSSIA

Théo et Niels ont déjà commencé à se disputer ! Je ne peux pas le leur dire, mais c'est une chose qui me détruit. Je veux que mes fils vivent dans l'harmonie. Je voudrais qu'ils soient l'un pour l'autre le havre, la réponse qui peut manquer, la question utile. Qui n'a pas espéré donner pour toujours à ses propres enfants la grâce des rires partagés, la transparence des mots, tout ce dont j'ai manqué privée de frère ou de sœur. Mais ils se chamaillent depuis l'enfance. Ils sont comme enivrés par leur fraternité, un peu sauvages, un peu féroces… intransigeants l'un vis-à-vis de l'autre, mais sans cesse recherchant le face-à-face et le côtoiement. Théo assure que l'on peut aimer avec lucidité : voir les défauts et garder son amour. Mais Niels ne peut pas supporter la clairvoyance de son frère. La famille, la proximité, la vie commune, la familiarité immense, l'enfance amalgamée, est-ce beau et bon de les boire jusqu'à la lie, ou bien faut-il s'en sauver ? Je ne sais plus ce que j'en pense.

THÉO

Sommes-nous seulement ce que les autres font de nous en étant avec nous ce qu'ils sont que nous faisons d'eux ? Je suis toujours calme face à Niels, parce que je peux le contempler qui s'énerve. Mais je me suis déjà emporté dans d'autres confrontations. Je me suis déjà mis en colère avec Estelle. Dans le couple que nous formerons, je serai celui qui se met à crier et battre l'air avec ses bras. Elle s'est emparée du rôle de la femme tranquille à qui rien ne fera perdre le contrôle d'elle-même. L'identité est fluctuante, définie dans le face-à-face, je l'observe sans pour autant me résoudre à cette idée.

FLEUR

Je suis une jeune fille de bonne famille qui n'a connu que l'opulence et le confort matériel. J'en entretiens une conscience coupable. Pourquoi cela me gêne-t-il tellement que les autres le sachent aussi ? Pourquoi puis-je me dire à moi-même des choses que je n'accepte pas d'entendre de la bouche de mes amis ? Est-ce parce que j'éprouve déception et ressentiment à l'égard de ceux-là qui ne voient pas les ombres derrière les ors ? Les souffrances que nous voulons tenir secrètes nous éloignent des autres. Eux se disent : « Pauvre petite fille riche, qu'a-t-elle encore qui ne va pas ? »

Ils s'imagineront que je les crois susceptibles simplement parce que je le suis moi-même. Je n'avais jamais réalisé à quel point je l'étais. Mais ça ne les empêche pas de l'être aussi.

NINA

Je veux être enterrée debout. La tête en haut ! De sorte que la plante de mes pieds ne cesse jamais d'être posée sur la terre. Je l'ai demandé plusieurs fois à Moussia. Elle a ri. La fantaisie de sa mère est sans fin, voilà ce qu'elle pense. Mais que fera-t-elle ? Mourir : apprendre à laisser les autres décider de votre vie.

NIELS

Personne ne fait l'expérience qu'un autre fait de lui-même. Mais tous croient savoir celui que vous êtes. Tous vous regardent, vous imaginent, vous écoutent, vous croient, vous suspectent, mais ne font que des déductions. Et ils sont installés dans l'aventure d'eux-mêmes. C'est de là qu'ils vous lisent. Nul n'est localisé en moi, que moi. Alors, qui peut connaître ma honte et le fredonnement triste que je confronte en moi aux sentiments qui m'ont habité ? Enfant, je les éprouvais sans comprendre ni ce qu'ils étaient, ni d'où ils venaient. Pourquoi je ressentais plus de jalousie que de fraternité, ou de la jalousie dans ma fraternité ? Et d'où me venait le besoin d'être devant mon frère ? Je n'avais pas de mots. Je n'y pouvais rien. Mais rien ne m'a racheté depuis à mes propres yeux. Je n'ai pas voulu tuer mon frère. Je n'ai pas réfléchi, je l'ai aidé à sauter dans la piscine sans penser à rien qu'à son envie, et je n'étais que l'enfant puissant qui pouvait assouvir le désir d'un petit. L'orgueil en moi a fait ce geste. Maman, tu n'étais pas dans la pensée d'un enfant, tu n'es pas dans ma tête, et pas davantage dans mon cœur, tu n'as pas fait l'expérience de mon expérience. Voilà seize ans que tu te trompes. Laisse-moi te renseigner.

Laisse-moi te dire mes rêves et mon trouble, et mon amour loyal et courroucé. Je n'ai pas voulu le tuer. Bien sûr que non !

MOUSSIA

Je suis devenue la reine des secrets. Je cache à mes enfants qu'ils viennent de perdre leur grand-mère. J'ai pris la décision de leur taire ma maladie si elle s'avère maligne. J'ai menti toute ma vie sur la famille qui fut la nôtre. Je continue à ne rien dire de ce que je vis avec Luc. Je ne sais plus moi-même ce que je vis, ni même ce que je veux. À force de mentir aux autres, ne finit-on pas par se mentir à soi-même ? Mais si ! Et l'on s'égare dans le dédale de ses propres constructions irréelles ?

CLAUDE

Pour la première fois je découvre le visage enragé de ma fiancée ! Fleur est jalouse de l'éloge qui vient d'être fait d'Estelle ! Si étonnant que cela me paraisse, je ne peux pas nier cette évidence. Toutes les jolies femmes sont-elles ombrageuses ? Inquiétées par les compliments faits aux autres ? Réclamant l'exclusive adoration des hommes ? Est-ce une nourriture qu'on leur arrache ?

Fleur parle en faisant des gestes avec ses mains. Je l'observe avec étonnement et gaieté : les femmes entre elles ne se font grâce de rien. Elles ne veulent pas seulement que nous les aimions, elles voudraient que nous les préférions, plébiscitions. Chacune voudrait par sa seule présence effacer toutes les autres : occuper seule un cœur entier. Elles réclament d'être uniques avec nous, elles espèrent nous délester du monde, devenir pour nous le monde. Être deux : voilà l'accomplissement amoureux d'une femme. Et l'apologie nourrit son épanouissement. S'il n'est pas de floraison féminine sans les regards d'un homme chevaleresque, alors je devrais placer Fleur sur un piédestal et ne plus regarder que son minois délicat.

Que lui dirai-je ce soir pour apaiser le doute et la souffrance que fait naître ce jeu ? Elle ne manque pas de générosité, c'est la confiance en elle qui lui fait défaut.

THÉO

Niels et moi, nous avons un rapport de force permanent. Je n'en comprends pas la raison. Ce qu'il a dans la tête, comment il pense, comment il me voit, ce qu'il ressent auprès de moi, quel moyen ai-je d'en avoir idée si lui-même ne se connaît pas ? Peut-on avoir accès aux motifs des autres lorsqu'ils sont eux-mêmes dans l'obscurité ? Niels me transmet des choses qu'il ne s'est pas communiquées à lui-même. Il faudrait lui donner envie de se dévoiler de lui à lui.

MARINA

Pourrai-je une fois me décontracter complètement ? Me foutre de tout ? Et laisser quelqu'un s'insinuer dans ma solitude. Pourquoi dis-je ma solitude alors que je suis la seule ici à avoir un enfant. Suis-je seule *avec* mon enfant ? Suis-je seule *malgré* mon enfant ? Mais oui, bien sûr. Ceux que nous choyons, protégeons et éduquons, nous laissent isolés au-dessus d'eux, dans ce territoire du contrôle et de la maîtrise où ils nous croient. Et jamais nous ne les détrompons, jamais nous n'avouons que nous ne savons pas, que nous avons peur, que nous sommes parfois dans l'indigence et la stupeur, et que nous leur tenons la main non pas seulement pour eux mais aussi pour nous.

Je me sens si abandonnée depuis que j'ai un fils ! Ne me suis-je pas toujours sentie délaissée ? Je me souviens que je reprochais à Niels de ne pas assez s'occuper de moi. J'aurais pu avaler sa vie dans la mienne. Je l'ai perdu, peut-être à force de le réclamer, comme s'il fallait décidément exister sans les autres pour avoir droit d'exister auprès d'eux, comme s'il fallait par son indépendance gagner leur compagnie. L'amertume et le regret, la tristesse sont autant d'imperfections de l'humeur qui nous isolent dans des bulles noires où les autres refusent de nous regarder et jamais ne nous approchent.

Que signifie se sentir seule lorsqu'on ne l'est pas ? C'est manquer de chaleur, c'est ne pas se sentir aimée. Voilà, je le dis, je ne me sens pas aimée. J'ai avoué cela un jour à Niels, comme une confidence honteuse que j'aurais faite à l'amant qu'il était, une supplique donc, une exaspération, un dernier appel. Il a souri, son visage fut pensif une fraction de seconde, se contractant dans une réponse instinctive et il m'a dit : Se sentir aimé est très rare. Je crois qu'il a raison : dans quelques brèches miraculeuses nous trouvons l'éphémère épanouissement de l'amour certain, mais ensuite tout se brouille à nouveau, le ravissement se dissipe, le désarroi et la solitude s'implantent. Peu de temps après cette discussion, Niels m'a quittée. Je lui en demandais trop, m'expliqua-t-il. Et nous n'allions nulle part. Ainsi ai-je eu la certitude qu'il se moquait de m'épanouir et de me combler. *Il* n'allait nulle part.

NIELS

Je suis envahissant. J'interdis aux autres la moindre respiration. Je les assaille de mots et d'idées. Je ne m'arrête jamais de réfléchir, je cherche, j'inventorie, je tergiverse, je profère, je m'enhardis et m'immisce, je désunis et j'oppresse, je regarde. Je crois que tout m'est dû. Je décide de tout. Je ne le veux pas mais je le fais : j'écrase et je persécute mon frère. Je sème le doute. J'imagine des insurrections.

Il paraît que je fais tout cela.

Je ne suis pas brillant, comme on le dit de moi, je *veux* l'être, je désire qu'on le dise de moi, ce qui est différent. J'entends par là qu'il ne s'agit pas chez moi d'une qualité naturelle, d'un état, mais d'une volonté, d'une qualité recherchée. Je fais tout pour donner à penser aux autres que je suis brillant. Je veux avoir l'air, c'est tout ce qui m'importe, et au fond de moi je suis aussi misérable et médiocre que cet espoir qui me remplit : plaire. Éblouir, impressionner, voilà ce que je recherche, sans avoir aucune idée du motif qui me commande. C'est pourquoi je ne puis penser à ce que les autres sont pour moi, tout occupé que je suis à construire ce que je figure à leurs yeux. Du moins ai-je cette lucidité.

Quelle démarcation, quel rempart, saurai-je jamais placer entre moi et les autres, non pas pour me protéger du dehors comme beaucoup d'hommes ont à le faire, mais pour protéger autrui de mon intrusion ? Car oui, je dis tout ce qui me passe par la tête, j'ai rompu tous les filtres. On peut être totalement sincère. Mais ce n'est pas beau à entendre, dit maman.

Je ne cesse pas de dire je. Moi je. Moi je. Marina me l'avait fait remarquer lorsque nous étions amants. Elle était si jeune que je ne l'écoutais pas. Il n'y a plus que le silence pour échapper à la dictature de mon je. C'est ce que ne cesse pas ce soir de proposer Fleur : se taire, épargner autrui de tous nos avis. Mais je serais incapable de me taire. Du moins cela je le sais. Personne ici ne sait que je le sais. Est-ce que l'on ne croit pas toujours les autres aveugles sur ce qu'ils sont ?

ESTELLE

Il faudrait renoncer à mettre des mots sur les choses. Voilà ce qui éviterait malentendus et déconvenues. Voilà ce qui brouillerait un peu la perception du réel, son émanation intérieure jusqu'au fond de nous, un peu de flou, un peu d'effacement des contours, une dissolution rêvée des catégories. Car les mots précis et faux, mal posés sur le monde, nous font monter le sang à la tête. Depuis quand croyons-nous que notre perception du monde est le monde ? Depuis quand sommes-nous si sûrs que la réalité telle qu'elle existe pour nous existe identique pour les autres ?

FLEUR

Est-ce qu'on ne voudrait pas quelquefois se dénuder l'âme en public ? Et prouver une fois pour toutes par cette transparence totale que l'on n'est pas celui qu'ils croient (mais justement celui qu'on croit). Le voudrait-on si on le pouvait ? Se livrerait-on à ce déshabillage qui révèle ?

Il faudrait pour cela avoir confiance en soi. Ne pas être trop honteux de soi-même. Est-ce la gêne d'être ce qu'ils sont qui mène les hommes au magasin de masques ?

NIELS

Une chose m'amuse et m'étonne, et je sais qu'elle est vraie même si personne ne la croirait en m'écoutant dire : Je suis capable de jouer à ce jeu parce que je préfère les reproches aux compliments. Peut-être est-ce l'explication secrète de ma tenue. Pas de compliments ! Je ne veux pas en entendre un seul.

Je suis si vaniteux que les éloges ne me renvoient qu'à ma vanité. On me dit : Tu es intelligent, et moi je songe que j'ai cherché à le paraître… et c'est alors le supplice de se sentir faux dans sa vie et minable dans ses désirs.

Les reproches causent une souffrance d'une autre sorte : la honte de sa propre imperfection.

Ainsi donc on ne fait que souffrir. Estelle pourrait avoir raison : pas de compliments, pas de critiques, pas d'appréciations. Ne nous qualifions pas.

Ou bien qualifions-nous nous-mêmes. Moi ? petit, mélancolique, lassé, superficiel, séducteur, et merci de ne pas vous en resservir.

NINA

Comme ils sont jeunes ! Et beaux. Je suis la seule ici à contempler cette gerbe de jeunesse nouée dans l'amitié, à en mesurer la grande valeur. J'écouterai leurs rires toute la nuit. Je fermerai ma vie dans leur rumeur crépitante. De quoi s'amusent-ils ? Ce doit être leur jeu. Ils connaissent si peu de ce que la vie trouve à offrir, ils n'ont pas vécu encore un de ses revirements, une de ses extravagantes fractures, ni ses excentricités. Théo est un enfant qui fête ses vingt ans. Quand je le lui dis, il s'énerve. Arrête Bouchia ! Mais je dis vrai pourtant. Rien n'est écrit sur son visage, chaque réveil matinal l'a lavé de toutes les veilles. La vie n'est pas si courte qu'on le dit, et le temps est assez durable pendant lequel on se met debout tout neuf. Il faut beaucoup de jours et de diableries pour faire ployer un corps vaillant.

Ils lui ont offert un jeu. Niels m'avait dit qu'il avait découvert un jeu étonnant. Ce doit être celui-là. Étonnant ou détonant ? Je ne me rappelle plus quel adjectif il avait employé. Quand mes petits-enfants parlent, au lieu de les écouter, je les regarde. Mes pensées remontent le temps. J'avais soixante-dix-sept ans lorsque j'ai tenu Niels contre mon cœur pour la première fois.

ESTELLE

Nul homme n'est pour lui-même celui qu'il est pour les autres et pas davantage celui qu'il se figure être à leurs yeux. Si clairvoyants soient-ils, les regards rencontrent tant d'obstacles : ils ne se voient pas eux-mêmes, ils ne traversent pas la chair. Dans les limites de la parole et de la sincérité, s'inscrit la possibilité de découvrir celui que les autres connaissent. L'identité est changeante, soumise aux situations et aux protagonistes. Chaque caractère est enfoui dans une individualité qui se pare d'un ou plusieurs personnages. L'accès de chaque homme à l'individualité de l'autre est restreinte. Voilà l'expérience que nous faisons aujourd'hui : affronter l'étrangeté du regard des autres, ses écarts et ses malentendus.

Si je profère la phrase suivante : Je suis ceci. Tandis qu'un autre me dit : Tu es cela. Alors où réside mon identité ? Quel est le statut de cette affirmation : tu es ?

MARINA

Ma mère était extrêmement sévère. J'en avais une peur bleue. Très longtemps l'obéissance a duré, avec la crainte. Sans doute encore aujourd'hui ai-je la trace de cette émotion. Je n'ai jamais eu envie de lui parler, de lui confier un souci et me sentir réconfortée. Elle a été pour moi l'exact contraire de la mère que je veux être pour mon fils. Elle a été une éducatrice. Me restera toujours le regret de payer pour une insouciance née dans la sévérité. Je crois qu'au fond de moi j'ai cherché ce qui ferait le plus crier ma mère, ce qui pourrait la ravager. À quinze ans, j'ai trouvé l'action faramineuse qui la détruirait : et c'est un enfant que j'ai fait.

MOUSSIA

Trente ans, c'est le temps qu'il m'a fallu pour accepter mon visage et le corps que j'avais. À trente ans, j'ai été une femme comblée. Maintenant que le temps a passé sur cet ensemble, le trésor perdu se révèle. J'étais belle et je n'en ai pas profité parce que je ne l'ai pas su. Le travail n'est pas achevé : il faudra accepter le changement sans regretter la source vers laquelle on ne remonte pas. Mais tu es très belle maman ! disent les garçons. Et ils croient en avoir assez dit ! Je suis belle peut-être mais celui dont je voulais l'entendre s'est éclipsé depuis longtemps. Je peux affirmer cela : un amour perdu vous vole le goût de vous-mêmes avant celui de la vie.

MARINA

Est-ce que j'oublierai jamais le jour où, le test encore dans la main, j'ai dit à voix haute : Ça y est, je suis enceinte. Dans la salle de bains, enfermée avec mon corps comme éveillé, plein de signaux. Et j'étais seule à lire mon ventre, à entendre le sang qui me parlait, mes seins chatouillés, dans un état pourtant silencieux de moi-même. Et le soir j'ai guetté sur le visage de Niels. Recevait-il aussi des indices ? La pliure de la paternité s'imprimait-elle sur sa vie ? Non. Rien. J'ai su ce jour-là que la grossesse est le plus immense secret des femmes : aucun homme n'aura jamais idée de ce qu'elle est, un préjudice et une béatitude, une capitulation et un épanouissement. J'étais dans cet ébahissement. C'est alors que Niels m'a dit froidement : On va s'arrêter tous les deux. Ça ne mène à rien. J'avais envie de lui dire que ça menait déjà à un enfant. Mais il parlait : Tu es une gamine. J'ai été complètement fou, fou de toi mais fou tout court aussi. Je ne vois pas où nous allons. Nulle part sans doute. Moi je voyais que nous allions à la catastrophe. Alors j'ai pleuré comme la petite fille que j'étais encore, et il a cru que c'était parce que je l'aimais. J'avais quinze ans et lui vingt. Il me parlait du haut de sa sagesse : Tu ne souffres pas ! Tu te fais des idées ! Tu vas rebondir.

Les gens appellent imagination la douleur de l'autre qu'ils n'éprouvent pas eux-mêmes. Autant dire qu'on est seul, séparé, adverse.

NIELS

Je suis seul ici à le savoir : Marina est d'une sensualité profuse et chantonnante. Elle accepte mal que je dise qu'elle aime le sexe. C'est de ma part un compliment. Elle sait se donner dans l'amour, elle s'abandonne au désir de l'autre, elle se laisse prendre comme un homme l'attend d'une femme. Elle devient la maison de chair où l'amant veut s'enfermer, s'enclore, se calfeutrer. Elle sait accueillir. Non, d'ailleurs, ce n'est pas un savoir, c'est une évidence intérieure que possède ou non une femme, une disposition de soi, une manière d'accepter en soi la fatalité du désir, de l'exhausser, et de recevoir simplement l'éblouissement sexuel. Marina a reçu ce don du mouvement vers l'autre, et une souplesse du corps que l'esprit laisse faire. Il y a comme cela des élans passifs qui transforment, dans la seconde d'un choc électrique, les relations qu'avaient établies ensemble un homme et une femme. Se toucher est radical. Il y a beaucoup de femmes que j'ai envie de toucher.

ESTELLE

Je n'ai jamais vu un mort en vrai. L'idée suffit à me donner des frissons. Je suis incapable de rester ne serait-ce que cinq minutes allongée sur le dos. Et je ne supporte pas davantage que Théo reste ainsi couché à côté de moi au lit. C'est tout simplement comme si nous étions déjà morts, comme si, absents du monde, déjà égarés dans la putréfaction, nous attendions les mains et les larmes qui nous coucheront dans un cercueil. Pas un jour ne passe sans que l'idée de notre mort me traverse. J'ai vu une fois un médecin psychiatre. Vous n'avez aucune maladie mentale, m'a-t-il dit, et je le crois bien sûr, mais voilà qui ne retire rien à mon angoisse.

NIELS

Chaque matin je note mes rêves de la nuit :

Je suis dans un monde où les enfants se mettent à manger tout rond leurs petits animaux domestiques. On voit des poils qui sortent encore de leurs bouches.

Je suis dans un restaurant. On me dit « Le voilà le voilà ! ». Excitation. C'est un homme qui a l'air entièrement brûlé, sa peau est semblable à du papier mâché, on aperçoit sur lui comme des traces de doigts. Dès qu'on le touche, il se met à saigner.

Sous l'empire de la colère, j'ai commis un meurtre. Ma mère seule l'a découvert. Je la supplie de n'en rien révéler. Mais elle me dénonce en répétant : Tu n'avais qu'à ne pas t'énerver. Je suis condamné à mort. Je pleure, je regrette ma colère. Mais je n'ai que mes larmes et une mère résignée à mon exécution.

Je crois que maman a toujours préféré Théo. De moi elle a exigé des résultats, de lui elle a espéré des baisers. Pourquoi ? Je voudrais comprendre la raison de ce préjudice, éludé, parce que les mères n'avouent jamais.

MARINA

La maîtresse de CM2 nous demandait de nous attribuer à nous-mêmes une note de conduite. Elle disait : Tu sais si tu as été sage, sois honnête, note-toi. Si tu triches, Dieu le saura ! J'étais une petite fille exubérante qui bavardait avec ses copines. J'étais bien plus au courant que la maîtresse de chacun de ces bavardages. Mais puisque je n'étais jamais certaine de ce qu'elle savait vraiment, je notais : Assez bien. Conduite : Assez bien, lisait ma mère à haute voix. Elle ne disait plus un mot et s'en allait chercher le martinet. Au fond, c'était déjà ma nature : ne jamais mentir, quel que soit le prix à payer. Quand je lui ai dit que j'étais enceinte, elle n'est pas allée chercher le martinet, mais ce qu'elle pensait tout bas (avant de le crier tout haut) me fouettait plus fort. C'est ensuite qu'elle s'est remise à crier.

MOUSSIA

À plus de cinquante-huit ans, je n'ai pas fait un pas vers l'acceptation du deuil et de la perte. Quelqu'un qui était là et qui n'est plus, un corps dépouillé de sa vie, une personne apetissée et si bien volée qu'il ne reste rien d'elle-même. On n'a idée de rien tant qu'on n'a pas vu, tant que l'on n'a pas traversé ou été traversé. L'extrême vieillesse, ce que peut être le bout de la vie, le corps au bord de son précipice, j'en ai eu longtemps des frissons mais désormais il m'en reste des images qui ont les traits de maman. Nina est entrée en agonie, allongée, dépouillée, silencieuse, occupée à éteindre tous les signaux. Le premier mort que je vais contempler : ma mère qui m'a donné tout ensemble le jour et le monde, l'amour, la mélancolie et la mort. J'aurais voulu que la mort ait un autre visage.

NIELS

Oui, j'ai toujours su que ma mère préférait Théo. D'abord ce fut une perception obscure au-dedans, tapie et non nommée, ignorée. Plus tard j'ai pu me le dire à moi-même. Avais-je raison ou tort ? Je l'ai ressenti. Mais je ne suis pas dans le cœur de maman. Puis-je trouver une explication à cette certitude que j'ai ? À mon sentiment ? À sa préférence ? Théo était un enfant très calme tandis que je fus longtemps un garçon turbulent, déconcentré, fatigant pour une mère. Cela ne me prouve ni que Moussia avait une préférence, ni que j'ai raison de le sentir. Mais je me l'imagine voilà tout. Et l'imagination aussi est une expérience réelle.

NINA

Mourir est un travail. Comme naître le fut. Les sages-femmes emploient ce mot *travail* à propos de l'accouchement. Donner la vie. Recevoir la vie. Rendre la vie. Je ne sais pas à qui. Mais c'est sûr, la rendre à la terre, l'abandonner dans sa peau, renoncer au mouvement d'un corps vigoureux, concentrer tout son être dans l'esprit : tout ce que l'on éprouve de soi devient pensée. Oui, substituer de la pensée à du mouvement, de la puissance mentale à de la force physique. Et peut-être alors prendre son envol dans la bulle irisée de son propre esprit, éternel et universel, souverain, inaltérable.

MARINA

J'attendais Arthur et j'étais dans le nouveau silence de mon corps. Et puis lorsque j'ai été ronde et grosse, très visiblement enceinte, j'étais dans le faux silence des autres, qui faisait face au mien, à mon silence revêche. On n'en tire rien. C'est une tête à claques. Elle ne veut pas dire qui est le père... Je ne voulais pas le révéler. Je voulais le laisser deviner lui-même. Et ne pas lui coller le monde sur le dos : le monde de ma mère. Je ne sais plus dire si j'étais malheureuse. Je ne me tourmentais peut-être pas tant qu'aujourd'hui. Je ne doutais pas que Niels devinerait pour l'enfant. Mais j'étais folle de mon amour perdu. J'avais quinze ans, j'attendais un enfant, c'était la chose la plus inouïe qui m'était arrivée et – semblait-il – la plus ahurissante jamais venue à mes parents. Je n'allais plus au collège. Ma mère voulait me faire avorter. Est-on mère à quinze ans ? répétait-elle en hurlant. Elle a hurlé pour toute sa vie. Je crois qu'on ne l'entendra plus. Mon père était prostré. Les histoires des femmes l'avaient toujours dépassé. Plus tard les parents ont divorcé. Ma mère m'a dit : Tu vois. C'est à cause de toi tout ça. Arthur avait un an. Sa grand-mère ne l'avait jamais vu.

NINA

Moussia montera me voir tout à l'heure. Elle me l'a promis et je sais qu'elle ne l'oubliera pas. C'est elle ainsi qui me découvrira, et mon dernier visage. Je ne voudrais pas l'effrayer, ma longue fille sensible et triste. Peut-on façonner son dernier visage ? Je voudrais l'accalmie de la mort, l'enchantement de la désertion, le désœuvrement final, quelque chose de voluptueux et d'indolent, rien d'une dévastation ni d'une besogne sale.

Il me semble que la mort me donne de l'importance. Comme à n'importe quel défunt. Je vais devenir celle qui a passé, celle qui ne reviendra plus : celle qui fait défaut, celle qui vous manque. À qui peut-on bien manquer à la longue, je me le demande ! Mais c'est ainsi que le deuil se passe. Les atours de la nostalgie m'habilleront. Mes défauts seront effacés. Mes fautes rachetées. On pardonne tant de choses à nos morts quand il vaudrait mieux pardonner aux vivants. Je voudrais offrir l'absolution que l'on me donnera à ceux qui chemineront encore ici.

ARTHUR

Ma maman est une maman qui rêve. Souvent elle est à côté de moi et elle n'est pas là. Je lui parle et elle n'entend rien. Je ne sais pas où elle va. Peut-être rejoindre mon papa.

MARINA

Cette fois je n'esquiverai pas. Voilà pour moi ce soir par ce jeu l'occasion inattendue mais exacte de trancher le silence. Niels n'aurait pu mieux faire pour m'accompagner jusqu'à la vérité et ma révélation. Oui, ce soir je lui parlerai, ainsi qu'à Moussia, à tous les autres, et devant tous les autres. Je lui livrerai enfin son fils et me délivrerai par une même phrase. Comment y a-t-il des paroles si pleines de vertige que nous les enfermons en nous comme on garde un trésor funeste ? « Je suis enceinte » : je n'ai pas pu le dire. Cela ensuite fut évident et visible. « Cet enfant que je porte est ton enfant » : je n'ai pas davantage su le révéler. Arthur est né sans père. « Nous avons un fils » : il m'a semblé que c'était trop tard pour le dire. « Je te présente ton fils. » Pourquoi aucune de ces phrases n'a-t-elle jamais remué mes lèvres ? Quel est le plus difficile : trouver les mots, révéler le secret, affronter les regards, desceller une forme de sa vie sans prévoir la suivante, modifier irrémédiablement la réalité ? Le pire, il me semble, c'est bien cela, proférer des paroles irrémédiables, révéler un fait qui ne sera plus jamais ni démenti, ni disparu, et ignorer avant de le faire l'effet de cet aveu. C'est ainsi que l'on se fabrique des secrets : pour garder le présent au passé. Je parlerai publiquement de cet enfant dont le père s'ignore par ma faute. Je demanderai le pardon pour mon silence. Comment savoir ce qui me sera accordé : le pardon, l'accueil, des bras qui s'ouvrent et me caressent, une maison, un amour, une famille ? Quand la vie a semé en vous la forme pauvre qu'elle peut prendre, il y a tant de rêves simples, tant de gestes attendus, tant d'harmonie à espérer. Une chambre à moi, un homme, une réconciliation, une famille, pas même l'embrasement de l'amour, non, la paix peut-être, voilà tout ce que je demande ce soir. C'est immense. Je comprends que je suis cette femme qui demande tellement.

Peut-être ne devrais-je parler qu'à lui seul. Si je parle devant tous, ils me jugeront indélicate, violente, folle peut-être. Mais je crains le tête-à-tête avec ce cœur qui croit si fort avoir fini de m'aimer. Les autres nous sont proches, une bulle d'amour et d'amitié qui est capable de recevoir ce secret de paternité. Il me semble que des témoins aideront Niels à entendre ce que j'ai à lui dire et qui n'est pas seulement tu as un fils, mais aussi, prends ton fils.

C'est une décision mûrement réfléchie à quoi il faut me tenir. Facile à dire…

Comment se trouve-t-on en situation d'avoir des révélations à faire : en fautant, en écoutant aux portes, en espionnant, en mentant… ? Est-ce toujours l'ombre et le péché, la tristesse et la peur, qui précèdent un aveu ? Non ! Il en est un que j'ai fait un jour à Niels (et que j'aurais voulu faire à Théo) et qui est un aveu de lumière : je t'aime, j'ai envie de t'aimer, je me donne à toi de toutes les façons qu'un être peut se livrer à un autre. Et aujourd'hui viendra la grande suite de cet amour, sa fécondité et sa perturbation. Ces paroles que j'ai eues à cœur un jour de prononcer sont venues me sauver lorsque je me suis trouvée seule et enceinte : l'amour que j'ai donné fait de moi une femme à jamais immaculée. Qui ou quoi peut tacher celui qui aime ?

LUC

Je suis le mari. Dans cette famille, depuis plus de vingt ans, Moussia m'accorde la place du mari. Bien des devoirs étaient attachés à ce rôle lorsqu'elle a glissé l'anneau d'or à mon doigt. Je les ai piétinés, comme des fleurs plantées par un autre et qui n'auraient pas été à mon goût, puis j'ai déposé mes propres graines. Je suis devenu le mari fantaisiste, celui sur qui on ne peut pas compter, je suis le déserteur, celui qui sait battre des ailes pour s'envoler. Je viens de manquer le dîner d'anniversaire de mon fils. Je l'avais oublié. Moussia ne s'en offusque plus. N'est-ce pas elle d'ailleurs qui me pousse dans ce rôle ? Elle me prévient du bout des lèvres, comme si elle désirait mes absences. Perverse chose que l'interaction entre deux êtres qui ont épuisé leur amour. Nous l'avons bel et bien consumé.

Un jour inattendu de stupéfaction et de tristesse, un jour de deuil intérieur, j'ai pensé : Je n'aime plus ma femme. Pourquoi l'ai-je pensé à ce moment ? Mon fils avait été en danger de mort par ma faute. Ma femme ne me pardonnait pas ma légèreté de père. Je voyais à quel point elle était devenue, au détriment de l'épouse, une mère absolutiste. Je venais d'être enchanté par une autre et ce puissant attrait exercé sur moi du dehors agissait comme le révélateur de l'amour mort au-dedans. Moussia qui était pourtant à côté de moi, en chemise de nuit, dans mon lit, devenait une figure du passé, l'estompe d'un ancien amour balayé. Elle s'effaçait doucement en moi. Elle n'a rien senti de ce vent qui se levait pour dévaster sa maison : je n'ai pas fait un signe pour marquer cette nuit où j'ai su que plus jamais je n'aurais envie de lui faire l'amour. Au contraire, j'ai pris sa main dans la mienne et me suis endormi en la serrant, elle pouvait croire que c'était là notre complicité et mon amour, pourtant c'était ma pitié pour elle.

Je n'ai pas eu de mot. D'abord je me suis tu, replié sur moi-même, c'est-à-dire la confusion que faisaient ensemble la sidération, l'émoi d'une rencontre, la souffrance de ne plus aimer là où il faudrait, en même temps que celle d'aimer là où il ne faudrait pas. J'ai voulu attendre. Qui sait l'avenir de ses amours ? J'ai refermé toutes les portes par où sortent et entrent les impressions qu'on se fait : les mains, la bouche, les yeux se sont centrés sur ma femme légitime, celle que – je le croyais – je devais aimer, par-dessus toutes les autres. Mais les mains la bouche et les yeux ne commandent pas au cœur. J'avais le cœur au-dehors. J'avais entrouvert une trappe, il s'est échappé.

Alors j'ai décidé de rester pour les garçons. Ne pas séparer les parents : ne pas imposer à mes enfants d'être privés du père quand ils ont la mère, privés de leur mère lorsqu'ils ont le père. La vie a gardé pour eux sa forme apparente. Elle n'a changé que pour Moussia et moi. Moussia a accepté de vivre auprès de mon désamour. J'ai perdu celle que j'aimais : la femme qui au-dehors m'attendait m'a dit qu'elle n'attendait plus. Elle voulait l'homme entier et saluait bien bas celui qui en moi ne la suivait pas en même temps que celui qui venait en elle.

J'ai fait mille rencontres au lieu d'une. Je suis sorti comme un papillon de la chrysalide familiale, de la maison de Nina et des jupes de Moussia. Que l'on ne me reproche rien ! Qui saura dire la difficulté d'être père et mari, et comment les femmes s'emparent des maisons, des enfants et des hommes, avec la toute-puissance que leur confère d'un coup l'extravagante seconde où elles expérimentent de faire passer une vie nouvelle par leur voie la plus intime ?

FLEUR

Sans que je sache pourquoi, sans raison véritable ou apparente, il y a des jours où je perds confiance. Dans quoi ? Dans le collier des jours, dans ce qu'il dessine et imagine, dans ce que l'on pourrait inventer, essayer. Quand je lâche ainsi le tissu du sens, toute force s'effrite en moi, je suis décousue, désarmée et obscure. De moi, alors, il n'y a rien à tirer, plus un mot, plus un sourire, pas un regard, je suis un mur. D'ailleurs les autres aussi n'ont plus ma confiance. Ceux qui pourraient nous aider mais demeurent enclos dans leur maison de peau, volets fermés sur les fenêtres de leurs yeux. Tout y passe, tout se casse. Les jours peuvent être aussi noirs que ça, noirs comme j'imagine que sont les caveaux, et humides, et glacials et sans issue. Alors je me tapis dans ce noir de moi-même. Et Claude alors me répète : Ça ne va pas ? Je vois bien que ça ne va pas ! Dis-moi ce qui ne va pas ! Mais vas-y parle-moi ! Nom de Dieu pourquoi ne veux-tu jamais me parler ? Qu'est-ce que tu as ? ! Plus il crie, plus je me tapis. C'est une chose si terrible d'être comprise de travers. Ou bien de ne pas être écoutée. Ou pire, de n'être pas crue quand vous dites la vérité. Ce n'est pas vrai, je ne te crois pas ! disent les étonnés. Qu'ils s'étonnent. Et qu'ils sachent que si l'on ne parle pas, c'est qu'ils doutent. Il y a des sourds volontaires.

Ceux-là, qu'ils comprennent bien qu'on ne va pas leur parler. On est vivant, on sait causer, on a des mots, mais on n'est pas si con. Je ne dis jamais rien qui ne puisse être compris facilement.

MOUSSIA

L'infidélité de Luc, revendiquée, sans cesse ressurgie, m'a menée à ma chasteté. Ma vie n'a pas besoin de vengeance, de symétrie, de réciprocité noire, de diableries ou de crânerie, elle veut s'écrire dans la probité, la grâce, l'abandon. Comment affligerais-je celui dont l'inconstance m'a un moment dispersée en mille perlettes de doute et de souffrance ? Découvrir qu'il avait besoin de me dire son désamour pour aimer une autre femme. Faire face à cette parole de mort et d'abandon. Imaginer comment il saurait offrir à une autre celui de ses sourires que je préférais. Chasser l'image de tous les couples du monde, celles des mains qui se tiennent, des épaules qui balancent, des yeux qui se répondent. Est-ce par l'imprécation et l'offense que l'on ensevelit cette stupeur ? J'ai forgé dans ma pureté l'urne de mon amour perdu. Je me suis recroquevillée autour de mon cœur : comme une dévotion unit vos forces, la certitude d'aimer m'a affermie. Et j'ai pu donner à mes fils une mère digne de ce nom, un père qui ne part pas, une maison familiale. Je peux bien dire à mon fils aujourd'hui que j'ai été vivante et désirée par d'autres, et épanouie par ces désirs sans faillir, sans rêver, sans mentir. Ils ont peine à l'entendre ou à l'imaginer. Mais qu'ils le sachent n'est pas un mal. On ne s'intéresse pas assez à la jeunesse de ses parents. Il ne faut rien laisser oublier.

ARTHUR

Alors je me mets à pleurer. Je fais exprès de pleurer pour que maman me regarde. Je veux maman. Je veux rentrer à la maison. Je ne veux plus les entendre parler sans comprendre ce qu'ils se disent. Ils se disputent tout le temps. Pourquoi crient-ils quand ils jouent ? Vous faites trop de bruit ! Taisez-vous ! Je ne peux pas dessiner ! Moi, ma maman m'interdit toujours de crier.

ESTELLE

La grammaire française est précise. Je : une personne parle d'elle-même. Tu : une personne parle à une autre personne. Il : une personne parle à une autre d'une troisième personne (absente ou présente). Merveilles des pronoms qui fabriqueront les malentendus.

Malentendu du je : Je suis… Oui, je peux bien le dire, mais je ne suis pas pour autrui celui que je suis pour moi-même. Il est à peu près sûr que je me leurre un peu. Ou bien que, me regardant d'aussi près et même du dedans, je louche, je déforme, j'accommode. Il y a bien des choses que je ne me dis pas à moi-même. Et des choses que je communique aux autres sans me les communiquer à moi.

Délicatesse du tu : Tu es… Tu n'es pas pour toi-même celui que tu es pour moi. Tu ne m'entendras pas, tu seras blessé.

Impolitesse du il : Il est… De quel droit parler de lui s'il est absent ? À qui ? Dans quel but ?

On ne peut plus parler sans réfléchir et réfléchir nuit à la fluidité de la parole. On ne peut que demander à l'autre : Et toi, veux-tu me dire qui tu es ?

Ou encore : Si je veux apprendre à vous connaître, comment devrai-je m'y prendre ?

Je crois que j'aurais aimé ne jamais cesser de vouvoyer Théo. Oui, m'embarquer de ses bras vers le plaisir, et lui dire vous, instaurer par ce pronom une courtoisie inusable.

NINA

J'ai connu la place de l'Opéra sans voiture. C'est une chose qui émerveille Estelle. Cette jeune fille est précieuse. Elle va dans l'avenir avec le passé. Je crois qu'elle sera malheureuse. Quel moment de son enfance a bien pu créer chez elle ce sentiment exacerbé du temps, cette conscience mélancolique de la durée et de la fin des choses ? Elle pourrait le rechercher, puis se transformer, effacer d'elle cette travée d'ombre. Mais elle ne le fera pas puisqu'elle est sentimentale au point d'aimer être sentimentale : au point de goûter ce retentissement profond, durable, coupant, des événements dans son propre psychisme.

FLEUR

Je l'ai enfin dit. Je peux me le redire au-dedans : mon père, le juge G., abusait de sa fille. Je me sens tellement paisible… immaculée, glorieuse, enchantée, oui tout cela ensemble, c'est réuni. Je le rassemble. J'en ai le frisson. Ils font mine de n'avoir pas entendu cet innommable que j'ai nommé, mais j'ai vu dans leurs yeux qu'ils m'ont écoutée. Il faut que j'embrasse Claude qui est malheureux. Est-ce que je le dégoûte maintenant ? Est-ce qu'il s'en veut de n'avoir pas débusqué mon secret ? Est-ce qu'il m'en veut de ne pas m'être confiée à lui ? Ou bien d'avoir parlé devant tous les autres ? Est-ce qu'il m'en veut tout court ? Tout court : d'avoir été victime, d'avoir été salie.

La plus grande saloperie de la vie : le malheur engendre le malheur, les malheureux enfantent des malheureux. L'ombre se transmet par le sang et l'amour.

CLAUDE

Je sais que Fleur et moi donnons l'impression d'être mal assortis. Sa distinction et ma brutalité font un étrange ménage. On soupçonne que nous nous connaissons mal. Ou pire : que j'en ai après son argent. C'est une chose possible. Quelle importance ? Je ne crois pas que l'on doive forcément cerner la femme avec qui l'on vit. Je préfère la rêver. Je peux m'imaginer que je la console et la protège. Elle ne désire rien d'autre que ma douceur rassurante. Elle ne peut pas faire face à ma vitalité d'homme. Maintenant je sais pourquoi.

Fleur et moi, nous nous sommes rencontrés dans la tristesse. Deux ruptures concomitantes, deux échecs amoureux, nous ont propulsés l'un vers l'autre. Blessés, prêts aux confidences et aux aveux, certains d'être réfractaires à l'amour, nous ne nous sommes plus quittés.

THÉO

Je me sens indiscret ce soir parce que je regarde les autres. Ce n'est pas tant d'ailleurs de les regarder, c'est de les voir avec une perception éclairée par leur absence. Ils sont pris dans la conversation. Chacun a ses manies. Chacun a ses gestes. Comme un style, un alphabet, une syntaxe à quoi se plie le corps. Fleur met sans arrêt sa main dans les cheveux, et devant sa bouche quand elle parle. Elle range ses mèches derrière ses oreilles. Elle ne peut pas laisser ses cheveux tranquilles. Claude se caresse le menton et se regarde : les boutons de sa veste, le tissu de son pantalon sur ses cuisses, le plastron de sa chemise, il faut que tout soit parfait, lisse, immaculé. Maman ne tient pas en place. Elle part, elle revient, toutes les dix minutes elle se lève et quitte le jeu : va voir sa mère, va chercher à boire, va choisir un disque. Quand elle revient s'asseoir, ses deux mains pour ranger ses longues jupes se glissent sous ses cuisses. Je n'ai pas regardé Estelle qui est à côté de moi, il me suffit de tenir sa main. Je possède sa chaleur et son amour. Et moi, quels sont mes gestes ?

FLEUR

Je n'avais jamais connu ni amour, ni amant, lorsque j'ai rencontré Claude. J'en concevais une telle honte que je me suis inventé un chagrin d'amour. Non seulement Claude a cru ce que j'élaborais, mais il s'est confié à moi. Toute notre histoire est sortie de mon mensonge.

ESTELLE

Il y a des instants spéciaux où l'on peut, si l'on se tient à peine au-dehors des choses, apercevoir le cours de la vie : les uns qui en prennent possession, les autres qui en sortent, s'en détachent et la rendent. Noël, par exemple, est un de ces moments. À la toute jeune fille, on offre cent cadeaux, tous ceux qui l'amènent peu à peu à sa vie de femme. Au vieillard fatigué, on ne sait quoi offrir. On manque d'idées, tout devient interdit, il ne mange plus de confiseries, il ne supporte plus les parfums... Comme si pour mourir, il n'avait plus besoin de rien.

Je vois ce cheminement devant moi.

MARINA

C'est à ce moment précis que j'ai senti s'effondrer en moi l'énergie, comme si la boule de tristesse qui me chahute cette fois me fracassait. J'ai couru vers le couloir, je suis entrée dans la salle de bains de Moussia, et j'ai fermé la porte à clef, comme une gamine qui trouve trop de violence au monde, qui voudrait que la vie ne soit pas un duel avec soi-même, un affrontement organisé avec autrui, mais une nage lente dans la mer qui s'ouvre devant vous. Arthur a crié : Maman ! Je me suis sauvée quand même. Ce mot me transperce le corps, partout. Il y a paraît-il des mères que cet appel enchante, de sorte qu'elles sourient à leurs enfants. Quand je l'entends, je souffre, et cette souffrance anormale en fait naître une autre qui est légitime. Lorsque mon fils crie maman, je souffre deux fois : de l'entendre et de ne pas pouvoir l'entendre. Et pourtant Dieu et mon ventre savent que j'aime cet enfant. Va voir un psy, me dit souvent Théo. Il est gentil et il me veut du bien. Mais il ne sait pas la vérité. Je n'irai pas. Je suis cette écorchure. Si on me soulage, que suis-je ?

ESTELLE

Je vais être sincère, et sans vouloir te blesser, je voudrais te dire que tu es...

On ne devrait jamais laisser filer plus loin ce début de conversation. Non pas que l'on ne puisse rien entendre sur soi-même, mais parce que fait souvent défaut la totale bienveillance qui permettrait de critiquer, d'incriminer même, sans détruire celui à qui s'adresse le commentaire. Au contraire de ce qui conviendrait, la probité soudaine avec laquelle on entend révéler à un autre notre regard sur lui se double souvent d'aigreur, de colère, de jalousie... On se parle mal, on se fonce dedans. Et qui peut être certain, à l'instant de livrer ses avis, de ce qui sera salutaire ?

Je vais être sincère, et sans vouloir te blesser, je voudrais te dire que tu es... Les mots qui suivront, par ricochet, selon une mystérieuse chorégraphie, attaqueront l'estime ou l'amitié que l'on éprouvait pour celui qui parle, la liberté spontanée aussi bien que la tranquillité avec laquelle on était soi-même, une personne et son caractère.

Tu es... On ne devrait jamais ni se laisser qualifier par autrui, ni qualifier autrui. Mais on le fait couramment. On parle des autres et de soi, à tout bout de champ. En somme dès que l'on n'a rien à dire, les uns les autres on se parle des autres et de nous-mêmes. Nous sommes, nous-mêmes et les autres, le nuisible refuge de nos conversations : je suis, tu es, il ou elle est…

THÉO

J'entends Arthur pleurer au bout du couloir, répétant à sa mère des paroles que nous ne comprenons pas, et c'est affreux ce petit garçon en larmes et les amis de sa mère qui ne peuvent ni le consoler ni faire sortir sa mère de la salle de bains où elle s'est enfermée.

Niels a un fils. Papa n'aime plus maman depuis quinze ans. Maman s'est sacrifiée pour ses fils. Fleur a connu le massacre de l'enfance… Je crois que le destin est venu ce soir s'occuper de nous. Nous ne sommes plus nous-mêmes, nous sommes au-delà de nous-mêmes, au cœur du pire et du meilleur en nous : indifférents, vaniteux, égoïstes. C'est ce que je penserai demain, lorsque les événements qui devaient se produire seront bel et bien advenus. Lorsque je ne serai plus le même garçon.

ESTELLE

On parle parce que l'on est amis. On fréquente et on connaît celui à qui l'on parle, et celui dont on parle. Toile d'araignée de l'amitié qui bave des mots : Je vais être sincère, et sans vouloir te blesser, je voudrais te dire que tu es... On ne sait plus se taire parce que l'on croit se faire de l'autre une idée juste. Un moment vient où l'on désire la lui infliger. Quelque chose dérange le mécanisme de la relation silencieuse, on s'élance. On finit toujours par juger que l'on peut se parler avec franchise, à cœur ouvert, et même si ce que l'on veut dire n'est pas agréable à entendre – c'est d'ailleurs dans ce cas seulement que se pose la question de la sincérité. On le juge à tort, et l'on pourrait considérer, par goût du paradoxe, que cette erreur est le privilège, ou la rançon, de l'amitié. Voilà la conspiration de la sincérité amicale. Sans amitié, pas de confidences ni d'aveux ou de révélations, pas de critique profonde et transparente. En ce sens les amis, par le bien qu'ils essaient de nous faire, sont aussi cruels que les ennemis qui nous souhaiteraient quelque mal. Je vais être sincère, et sans vouloir te blesser, je voudrais te dire que tu es... vraiment très égoïste. Beaucoup trop bavarde. Assez paresseuse. Très sèche certains jours... Je vais être sincère, et sans vouloir te blesser, et voilà que la blessure est ouverte.

FLEUR

Certains moments que nous prévoyons succulents donnent lieu à des mésaventures sur lesquelles notre vie vient rebondir et se recomposer. Et je me sens courbatue, comme si les amis de Claude m'avaient rouée de coups, je suis bouleversée. Voici donc l'idée qu'ils se faisaient de moi ! Des amis ? De prétendus amis plutôt ! Quelle déception ! Leurs yeux ne savaient pas regarder. Leurs yeux lançaient des vipères.

MARINA

Chhhhhhhhhhhhh. Je fais couler le robinet et je laisse mes mains sous l'eau et je m'apaise lentement. Existe-t-il un pays dont le spectacle m'affecterait au point de me transformer ? Des gens différents qui m'apprendraient une autre manière d'être au monde ? Quel est le voyage qui m'apporterait la paix intérieure ? Du plus profond au-dedans, au plus lointain du dehors, où est la plus grande chance de métamorphose ?

FLEUR

Mon image me colle à la peau. Est-ce que je découvrirais seulement que j'ai une image ? Il a suffi d'un jeu qui n'en est pas un. On aurait dit que les mots se jetaient sur moi. Je les voyais comme des petits monstres griffus sortis de toutes les bouches pour me déchirer le visage. Tous les mots qui appartiennent aux autres ont été lâchés sur moi. Fleur aime l'argent. Fleur n'est pas si douce et polie qu'elle en a l'air. Fleur, comment peux-tu ignorer que tu es violente ? Les autres me parlent de moi. Je ne leur ai rien demandé mais ils s'élancent pour me dire mes quatre vérités, ils parlent, ils ne s'arrêtent plus de parler, dans l'exaspération ou dans le calme, en fuyant le regard ou au contraire en regardant droit dans les yeux, en murmurant ou en criant, avec bienveillance ou mépris…

J'ai beaucoup trop parlé dans ma vie, parfois à raison mais souvent à tort et à travers, dans l'élan, dans la colère, dans l'alcool. Sans jamais tourner ma langue sept fois dans ma bouche ainsi qu'on le conseille aux enfants. Voilà que c'est à moi qu'on a parlé.

NIELS

La puissance des hommes c'est la jouissance des femmes qui la leur confère. Voilà pourquoi j'accorde de l'importance au sexe. C'est un penchant mal pratique. Mais jusqu'à quel point peut-on se changer ? Jusqu'au point de son désir, le peut-on ? Peut-on se débarrasser de soi-même ? Ou bien au contraire est-on pour la vie prisonnier de son tempérament, avec un caractère dessiné à jamais et une constellation figée de défauts et de qualités ?

MOUSSIA

Je n'ai été ni salie ni humiliée. J'ai rendu sa liberté à un homme en le priant de rester à mes côtés dans la vie. Que maîtrisons-nous de l'épiphanie ou de la mort d'un amour ? Si peu ! Nous ne sommes que des hôtes, les réceptacles d'une force qui nous dépasse, nous subjugue, nous métamorphose, et à quoi nous acquiesçons presque misérablement. Comment pourrait-on en vouloir à celui qui nous dit : J'ai fini de t'aimer. Il n'a rien fait. Il est victime d'une inconstance qui est à peine la sienne.

NINA

La télévision a changé ma vie. On reste assis devant la barbarie du monde, la violence de la terre, qui entre en soi par les yeux. Les enfants ! Cachez-vous les yeux ! Un coup d'État, une inondation, un attentat, un tremblement de terre viennent émietter les corps des hommes. Mille mutilations du bonheur de la planète, qu'est-ce que cela peut faire d'en prendre connaissance ? On ne peut rien faire, que pleurer, crier et dire un jour que l'on ne veut plus rien. Que choisir la mort.

MOUSSIA

Après tout ça n'est qu'un jeu. Théo l'a répété : C'est un jeu ! Nous n'avions pas à nous échauffer comme nous l'avons fait.

Hélas. Ce n'est pas un jeu ! C'est la réalité, venue par un jeu mais réalité tout de même. Bel et bien les conceptions, les idées réelles que nous nous faisons les uns des autres. Est-ce que l'on joue jamais ? Il n'y aurait pas tant de mauvais perdants si on jouait. On fait la seule chose que l'on puisse : on vit sous le regard des autres. Tout est vrai, et lourd, martelé en nous, il n'y a pas de parenthèses.

Si je pouvais pleurer tranquille, je le ferais.

MOUSSIA

Est-ce que je préfère Théo ? Est-ce que j'appartiens à cette sorte de mères qui parmi leurs enfants ont un favori ? Est-ce la disgrâce de certaines ou bien toutes les mères en ont-elles un ? Le savent-elles ? Refusent-elles de se l'avouer ? Que veut dire exactement préférer ? Par quelle voie silencieuse Niels aurait-il été informé de mes affinités et pas Théo ? Dois-je me le reprocher et m'en corriger, ou bien est-ce tout simplement la vie au naturel, un penchant que l'on ne fuit pas ? Mon mari s'en était-il aperçu ? L'a-t-il de lui-même compensé ? Ou bien avons-nous évité de l'envisager ?

J'ai plus câliné Théo je crois, je l'ai touché davantage. Je le mordais chaque soir au moment de le border, il me mordait aussi. Et du lit voisin, Niels criait. Il criait que nous étions fous, il ne voulait surtout pas être mordu, et comment Théo pouvait-il n'avoir pas affreusement mal, et maman tu mords trop fort, et on voyait la trace de mes dents dans son épaule... Niels disait qu'il ne voulait pas : ce que je faisais avec Théo, il n'en voulait pas. Ai-je seulement su penser un jour qu'il n'était pas dans le refus mais dans la quête, la supplique élégante des enfants : refusant la morsure, il demandait un geste unique, dédié, à lui seul réservé, mais aussi intense et indiscutable que celui inventé avec Théo. Dans la profusion des paroles enfantines, je ne me suis pas avisée que mon oreille se prêtait mieux à la musique intérieure de Théo. L'harmonie dans laquelle nous étions m'a fait confondre mes fils en un.

Je n'ai pas trouvé auprès de Niels ce que Théo m'a donné : un lien d'abord corporel, un contact chaud, le talent de se toucher. Quand je prenais Théo enfant dans mes bras, je pleurais. C'était un paroxysme d'émotion. Une bouffée de chaleur faisait rougir tout mon visage, les larmes coulaient. Et du reste elles coulaient aussi dès que je parlais de Théo à quelqu'un. Est-ce que je n'ai pas la réponse à une de mes questions ? J'ai pleuré sous les yeux de Niels à la seule évocation de Théo.

Niels ne se laissait jamais attraper, ni par la main, ni par le cou, encore moins dans une de ces étreintes furtives que l'on vole à ses enfants venus demander une permission. J'ai su que je préférais Théo à partir de ce jour où nous l'avons tiré de la piscine. Il était couché, pâle, dégoulinant d'eau, inconscient. J'ai hurlé, un cri que je n'entendais pas, et je me suis évanouie dans ce cri. Et lorsque je me suis réveillée, je savais de ma conscience la plus précise que Théo était mon joyau, la chair à laquelle je tenais le plus au monde, ma vie resserrée dans un seul être. L'eussé-je ensuite perdu, je serais morte avec lui, comme je serais morte pour lui. Je sais que ce n'est pas une façon de parler mais une réalité. Nous déposons parfois la vie qui est entre nos mains dans celles d'un autre. Dans l'amour. Dans le sang familial.

NIELS

J'ai un fils. Il s'appelle Arthur. Il a presque cinq ans. Et devinez qui est sa mère ? Sa mère est Marina !

Il y a six ans j'ai été amoureux de Marina. Du moins je l'ai cru. Et cela n'a pas duré. Étais-je trop jeune, immature ? Était-elle trop jeune ? Je me souviens que ses quinze ans m'ont un jour effrayé. Je me sentais tomber sous le coup de la loi. Mais son corps n'avait pas quinze ans. Je n'ai pas oublié la saveur de ses abandons. Elle se parfumait pour nos rendez-vous, et pourtant un effluve de son désir dominait tous les parfums : je la butinais. Dans la maison vide, je la faisais crier. Nina, un jour d'été où la fenêtre était ouverte, nous a entendus. Marina a une grosse voix. J'aimais le son qui sortait non pas de sa bouche mais de sa gorge quand elle avait du plaisir. Rien ne me donne davantage le sentiment d'être. Sentir entre ses mains, au bout de son corps, une femme que l'on fait disparaître et voler. Marina s'envolait dès que je la touchais. J'y reviendrai. Je peux revenir à toute femme que j'ai aimée. Je vais, je viens. J'ai un fils. Il s'appelle Arthur. Il a presque cinq ans. Il habite chez sa mère Marina. Est-ce que Nina le savait ?

Il faut que je m'entraîne : Et vous Niels vous avez des enfants ? Oui j'ai un fils d'un premier amour. Il s'appelle Arthur. Il vit chez sa mère à côté d'ici.

MOUSSIA

Niels a un fils ! L'enfant de Marina est mon petit-fils. Je ne pourrai jamais le dire à Nina. Elle n'aura pas connu son arrière-petit-fils qui venait dans sa maison. Ma tête ce soir ballotte d'une émotion à une autre. Je voudrais m'asseoir, éteindre toutes les lumières, fermer les yeux et y penser. Promener ma pensée comme un chien en laisse. Je ne parlerai pas à Luc ce soir. Arthur... Comment n'ai-je pas deviné ? Il a les yeux de Niels.

ESTELLE

De quoi pourrai-je être certaine ?

Deuxième partie

CHOSES DITES

1

Une maison ancienne dans la banlieue, de grands arbres, une vaste pelouse, des rosiers…

C'est d'abord le dîner. Ils sont huit à table, sept adultes et un petit garçon, qui se tient très bien et mange de tout. Ils ne parlent pas seulement de la pluie et du beau temps.

— Théo est né un dimanche à 18 h 18.
— À la clinique Roseraie…
— Ne te moque pas de ma mémoire.
— Je ne me moque pas.

— C'est délicieux.
— Je suis contente que ça vous plaise.

— Je regrette que Nina ne dîne pas avec nous.
— Moi aussi.
— Elle est si… je ne trouve même pas le mot.
— Elle ne quitte plus sa chambre.
— Nous pourrions lui porter une part de gâteau.
— Peut-être…
— Oui ce sera gentil, et elle sera contente de vous voir.

— Madame ! votre dîner est délicieux.
— Comme il est mignon !
— Il parle vraiment bien pour son âge.
— Mais quel âge a-t-il d'ailleurs ?
— Il devrait être couché à cette heure !
— Les enfants maintenant ! Ils vivent comme des adultes...
— Vous auriez pu le faire dormir là-haut.

— Le plus difficile c'est de ne pas être connu des professeurs. Chaque étudiant est un numéro.
— Je ne le supporterais pas.
— Tu serais bien obligé si tu voulais étudier une matière qui ne s'enseigne qu'à l'université.

— Par les mots nous nous déchirons nous-mêmes.
— Et nous déchirons les autres !
— Mais le silence est pire.
— Je n'ai pas une si haute opinion de moi-même.
— Je trouve seulement que tu es maladroit.
— Oui je le suis. Je revendique !
— On ne se voit jamais devenir ce qu'on est.

— Tu te rappelles ce que Max a dit l'autre jour à Niels ?

— Je ne sais rien de plus abominable qu'un mari et une femme qui se haïssent.

— À quoi servent les amis ?
— Les amis ne servent pas !
— Ils sont là, c'est tout.
— Les amis ne servent pas en tout cas à faire des compliments !
— Et pourquoi pas ?
— Les amis ne servent pas à mentir.

— Je voudrais qu'ils servent à nous aimer quand nous doutons de l'être.

— Les amis s'approchent quand tout le monde s'éloigne.

— Comment se consoler de l'impermanence ?

— Pas comme ça !

— Comment ça comme ça ?

— Pas avec des questions directes ou indiscrètes !

— Toujours ou jamais, c'est tout ce que tu sais dire !

— J'ai tendance à toujours m'attendre à mieux...

— Tu juges, tu juges, tu condamnes d'avance. Tu ne le connais même pas.

— Ça n'est pas vrai ! Vous ne pouvez pas croire une chose pareille ! Sans rire ! C'est horrible !

— Bien sûr que tu es comme ça !

— Si vous croyez cela, comment pouvez-vous être mes amis ?

— Qui t'a dit que nous étions tes amis !!!

— Je sens que vous allez détester mon jeu !

— Quel jeu ?

— Tu verras !

— Vous ne m'avez pas offert un jeu ? Si ?

— Tu verras !

— Je me souviens d'avoir lu les lettres d'une femme qui écrivait : Les hommes n'ont été pour moi rien moins que le destin.

— Je croyais qu'on était à l'intérieur d'un livre. Pourquoi c'est pas ça ?

— Entendez-vous ce que dit Arthur ? C'est extraordinaire !

— C'est quand que la vie des hommes va finir ?

— Dans très longtemps, ne t'inquiète pas mon amour.
— Il est très angoissé par la mort.

— Crois-tu qu'être infidèle n'a pas d'importance ?
— Il faut tenir...

— Je n'ai aucune idée de l'heure qu'il est.

— Laissez, je vais le faire !

— Maman !
— Quoi ?
— Rien. Fais-moi un sourire !

— Nous faisons beaucoup plus d'expériences que nous ne le pensons.
— Des expériences réelles et irréelles, privées ou publiques, psychiques ou physiques, intérieures ou extérieures... dans la mémoire, en rêve, en imagination, en réalité...
— Les gens ne connaissent pas encore les pouvoirs de leur esprit.
— Je connais un type qui cherche à étudier scientifiquement l'influence de la pensée sur la matière.
— J'aimerais bien voir ça !

— Bon anniversaire !
— *Happy birthday !*
— *Happy birthday to you Théo !*

— Je crois que pour mes vingt ans j'aimerais faire le tour du monde.
— Quand est-ce qu'on lui donne son cadeau !

— Tu ne sais vraiment pas ce que tu veux. D'abord tu dis oui. Ensuite tu changes d'avis.

— Je vous propose d'aller nous asseoir devant le feu.

— Et de jouer à ce jeu...

2

Au salon, les mêmes convives devant une cheminée.

Marina lit le couvercle d'une boîte :

— *Caractère : nom masculin. Manière habituelle de réagir, propre à chaque personne.*

Elle fait une pause puis elle dit :

— *Personnes susceptibles s'abstenir.*

— Vous voyez ce que je disais ! dit Fleur.

Elle est vive, inquiète, et elle fait danser ses cheveux en agitant sa tête dès qu'elle parle.

— Mais qui est susceptible ici ? demande Niels.

— Personne ! dit Claude.

Il répond sans réfléchir. Fleur est certaine qu'il se trompe.

— Au contraire ! Très peu de gens ne le sont pas, dit Fleur.

Et elle ajoute :

— On s'aime beaucoup plus qu'on ne le croit.

— Et alors ? Que veux-tu dire par là ? demande Marina en se tournant vers Fleur.

Marina ne comprend pas le rapport entre cette phrase et la discussion.

— Alors on n'apprécie pas que quelqu'un vienne déchirer la belle image, désavouer ce que l'on croit de soi, dit Fleur.

— Ne pas s'aimer est invivable, fait remarquer Marina.

— N'être pas aimé par les autres ne l'est pas moins, dit Fleur.

Marina pense à autre chose. Son petit garçon qui dessine sagement la préoccupe.

— Combien de temps peut durer une partie ? demande-t-elle.

Elle espère que ce n'est pas trop long. Arthur ne doit pas se coucher trop tard.

— Est-ce que c'est un jeu d'enfoirés ? demande Claude.

Et comme les autres ne réagissent pas, il s'étonne :

— Vous ne connaissez pas les *nasty games* ? ! Les jeux dans lesquels il faut surtout jouer contre les autres. Les trahir, leur mentir, leur faire des promesses…

— Ah oui je vois… dit Marina.

— Ça n'est pas ça, c'est pire, dit Fleur.

— Pourquoi pire ? demande Marina.

— C'est un genre de jeu de la vérité par lequel nous nous révélons, explique Niels.

— Je n'ai rien à révéler, dit Marina.

Elle croise ses bras sur sa poitrine dans un geste de protection de soi.

— Si, qui tu es… dit Claude.

— Est-on obligé de parler de soi ? demande Fleur.

Avec flamme, Niels défend son jeu :

— Justement non, et ça ne se passe pas aussi frontalement. La lumière se fait par des voies détournées. Chacun se révèle par petites touches et les autres aussi nous livrent l'idée qu'ils se font de nous-mêmes, sans même s'en rendre compte parfois…

— C'est génial ! Et tu as apporté ça comme cadeau à ton frère ! Je reconnais bien là ta… dit Marina ironique.

— Ma quoi ? demande Niels.

— Ta brutalité… dit Marina, qui semble partir dans un long songe de mémoire et de mélancolie.

— Qui te parle d'être brutal ? dit Niels avec brutalité. Sommes-nous incapables de parler de nous-mêmes avec un peu de recul ?

Et d'un autre coin de la pièce vient la voix de Moussia qui crie :

— Certaines vérités ne sont ni bonnes à dire ni agréables à entendre !

— Lesquelles ma parole ? Avons-nous de si vilains défauts ? ! dit Niels.

— Tu es l'homme le plus brutal que j'ai jamais rencontré… murmure Marina, parlant pour elle-même.

— C'est drôle que tu me connaisses si mal, dit Niels.

— Non, c'est impressionnant que toi tu te connaisses si peu, réplique Marina.

— Je suis content de t'impressionner ! dit Niels.

— Tu ne progresseras jamais, souffle Marina, tu es trop orgueilleux.

— Au fait Niels, pourquoi tiens-tu tellement à jouer ? Espères-tu découvrir quelque chose de nouveau te concernant ? dit Fleur.

— Plutôt te concernant toi… dit Niels, léger et charmeur.

— Est-ce que je peux mettre de la musique ? crie Moussia.

Personne ne lui répond.

Un jeune homme fume une cigarette appuyé au volet extérieur d'une porte-fenêtre du salon, et parle avec une jeune fille. C'est une évidence visuelle : il parle dans l'amour. Ses mots sont des caresses. Non loin de ce couple, sa mère est occupée à mettre un disque. On entend les rires des autres convives autour du feu.

— Je n'arrive pas à me faire au départ de ta grand-mère… Comme sont horribles les choses qui finissent ! murmure Estelle.

— N'y pense pas, dit Théo.

— Tu as raison. C'est toi que l'on fête, et la vie a encore pour nous la forme d'une promesse. Et tu ne sais pas à quel point je t'aime ! dit Estelle en souriant à son fiancé.

— Si ! Je le sais, dit Théo.

— Non ! Pas assez ! Tu es déjà devenu ma vie, une partie de moi-même… dit Estelle.

— Je ne serais plus moi-même sans toi. Merci d'être entrée dans ma vie, une lumineuse apparition sur mon chemin, une merveilleuse compagne. Ne rougis pas ! Accepte les compliments ! dit Théo.

Il contemple la jeune fille et dit :

— Tu es adorable !

— Bien ! dit Estelle.

— Niels et Claude m'ont choisi un drôle de cadeau. Ils savent que je n'aime pas jouer et ils m'offrent un jeu de société ! C'est la dernière mode paraît-il, les adultes se mettent à jouer, dit Théo.

— En tout cas Niels avait un drôle de sourire pendant que tu défaisais le paquet, dit Estelle.

— J'ai remarqué aussi. Il pensait à quelque chose, dit Théo.

— Tu as une famille romanesque, murmure Estelle.

— Comme vous sentez bien les choses Estelle ! dit Moussia en s'approchant de la fenêtre. Et vous êtes ce soir très en beauté ! Je suis heureuse de vous avoir avec nous. Avez-vous passé un agréable dîner ? Il faut dire que la soirée a commencé rudement ! Heureusement vous n'étiez pas arrivée. Sans quoi vous vous seriez demandé dans quelle maison de sauvages vous alliez entrer ! Niels a été odieux.

— Qu'a-t-il encore fait ? demande Théo. Je n'ai rien entendu.

— Tu étais en train de t'habiller, dit Moussia. Marina est arrivée avec son fils. Niels a demandé à voix haute ce qu'on allait faire de ce gamin. Marina a voulu repartir aussitôt ! Elle n'est restée que par amitié pour toi. Et bien sûr elle n'adresse plus la parole à ton frère. On dirait que toutes les tristesses du monde aujourd'hui viennent nous désunir. Enfin ! C'était tout de même un dîner d'anniversaire chaleureux, n'est-ce pas ?

— Très chaleureux, dit Estelle.

— Que pensez-vous Estelle de ce cadeau qu'ils ont fait à Théo ? demande Moussia. J'avoue avoir été étonnée. Ils vont sûrement proposer d'y jouer. Ce ne sera décidément pas une soirée ordinaire ! *(Apercevant son mari qui marche dans les graviers.)* Ah ! voilà le retardataire. Niels ! Ton père est rentré. Niels ! Il n'entend rien, il parle, il parle !

— Que de jeunesse dans cette maison ! dit Luc.

— C'est l'anniversaire de Théo, dit Moussia à son mari.

— Je ne l'ai pas oublié, dit Luc.

— Tu es là, murmure Moussia. Tu ne restes pas un peu ?

Elle demande cela avec une timidité de jeune fille.

— Je vais d'abord prendre une douche si tu me l'autorises, dit Luc, glacé.

— Va ! Je dirai à Niels que tu es rentré, souffle Moussia.

— Je trouve maman bizarre ce soir, dit Théo à Estelle. On dirait qu'elle a bu : chaque mot la prend à fleur de peau.

— Le départ de Nina la bouleverse, dit Estelle.

— Alors les amoureux ! vous venez jouer oui ou non ? crie Niels depuis le salon.

Et Moussia dit, pour elle-même :

— Et voilà ! maintenant ils veulent jouer. Et je retrouve des mégots jusque dans la pelouse !

À ce moment les jeunes en chœur appellent :

— Moussia ! Vous n'allez rien comprendre au jeu !

— J'arrive ! murmure Moussia.

3

À l'intérieur de la maison, dans le salon rond, ouvert sur le jardin, les personnages sont assis sur des canapés et des fauteuils devant le feu. Sur une table basse, des feuilles de papier et des crayons de bois, quatre piles de cartes de couleur, noir, bleu, rouge ou gris.

— Maman ? Voudras-tu jouer avec nous ? demande Théo.

— Pourquoi maman ne jouerait-elle pas ? dit Niels.

— Elle a peut-être envie de faire autre chose. Et je te signale que papa vient de rentrer, dit Théo.

— J'ai vu, dit Niels.

— J'arrive ! répète Moussia.

Une bûche craque en projetant des escarbilles.

— Tu n'es pas brûlée ? demande Théo à Fleur qui a poussé un cri.

Profitez-en bien ! C'est le dernier feu de la saison.

— Pourquoi ? maugrée Niels.

— Il n'y a plus de bois, dit Théo.

— En tout cas, avec le vent du nord, il fait encore froid, fait remarquer Estelle.

— Il ne faudrait pas que les bourgeons gèlent. Le jardin est si beau ! Chaque année il y a des cerises ! dit Marina.

— Et les oiseaux ne les mangent pas ? demande Fleur.

Des trois jeunes filles, elle est celle qui connaît le moins la maison.

— Il n'y a pas d'oiseaux. Il y a les chats de Moussia ! dit Marina.

Et Fleur spontanément s'écrie :

— Quelle tristesse d'avoir un jardin sans oiseaux !

Un silence s'installe.

Théo lit la notice du jeu :

— « *Personnages et Caractères est un jeu de psychologie qui peut engager de quatre à douze joueurs. Pour l'intérêt de la partie, il est préférable que les participants se connaissent un peu. Ou croient se connaître, ce qui revient sans doute au même. Le jeu leur fournira l'occasion de tester la profondeur et la justesse de leur familiarité.* » « *But du jeu : Être le premier joueur à se débarrasser de ses cartes-questions en anticipant la réponse des partenaires que l'on choisit de questionner.* »

Toujours lisant, la voix de Théo semble rebondir et s'égaie pour dire :

— « *Connaissez-vous vos partenaires de jeu ? Savent-ils qui ils sont pour vous ? Et eux, vous connaissent-ils ? Quelle image de vous-même leur donnez-vous ? Êtes-vous celui qu'ils croient ? De quoi vous jugent-ils capable ? À quoi s'attendent-ils de votre part ? Êtes-vous étonné(e) de ce qu'ils pensent de vous ? De quoi ne sauriez-vous pas les détromper à votre propos ?... Personnages et Caractères vous offrira à chaque partie l'opportunité de répondre à ces questions.* »

— Voilà ! conclut Niels ravi. Vous savez l'essentiel !

Et se tournant vers sa mère, il dit :

— Tu vois, ce n'est pas si terrible !

— Je vais enfin savoir ce que vous pensez tous de moi ! dit Claude.

— Qu'est-ce que tu t'imagines ? dit Marina.

— Je ne m'imagine rien ! Mais ça m'intéresse de savoir comment me voient mes amis, dit Claude.

— N'as-tu pas peur de ce que tu découvriras ? demande Marina.

Claude paraît très sûr de lui :

— Pourquoi devrais-je avoir peur ! s'écrie-t-il. Je peux entendre quelqu'un dire quelque chose sans me formaliser ou me vexer. J'ai mon idée de la personne que je suis. On ne me définit pas du dehors. Je sais ce que je pense de moi. Les autres peuvent se tromper. Les autres ont plus de chance que moi de faire erreur, non ?

— Pas sûr..., dit Niels avec un sourire plein de finesse.

— Voilà bien comment on se sort de tout ! dit Marina avec passion. On se donne raison. On se conforte en soi-même. On se croit le mieux placé pour savoir celui qu'on est. On n'écoute rien de ce que nous disent les autres !

— J'écouterai ce que tu me diras. Je te le promets, dit Claude.

— Je ne comprends déjà plus rien ! gémit Fleur.

— Nous pourrions danser. Il y a si longtemps que je n'ai pas dansé ! propose Marina.

— Mais oui ! Dansez, bien sûr ! C'est une bonne idée. Nous roulerons les tapis, dit aussitôt Moussia.

— On ne va pas faire une surprise-partie à six, dit Niels.

Et Claude se moque de Marina :

— On ne danse plus quand on est mère de famille !

— Claude ne pense pas ce qu'il dit ! dit Fleur à Marina.

— Qu'est-ce que c'est, ce jeu ? demande Moussia à Niels. Où l'as-tu trouvé ? !

— C'est plus qu'un jeu. C'est une procédure, dit Niels.

— Je n'aime pas ce genre d'amusement, dit Moussia. Pourquoi as-tu offert ça à Théo ?

— Tu ne sais pas de quoi il s'agit, dit Niels.

— Promets-moi que ça ne gâchera pas l'anniversaire de ton frère alors, murmure Moussia soucieuse.

Mais elle n'obtiendra pas de ce fils-là qu'il la rassure :

— Reste avec nous ! Tu verras bien ! dit Niels, léger, rieur.

— Tu vois ! proteste Moussia. J'ai raison de m'inquiéter, tu ne me réponds pas !

— Je te réponds : Reste avec nous. Tu verras ! dit Niels.

— Je verrai quoi ? demande Moussia.

— Mais je ne sais pas ! dit Niels. La seule chose que je sache c'est qu'il faut être nombreux pour jouer, sans quoi ça devient un tourniquet dans lequel on ne découvre rien.

— Et si l'on n'a pas envie de découvrir quelque chose ? objecte Marina. Que veux-tu découvrir d'ailleurs ? !

— Je suis fatiguée, je n'ai pas tellement le moral ce soir, souffle Moussia à l'oreille de son fils. J'ai vu le médecin cet après-midi…

— Personne n'est susceptible. Personne ne déteste personne. C'est un bon début… dit Théo.

— En dernier ressort, on peut toujours se taire, ne rien dire du tout, à personne, dit Fleur.

— Pourquoi veux-tu te taire ? J'aime bien quand tu parles, dit Claude sur un ton de moquerie tendre.

— Ne dit-on pas que le silence est d'or ? Connais-tu l'origine de cette expression ? demande Fleur.

— Pas du tout. Il faudrait regarder dans un dictionnaire, dit Claude.

— Je n'ai pas de chance avec toi, tu ne sais jamais répondre à mes questions, dit Fleur.

— Je doute que beaucoup de gens sachent ! dit Claude

— « Seul le silence est grand, tout le reste est faiblesse », récite Estelle.

— Qui a écrit cela ? demande Fleur. C'est exactement ce que j'éprouve.

— Alfred de Vigny, dit Estelle.

Niels s'exclame :

— Elle est tout de même extraordinaire ! Scientifique accomplie, et elle nous fait découvrir des citations de nos poètes les plus connus !

— C'est vrai. Ma femme est l'intelligence même. Elle est même plus intelligente que moi. En tout cas, elle est beaucoup plus féminine que moi. On le dit ! récite Théo.

— La première fois qu'un acteur a dit cette réplique sur une scène, les gens n'ont pas ri du tout, dit Estelle. Et j'ai entendu dire qu'il y avait eu beaucoup de tomates avant le succès.

— Maman, arrête de lire toutes les questions ! s'écrie Niels.

Tout le monde sursaute. Moussia pose le paquet de cartes sur la table.

4

— Quelque chose m'étonne dans ce jeu, dit Théo. Une fois notée sa propre réponse, le joueur cherche un participant susceptible de donner la même. Cette procédure peut induire plusieurs façons de jouer, de la plus sincère à la plus calculatrice. Chacun de nous pourra être sincère. Le joueur qui choisit sa question y répond en toute bonne foi. Celui à qui il la posera répond aussi pour lui-même avec honnêteté. Les deux réponses seront similaires si le premier joueur connaît bien celui à qui il a choisi de poser sa question. Mais il peut s'être trompé sur l'autre. La sincérité des deux joueurs ne garantit donc pas la réussite. Il est aussi possible de jouer sans s'obliger à dire la vérité : au lieu de répondre pour lui-même et de chercher un joueur qui répondra comme lui, le premier joueur peut chercher un joueur dont il anticipe la réponse et la donner pour lui-même sans se préoccuper de sa propre opinion.

Dans tous les cas, la similitude recherchée des réponses repose sur la connaissance que l'on a des autres. Conclusion : ce jeu est un test de notre connaissance des autres. Gagnera celui d'entre nous qui décrypte le mieux ses amis.

— Mais tu oublies de noter que celui qui répond en second à la question peut s'amuser à faire perdre celui qui la lui pose, dit Niels.

— Toujours les trucs tordus avec toi… dit Marina.

— Je ne comprends plus rien, soupire Fleur.

— Finalement, que vaut-il mieux, être sincère ou ne pas dire la vérité ? demande Estelle.

— Tout dépend. On peut parfois être sûr de faire perdre l'autre en mentant, dit Niels.

— Je suis désolée mais je ne comprends pas comment, dit Fleur.

Niels dit :

— C'est pourtant simple. Imaginez que la question soit : « Votre mère est malade et ne peut rester seule chez elle, la prendrez-vous chez vous pendant sa maladie ? » Si je pose cette question à Théo, je sais que sa réponse sera oui. Sans l'ombre d'un doute. Je suis donc certain de tomber juste et de me débarrasser de ma carte-question en répondant moi-même oui (même si je pense non) et en posant ma question à Théo. En l'occurrence Théo sait aussi que je sais. Voilà donc : s'il veut me faire perdre, il lui suffit de répondre non à ma question.

— J'aurai menti ! dit Théo. Alors je t'arrête tout de suite : le jeu prévoit ce genre d'insincérité évidente. C'est la deuxième étape éventuelle : le défi. Chaque joueur est autorisé à défier dans une joute verbale celui qu'il suspecte d'avoir menti. Et si le groupe est convaincu de la supercherie, il vote sa sanction.

Théo reprend la notice et lit :

— « *Vous mettez un joueur au défi parce que, compte tenu de ce que vous connaissez de sa person-*

nalité, vous estimez qu'il n'a pas été sincère dans sa réponse. Celui qui gagne le défi donne une carte-question au perdant. »

— Mais on peut sincèrement se tromper sur soi-même ! dit Fleur.

— C'est vrai ! dit Marina. Je suis d'accord avec Fleur.

— Alors un peu d'introspection vous fera le plus grand bien à toutes les deux, dit Niels.

Théo poursuit sa lecture de la notice :

— « *Comment mettre un joueur au défi ? Après l'étape question-réponse, celui que nous appellerons le challenger peut donc annoncer qu'il lance un défi. Dans ce cas il a cinq minutes pour convaincre les autres joueurs de la mauvaise foi de la personne qui, d'après lui, n'a pas répondu avec sincérité. À son tour cette personne mise au défi doit essayer de convaincre les autres joueurs du contraire. Une conclusion est permise au challenger. Ensuite les autres joueurs discutent ouvertement les arguments avancés par les deux parties. Puis tous les joueurs votent pour déterminer le joueur sincère qui remporte le défi.* »

— C'est horrible, dit Fleur.

— C'est vrai que nous allons sûrement nous écharper, dit Estelle.

— C'est marrant, dit Claude.

— Marrant n'est pas le mot que j'emploierais, dit Fleur.

Comme elle est agacée par ce garçon qui ne cherche même pas les mots et qui reste ainsi à la surface du monde !

— Lequel choisirais-tu ? demande Niels, intéressé.

— Spécial, étonnant, détonant, psychodramatique… dit Fleur.

— En tout cas, dit Théo, il y a au moins un point positif, l'esprit du jeu réclame la sincérité des joueurs.

— Mais il ne l'obtient pas forcément... dit Niels.

Il a le ton d'un professeur, on peut entendre qu'il corrige son frère, il rectifie parce qu'il veut l'ascendant.

— C'est toujours la même chose, il faut mentir correctement ou ne pas mentir, dit Marina comme une évidence.

— Je ne savais pas que tu t'y connaissais si bien en mensonge, dit Niels.

— Il me semblait au contraire que tu en avais profité, dit Marina.

— Mademoiselle fait des mystères ? dit Niels.

— Ne joue pas avec moi, dit Marina.

C'est presque une supplique.

— Non non, j'ai bien fini, dit Niels, et il y a dans sa voix un plein de sous-entendus et de cynisme.

— N'aviez-vous pas l'idée de danser ? demande Moussia. Je suis d'accord avec vous Fleur, c'est un jeu déplaisant. Je n'ai pas envie d'être questionnée, je n'ai pas envie de débattre, pas envie de voter... et encore moins envie, mes enfants, que vous vous disputiez.

— Fais-moi plaisir, demande Niels à sa mère.

— Explique-moi alors ce qui te fait tant plaisir dans ce jeu ? Parce que je ne comprends pas, dit Moussia.

— C'est que tu n'as jamais joué, dit Niels.

— Tu me fais encore plus peur, dit Moussia.

— Mais non ! dit Niels. C'est juste une porte qu'on ouvre sur un jardin inconnu, une découverte de soi. C'est une occasion de se regarder dans des miroirs intelligents. C'est apprendre de la bouche des autres qui l'on est, du moins qui l'on figure à leurs yeux... C'est démultiplier sa personnalité, être plusieurs personnes en même temps. Merveilleux ! J'adore !

(Prenant les autres à partie.) Tout est révélateur : ce que vous répondez, à qui vous choisissez de poser la question, la réponse que vous espérez, celle que vous trouvez, ce que vous dites pour convaincre...

— Justement, c'est angoissant, dit Estelle.

— Pourquoi ? dit Niels. Tu n'as rien à cacher ! Tu n'es pas une vilaine fille !

— Même si tu es beau, tu n'as pas forcément envie de te mettre tout nu devant tout le monde, non ? dit Estelle.

— Qui te parle d'aller jusque-là ? dit Niels.

— Toi ! dit Estelle. Tu nous proposes l'air de rien un strip-tease psychologique.

— Vous me laissez finir oui ou non ? demande Théo toujours dans sa notice. « *Les questions Ego (couleur bleue) concernent le caractère du questionné. Celui-ci a le choix entre trois ou quatre réponses. Il coche une case sur la grille. Exemple : Pour vous la soirée idéale serait plutôt :* a) *seul à la maison à lire,* b) *un dîner en tête à tête,* c) *une grande fête avec toutes vos relations.* »

— C'est là que l'effet de miroir jouera le plus, dit Niels.

— Il reste un dernier type de question, dit Théo : « *Les questions Duo (couleur rouge) concernent les relations que le questionné entretient avec les autres participants ou bien l'opinion qu'il en a ! Exemple : Qui autour de cette table vous inspire le plus confiance ? Le questionné note sa réponse sur la grille, dans la colonne Duo, et ne peut en aucun cas se citer lui-même.* »

— A-t-on le droit de ne pas répondre à une question ? demande Fleur.

— On peut l'éviter, en donnant une carte joker. Mais chaque joueur n'en possède que trois. Une fois utilisées il ne reste aucune échappatoire, dit Théo.

— Et si l'on ne sait pas répondre ? demande Claude.

— On sait toujours, dit Estelle. On peut aussi dire une bêtise. On peut aussi tirer ostensiblement au sort un nom, histoire de ne vexer personne.

— Très malin ! Tu vois que tu sais te débrouiller quand tu veux, dit Niels.

— Mais quand la question est cruelle, on voudra ne pas trouver de réponse, ne pas accuser, ne pas blesser, dit Fleur.

— Rien n'oblige à dire la vérité, dit Marina.

— Mais il faut que les autres soient sûrs que l'on ne pense pas ce qu'on dit ! dit Fleur.

— Je propose que nous jouions, vos objections trouveront naturellement leurs réponses, dit Niels.

Moussia se lève.

— Je vais vérifier que ta grand-mère n'a besoin de rien et j'arrive, dit Moussia.

— Nina doit certainement dormir à cette heure, dit Niels.

— Bouchia se couche de plus en plus tard, fait remarquer Théo, elle dit qu'elle somnole trop dans la journée pour avoir encore besoin de dormir.

— Elle doit dormir, dit Niels.

— Il se peut que ce soir elle n'y parvienne pas, souffle Estelle, quand je l'ai laissée tout à l'heure elle a voulu que j'allume la télévision.

— Pourquoi forces-tu maman à jouer ? demande Théo à son frère quand leur mère est sortie.

— Je ne la force pas ! Tu vois bien qu'elle nous tourne autour sans savoir ce qu'elle veut, dit Niels.

— Elle nous tourne autour parce que ce jeu l'intrigue et lui fait peur à la fois, dit Théo.

— Tu n'es pas dans la tête de maman, dit Niels.

— Et toi, dit Théo, tu n'as pas conscience de la façon dont tu lui parles, comme à une sorte d'esclave, aimée mais assujettie, soumise à ton désir.

— Tu infères de ta propre expérience ! s'amuse Niels. Mais tu te trompes. Je ne suis pas comme toi. Je suis dif-fé-rent.

— Je le sais ! dit Théo. Je voulais seulement te dire d'être gentil. Parce que maman est inquiète.

— C'est toi qui l'es, dit Niels.

— Nous le sommes tous, dit Estelle.

— C'est vrai. Mais ça ne changera rien à la mort de Nina. Un jour il faut plier bagage, dit Niels.

— Tu n'es pas sentimental comme garçon, dit Estelle.

— Les garçons ne sont jamais sentimentaux, dit Marina.

— J'en connais qui le sont. Théo l'est assez. N'est-ce pas Théo ? dit Estelle.

— Je ne sais pas. C'est à toi de me le dire ! dit Théo.

— Théo est sensible, c'est vrai, dit Marina avec une petite voix, une voix comme éteinte par un secret.

— C'est peut-être pour ça que je ne le suis pas, dit Niels, raisonneur.

— On joue ? propose Théo. C'est à toi Fleur.

Fleur sort une carte de son jeu et lit :

— La question est : « *La principale qualité que vous attendez d'un ami c'est :* a) *la disponibilité,* b) *la franchise,* c) *la complicité.* » C'est à Claude que je demande une réponse.

— Elle est maligne ! dit Niels aux autres.

— Est-il forcément celui qui la connaît le mieux ici ? dit Marina sur un ton dubitatif.

— On peut l'espérer, dit Estelle.

— Alors ? demande Niels.

— Une seconde ! dit Claude. Réponse *a*. J'attends de la part de mes amis de la disponibilité.

— J'ai noté la réponse *c*. J'espère dans l'amitié de la complicité, dit Fleur.

— Comment peux-tu dire ça, toi qui ne te livres jamais à personne ? ! s'exclame Claude.

— J'écoute ceux qui savent se confier, dit Fleur.

Un chœur des autres :

— Ah ! voilà les amoureux qui ne sont pas d'accord.

— Perdu ! dit Niels.

— Pas de défi ? demande Théo avec méthode.

— Non non, pas tout de suite ! dit Claude.

Moussia entre dans le salon et dit :

— Finalement je vais venir jouer avec vous. J'ai besoin de me changer les idées. Si vous voulez bien de moi !

— Mets-toi à côté de moi, dit Niels.

— Vous êtes gentils, dit Moussia à tout le monde.

5

— Je me lance ! dit Théo. Voilà une question préalable en quelque sorte. *« D'après vous, qui, au cours de ce jeu, est capable de tout arrêter si une réponse ne lui plaît pas ? »*

— Une question vérifiable, dit Estelle.

— Je la pose à Niels, dit Théo.

— Maman ! crie Arthur. Regarde mon dessin !

L'enfant est assis à un bureau dans une alcôve ouverte sur le salon et s'adresse à Marina.

— Magnifique mon amour ! dit Marina.

— Comme il est mignon ! dit Estelle.

— Deux noms me viennent à l'esprit en même temps ! dit Niels.

Il est dans le jeu, vif, et réfléchit sans lever les yeux vers l'enfant.

— Tu dois choisir, dit Fleur.

— Voilà, c'est fait, dit Niels. Qu'as-tu répondu ? demande-t-il à son frère.

— J'ai répondu toi ! dit Théo.

Il souriait à son frère, il était léger, il voulait que les choses soient dites dans l'humour, comme s'il savait que la raillerie serait réelle et qu'il fallait la dissimuler.

— Moi ? Quelle idée ! dit Niels déjà vexé. Je t'offre ce jeu, je propose une partie, ce n'est pas pour ensuite m'arrêter. C'est drôle que tu puisses imaginer ça.

— Si une réponse ne te plaît pas, tu peux tout à fait te vexer et dire *je me tire*. C'est ton genre, dit Théo.

— Je suis susceptible et j'aime ce jeu, tu trouves ça logique ? demande Niels dans sa vexation.

— Ce n'est pas une question de logique, dit Théo. Combien de parties as-tu déjà jouées ? Une seule ! Tu peux te tromper sur toi-même, te croire capable de tout entendre et ne pas l'être. Ou bien ne conçois-tu pas que l'on pourrait te critiquer ! Regarde déjà comme tu te mets en branle pour une question de rien du tout !

— Je ne me mets pas en branle, dit Niels.

— Ah bon... dit Théo.

— D'après toi je présume de moi-même, c'est ça ? demande Niels dans l'agacement.

— Tu peux dire les choses comme ça si tu veux, dit Théo.

Il est si calme que ça ne peut être qu'un effet conjugué de sa nature et de sa volonté. Et Niels, doté d'un autre tempérament, forcément est énervé par l'apaisement de son frère. Depuis toujours il l'est.

— Ce n'est pas moi qui les dis, c'est toi, dit Niels.

— Je dis que tu n'affrontes pas tellement l'avis des autres. Tu es *très* susceptible précisément. Je crois que tu esquiverais une conversation déplaisante dont tu serais l'objet dans ce jeu, dit Théo posément.

— J'aime bien le *précisément*. Comment peux-tu être aussi sûr de ce que tu penses de moi ? dit Niels ironique.

— Je te regarde vivre depuis vingt ans : tu es dans ta bulle, tu t'occupes de faire ce qui te plaît. Tu forges ton personnage. Mais tu le forges pour toi-même, à tes propres yeux. Ce que pensent les autres, et l'effet que tu produis sur eux, ne t'intéresse pas. Tu n'en sais rien du tout. Et peut-être que l'idée des autres à ton propos n'est pas du tout celle que tu t'imagines qu'elle est. Mais ça tu ne veux ni l'affronter ni même l'imaginer, dit Théo.

— Alors comme ça tu me regardes vivre ? dit Niels dans l'ironie.

— C'est un spectacle, dit Théo moqueur aussi.

— Pourquoi souris-tu ? Ce n'est pas drôle, dit Claude à Fleur.

— Je ne souris pas, dit Fleur.

Son visage est ouvert par un sourire.

— Tu ne t'en rends même plus compte ! dit Claude.

— Arrête de me regarder, dit Fleur.

— J'ai pourtant dit qu'il fallait se méfier de ce jeu, dit Moussia. Et voilà ! Mes craintes étaient légitimes. Vous commencez déjà à vous disputer. À la première question !

— C'est un jeu maman. Ce n'est pas grave ! dit Théo.

— Si c'est grave ! Être suspecté par son propre frère... dit Niels.

— Être suspecté de quoi ? ! D'avoir un sale caractère ? ! dit Théo, conciliant.

— Pas seulement, dit Niels.

— Ne dramatise pas. Si tu le prends comme ça, je retire tout ce que j'ai dit, dit Théo.

— Trop tard, tu l'as dit ! dit Niels.

— Qu'est-ce que j'ai dit ? demande Théo essayant de raisonner son frère.

— Tu as dit que j'étais susceptible ! dit Niels.

— Eh bien alors ne le sois pas et donne-moi tort ! dit Théo, sans pouvoir s'empêcher de rire.

— Voulez-vous connaître ma réponse à la question de Théo ? demande Niels excédé, coupant net.

— Bien sûr que nous le voulons ! dit Fleur ostensiblement aimable.

— Quelle était la question déjà ? demande Marina.

— Qui serait capable de quitter le jeu si une question lui déplaisait ? répond Théo.

— J'ai répondu Moussia, dit Niels.

— Moi ? demande Moussia.

— Oui toi maman, dit Niels.

— C'est logique puisque tu l'obliges à jouer, dit Théo, sans songer qu'il va encore énerver son frère.

— Arrête de dire sans arrêt que je l'oblige à jouer ! Maman fait ce qu'elle veut. La preuve : elle est partie puis a changé d'avis. C'est elle qui est revenue toute seule, je ne suis pas allé la chercher ! dit Niels.

— Ton frère a raison mon chéri. Je me sens tout à fait libre, dit Moussia à Théo.

— Tant mieux maman, c'est tout ce que je désire, dit Théo.

— À quelle autre personne pensais-tu ? demande Estelle à Niels.

— Je pensais aussi à Marina, dit Niels.

Et il sourit étrangement à Marina, comme s'il cherchait l'affrontement avec elle.

— Ça m'aurait étonnée ! Surtout abstiens-toi de penser à moi ! dit Marina.

— Tu n'y couperas pas, c'est le jeu qui veut ça, dit Niels.

— Pourquoi pensais-tu à maman ? demande Théo à son frère.

Alors Niels répond, avec beaucoup de sérieux, une sorte de gravité amoureuse qui est émouvante de la part d'un fils qui ne sait pas parler à sa mère, comme s'il ne savait que parler de sa mère mais non pas s'adresser à elle. Niels dit :

— Maman est sensible et vulnérable, il y a des paroles qu'elle ne pourrait pas entendre sans être blessée. Des choses qui nous semblent insignifiantes ont pour elle beaucoup d'importance. Je crois qu'elle quitterait le jeu, sans colère bien sûr... Toi Marina, c'est autre chose, même si le résultat est le même : tu es écorchée vive, et coléreuse, tu t'emportes pour un rien, et en plus je t'ai énervée avant le dîner...

— Tu ne m'as pas énervée, tu as été odieux, dit Marina. Mais tu vois, je suis là malgré ton accueil, et je suis capable de me contrôler. C'est l'anniversaire de ton frère. Il n'y a pas que toi dans cette famille. Si c'était le cas, je ne serais pas là d'ailleurs.

— Et vlan ! dans les dents ! dit Niels.

— Je donne raison à Marina. Odieux, c'est bien le mot, et j'ai eu honte de mon fils, dit Moussia à Niels, gentiment.

— Alors donnez-moi une chance de me racheter ! Vous allez voir ce que vous allez voir : je vais me faire aimer dans cette partie, dit Niels, détendu.

— Aimer ! Tu n'as pas choisi le bon jeu, dit Claude.

— Si je comprends bien, dit Moussia en se tournant vers Niels, je figure à tes yeux une pauvre petite dame fragile qu'un mot fait tomber ! C'est comme ça que tu vois ta mère ? *(Rires de tous.)* J'espère être plus forte que ça. Je ne suis pas une faible nature tu sais.

— Tu ne comprends pas ce que j'ai voulu dire, dit Niels.

— Ah ! Voilà ! s'écrie Marina.

— Quoi ? dit Niels.

— On ne comprend jamais ce que tu dis ! C'est ta grande phrase, dit Marina.

— Tu as raison, Marina ! Je n'avais jamais fait attention à ça, mais c'est tout à fait vrai, dit Théo.

Il rit, joyeux de faire une découverte. Marina rit aussi.

— Regardez comme ils sont contents ! dit Niels. Ils sont d'accord sur mon dos. Formidable ! Voilà les coalitions qui commencent...

— Est-ce que ça n'est pas le jeu ? demande Marina, ironique, un peu chipie.

— Si, tu as raison. Tout est le jeu, dit Niels.

S'adressant à sa mère, il dit :

— J'ai voulu dire que tu étais sensible, maman.

— Merci mon chéri, dit Moussia. Je suis sensible et heureuse de l'être. J'ai compris que c'était une souffrance mais aussi le miel de ma vie. Sache cependant que ta mère est aussi solide que sensible. Je pleure facilement c'est vrai, mais les larmes me réparent… *(À tout le groupe comme le conseil d'un sage.)* Il faut pleurer.

Un silence fait suite à cette déclaration.

— C'est à vous Estelle. Choisissez votre question, dit Moussia.

— Oui, j'essaie, mais justement c'est difficile, dit Estelle. Je voudrais bien rester amicale et délicate pour faire mon entrée dans votre famille ! Par malchance je n'ai tiré que des questions impossibles à poser.

— N'ayez pas d'inquiétude, je ne me formaliserai de rien, dit Moussia. Je vous ai adoptée, et je vous aime comme on aime ses enfants : sans condition.

— Alors là maman, voilà bien une affirmation à laquelle je ne crois pas ! dit Niels. C'est même une des difficultés du mariage : les beaux-parents n'aiment jamais comme des parents. En cas de divorce on peut le constater, ils prennent aussitôt le parti de leur enfant.

— Tu affirmes, tu affirmes ! dit Théo à son frère. Si maman dit ce qu'elle pense et qui est bienveillant, quel besoin as-tu de la contredire de sorte que tu dis une chose déplaisante. Ce goût d'asséner ta vérité un jour te coûtera cher.

— Je ne vois pas comment on perdrait à être sincère et spontané, dit Niels.

— C'est peut-être le problème : tu ne vois pas ! dit Théo.

— Ne recommencez pas tous les deux ! ordonne Moussia. Et vous Estelle, n'écoutez pas ce que dit Niels. Pensez que vous et moi sommes des femmes exceptionnelles. C'est peut-être prétentieux de ma part, mais je le crois, et en général cela me sert à le devenir.

— C'est *très* prétentieux maman ce que tu dis là, dit Théo, étonné.

— Tu as compris maman ? Tu es prétentieuse ! dit Niels.

Il singe un redresseur de torts, souligne ce que dit son frère en le déconsidérant.

Moussia répond très sérieusement :

— Je suis prétentieuse c'est vrai. Vous avez, mes chéris, une mère qui prétend à beaucoup. J'ai été éduquée à viser haut. Est-ce une bonne ou une mauvaise chose ? Je ne sais pas. J'ai longtemps cru que l'on se hissait ainsi vers le meilleur de soi, mais je peux voir aujourd'hui que c'est très fatigant, pour soi et pour les autres. Cela crée une tension permanente. Dans cette crispation, on finit par se briser.

Niels se tourne vers Estelle :

— Alors cette question ! elle vient ou elle ne vient pas ? dit-il.

— Tout de suite, dit Estelle.

— Niels terrorise tout le monde ! dit Claude.

— Pas du tout ! proteste Estelle.

— Lance-toi ! poursuit Niels. Tu nous poseras amicalement des questions indélicates, ça te changera. Tu es tellement attentive à ce que tu dis, Estelle ! Sérieusement, je le dis comme je le pense. On n'occupe pas sa place sans proférer de temps à autre un mot de trop, sans blesser involontairement, sans égratigner…

— C'est ce que tu crois ? demande Estelle.

Elle est douce, peinée par la rudesse ou le cynisme, elle a fait définitivement le choix de la compassion contre celui de la méchanceté.

— Oui, dit Niels. Il y a de la dureté à être naturel, mais il faudrait l'être malgré tout.

— Alors je vous aurai prévenus... murmure Estelle toujours souriante. La question est : « *D'après vous, qui ici aime le plus l'argent ?* »

— Question sérieuse ! dit Claude.

— Malheureusement, je trouve que je ne connais pas assez bien tout le monde pour y répondre, déplore Estelle.

— On le pense presque chaque fois, mais cela fait partie du jeu, dit Niels. Chacun peut découvrir ainsi ce que les autres imaginent de lui quand ils ne le connaissent pas. La première impression qu'on fait, c'est utile d'en avoir idée.

— Je vais procéder par élimination, dit Estelle pensant à voix haute.

— À qui poseras-tu la question ? demande Niels.

— À Marina, dit Estelle.

— Allez Marina ! Courage ! dit Fleur.

— En tout cas, elles font ça sérieusement ! commente Niels, observant Estelle et Marina.

— Ma réponse est. *(Sourires, embarras.)* Ma réponse est Fleur, dit Estelle.

— Oh ! crie Fleur.

Elle est stupéfaite, et plus que cela, aussitôt blessée.

— Et la mienne est Claude, dit Marina.

— Amusant non ? dit Niels.

Claude, voyant la réaction de Fleur, s'efforce de rire :

— Nous nous sommes bien trouvés ma chérie ! dit-il.

— Excusez-moi mais je suis très vexée. Triste même, dit Fleur avec un merveilleux mélange de courtoisie (de calme) et de sincérité.

— Pourquoi ? ! demande Claude. Simplement parce que Estelle dit une chose avec laquelle tu n'es pas d'accord ?

— Sans doute, dit Fleur. Car ce que dit Estelle n'est pas flatteur. Et je préférerais être pour elle ce que je me figure être moi-même. Tu ne le comprends pas ?

— Moque-toi de ce que dit Estelle ! suggère Claude. Tu es toi, malgré ce qu'elle te dit. Contente-toi d'entendre ! Demande-toi éventuellement pourquoi elle le dit. Estelle a peut-être un problème avec l'argent !

Estelle rit.

— Si on se moque de tout, c'est facile bien sûr. Mais dans ce cas, inutile de jouer, et même de se parler, dit Fleur.

— Je suis de l'avis de Fleur. C'est naturel de réagir, dit Marina, et compréhensible d'être blessé. *(À Niels.)* Ne voulais-tu pas que nous soyons naturelles ?

— Ce que dit Estelle m'est si désagréable ! s'exclame Fleur.

— Ça ne voulait pas l'être ! dit Estelle. Je n'ai pas dit que tu aimais *tellement* l'argent. J'ai dit que tu l'aimais plus que nous autres. La question est posée de telle sorte qu'il y a toujours une réponse à donner, même si personne n'a vraiment le goût de l'argent.

— C'est parce que mon père est riche que tu penses cela ? demande Fleur.

— J'ignorais qu'il l'était, dit Estelle.

— Mais qu'est-ce qui t'a fait penser que j'aime l'argent alors ? demande Fleur comme persécutée.

— C'est difficile à formuler. Sûrement quelque chose dans ta façon d'être. Peut-être tout simplement dans l'habillement, le fait que tu portes des bijoux précieux à ton âge. Je ne sais pas, dit Estelle dubitative.

— Ce n'est pas un défaut d'aimer l'argent, dit Niels.

— Oui, dit Fleur.

— Tout le monde l'aime, dit Théo.

— Et peu de gens ont le courage de l'avouer, dit Claude.

— Je sais tout cela ! dit Fleur avec la vivacité la plus proche de l'emportement. Mais peu m'importe. Je n'ai pas envie de donner cette impression voilà tout. Dire que j'aime l'argent, dans mon esprit cela signifie que je suis capable de faire quelque chose uniquement pour en gagner. Or c'est faux. Donc je n'aime pas vraiment l'argent. Et ça ne me plaît pas qu'on imagine le contraire. D'abord parce que c'est faux. Ensuite parce que c'est moche.

— Ce n'est pas moche, dit Estelle. Moi je sais que je ne l'aime pas assez pour en avoir un jour beaucoup, mais je le regrette. Bien utilisé, l'argent fait des merveilles. L'argent, c'est de la liberté pure.

— Ah oui ! dit Marina. Liberté de faire faire aux autres ce qu'on ne veut pas faire soi-même. Liberté de travailler moins. Liberté de partir...

— Où veux-tu partir ? ! se moque Niels.

— En quoi ça te regarderait ? dit Marina.

— Je ne sais pas moi, tu es mon amie depuis longtemps, tu me manquerais. Sûrement tu me manquerais, dit Niels avec une ironie non dissimulée.

— C'est vrai ? Tu ne me fais pas marcher ? demande Marina.

— Pourquoi voudrais-je te faire marcher ? Tu as déjà tellement couru ! dit Niels.

— Je ne te réponds même pas ! dit Marina.

— Je n'attends aucune réponse ! dit Niels.

Les yeux de Marina, pleins de larmes, se détournent de Niels et regardent Claude, droit devant elle.

— C'est parce que je sais en profiter que vous imaginez cela, dit Fleur croyant avoir trouvé l'explication qu'elle recherche.

— L'esprit humain est vraiment susceptible, dit Claude. Je vois mieux pourquoi tu l'as répété tout à l'heure ! C'est fou que tu te vexes pour si peu. *(Interrogeant les autres.)* Est-ce que ce n'est pas typiquement français d'avoir honte de l'argent qu'on a ou qu'on voudrait ! Moi j'aime ce que permet l'argent et j'espère ne jamais en manquer.

— Veux-tu dire que tu pourrais perdre ta vie à la gagner ? demande Marina.

— Quoi que je fasse je ne perdrai pas ma vie, ça c'est certain ! dit Claude avec gaieté et assurance.

— Comment fais-tu pour être si sûr de toi ? demande Marina admirative.

— Je suis sûr que nous sommes par nature voués à l'action. Presque n'importe quelle action réussie nous offre une gratification, dit Claude.

— J'aimerais avoir ton assurance, dit Marina.

— C'est une façade tu sais, dit Fleur.

— C'est vrai. J'ai aussi mes creux et mes ombres... comme tout le monde, dit Claude, simple, sincère.

On dirait qu'il découvre à l'instant la teneur de ce que dit sa fiancée.

— Lesquels ? demande Marina.

— Je ne vais pas tout te dire ! Ce serait trop long, sourit Claude.

— On ne peut jamais connaître les autres, dit Marina.

Elle parle dans un songe, elle est semblable à une petite fille qui regrette une évidence incontournable.

— On ne peut que croire à ce que l'on croit connaître, dit Claude.

— Et même si on se trompe complètement ! glisse Fleur.

— J'espère toujours qu'en se parlant avec sincérité... murmure Marina.

Elle laisse flotter sa phrase et sa pensée, elle sait ce qu'elle veut dire mais s'interrompt et Claude finit à sa place :

— On atteindra le cœur du cœur, c'est ça ? demande-t-il.

— Oui, dit Marina.

Elle le livre comme on fait un aveu, comme on révèle une espérance non partageable, une foi enfantine, une superstition qui nous tient.

— Il n'y a peut-être pas de cœur du cœur, dit Claude, seulement un grand vide et rien à connaître. Ou bien, je veux dire, une telle complexité que rien dans une personne ne pourrait être tenu pour stable et vrai. Moi j'ai souvent cette impression de ne pas savoir qui je suis. Je suis mille hommes à la fois. Et peut-être même autant de femmes ! Je ne peux pas être moi-même. Comment le pourrais-je ?

— Pourquoi dis-tu cela ? proteste Fleur. Moi je reconnais en toi un homme merveilleux.

— L'amour repose souvent sur un malentendu. Nous avons un vrai pouvoir de fantasmer le réel... dit Claude, avec un sourire provocateur et gentil.

— Vous êtes tellement jeunes ! dit Moussia, tendre, maternelle. La vie vous révélera votre visage. Vous vous connaîtrez davantage. Et alors vous changerez. On ne reste jamais celui que l'on découvre en s'observant.

— Se connaître est sans fin... dit Marina. Certains événements nous transforment tellement !

— Et nous nous changeons nous-mêmes aussi, dit Moussia. C'est un des plaisirs de la vie que l'on ignore longtemps. On se découvre, on change, on se façonne. Voilà ma définition de la maturité : savoir que l'on peut se travailler soi-même comme une pâte... à l'infini.

— Vous le croyez vraiment ? demande Marina.

Moussia rêve à haute voix :

— Je l'espère en tout cas. Car les autres nous demandent toujours de changer ! Personne ne naît parfait. On finit par déplaire en s'imposant tel que l'on est. Se tenir là sans faire d'effort, il y a dans cette spontanéité une violence inacceptable. Il faut prendre sur soi, du moins si l'on espère vivre avec les autres.

— Avez-vous changé pour quelqu'un ? demande Marina.

— J'ai essayé. Parce que j'avais été durement jugée, dit Moussia.

Elle est mélancolique et mystérieuse sans le vouloir.

— Et après ? Vous a-t-on félicitée ? demande Marina captivée.

— Pas exactement ! dit Moussia.

Elle rit d'une manière délicieusement joyeuse, comme si toute la peine était balayée, elle lève son visage au plafond, la lumière orangée du feu embellit son teint, elle sait de quoi elle parle, elle dit :

— Il me semble que l'on peut changer, mais qu'il est difficile de faire admettre aux autres que l'on a réussi. Ils ne cessent pas de vous voir comme ils vous voyaient. Ils attendent à chaque instant le retour de celui qu'ils connaissaient. Ils imaginent le futur semblable au passé qu'ils ont vécu avec vous... C'est du moins mon expérience personnelle. Ne dit-on pas : Chassez le naturel, il revient au galop ? C'est bien nier que l'on puisse mater son tempérament.

— Les autres ne cessent jamais de nous voir tels qu'ils nous ont vus la première fois ? demande Marina.

— Peut-être... dit Moussia.

On peut voir qu'elle a atteint la vase de sa pensée, elle ne saura pas aller plus profond et nager dans la limpidité des idées formulées. Alors elle s'en va dans le lac de l'affection :

— Ah ! ma petite Marina ! Je suis contente de parler avec vous. En somme, c'est pour moi que je dis tout cela. Je ferais mieux de me taire et de laisser pure votre réflexion. Vous ne vivrez pas ma vie. On ne fait jamais que sa propre expérience. Celle des autres, peut-elle nous servir ?

— Maman dit ce soir beaucoup de banalités, dit Théo, brusquement honteux de sa mère.

— Comment peux-tu être si désagréable ? ! dit Estelle scandalisée.

— C'est le jeu qui rend la conversation agressive. Quelle idée ce jeu ! dit Moussia.

Sa voix pour dire cela semble traversée par un sanglot.

— Maman est une grande sentimentale qui a le don des larmes ! dit Niels.

— C'est ainsi que Moussia est attachante, dit Estelle.

— Estelle ! Vous êtes la fille qui m'a manqué, dit Moussia dans un élan tendre. Mes deux fils se moquent de moi dès que j'ai une larme à l'œil. Ils ne comprennent pas quelle intensité cela donne à la vie.

— Mais c'est épuisant maman ! dit Théo.

— Pardon de te fatiguer mon chéri ! dit Moussia en se moquant de son fils.

— Épuisant pour toi maman ! précise Théo.

— Ai-je l'air fatiguée ? demande Moussia.

— Précisément oui, dit Théo.

— Ne me dis pas ça, dit Moussia.

Elle se rappelle le souci qu'elle a, la santé que l'on perd, ce drame que c'est de perdre la santé, sa mère qui va mourir, ce drame que c'est la mort, comment toute cette finitude des choses lui a toujours gâché les choses. Elle se rappelle qu'elle ne sait pas vivre. Peut-être est-ce cette obsession qui a fait fuir Luc.

— Je te le dis pour ton bien, dit Théo.

— Ce ne sont pas les enfants qui prennent soin des parents, murmure Moussia.

— Ah bon ! Tu vois les choses de cette manière ? Et qu'as-tu fait pour ta mère depuis deux mois ? dit Théo.

— C'était un autre moment de la vie, dit Moussia.

— Mais c'était le même problème, dit Théo. Qui s'occupe de qui ? Qui a des devoirs ?

— Pas du tout, dit Moussia. J'ai aidé ma mère à mourir, et d'ailleurs elle n'avait pas besoin d'aide.

— Qui peut ne pas avoir besoin d'aide ? demande Niels.

Ce n'est pas une douceur de pensée qui lui est familière, et l'on pourrait entendre pour une fois sa souffrance qui se dit. Cette souffrance de vivre enfermé avec soi-même tel que l'on est.

— Ceux qui savent que l'on est seul, dit Claude. On l'est. Et surtout pour mourir.

— Claude, est-ce que tu crois ça ? demande Fleur.

— Parfois, dit Claude.

— Et vous avez raison Claude : ma mère était de ceux-là, dit Moussia.

Sans s'en rendre compte Moussia regarde la porte vers l'escalier et les chambres. Sans y penser elle refait le chemin vers sa mère morte.

— Pourquoi dis-tu *était* ? demande Théo.

— Je ne veux pas que tu penses cela. C'est si triste ! dit Fleur à Claude.

— N'étais-tu pas seule devant Estelle qui prétendait que tu aimes l'argent ? demande Claude.

— Non, j'étais avec toi, dit Fleur.

— Tant mieux, dit Claude, c'est merveilleux. Mais tu ne l'as pas fait changer d'avis. Et te connaissant, tu vas ressasser cette remarque dans ta jolie petite tête, et te désoler de donner cette impression d'être une femme qui aime l'argent… et alors tu seras seule avec tes pensées.

— Je n'ai jamais dit qu'elle l'était… souffle Estelle.

— C'est vrai, mais je montre à Fleur comment on est bel et bien seul sous le regard des autres, dit Claude.

— Ne sois pas trop cruel avec ta fiancée, dit Théo, qui voudrait protéger Estelle.

— Fleur sait très bien se défendre toute seule. Elle n'est pas si douce et fragile qu'elle en a l'air ! dit Niels.

— Comment sais-tu ça ! Elle cache bien son jeu… dit Claude.

— Je le sais... dit Niels.

Il fait des mystères, il se vante, il s'amuse.

— Ça y est, vous avez fini ? Je ne vous dérange pas trop ? Pourrait-on changer de sujet ? demande Fleur.

— Nous avons choisi un jeu où il s'agit de parler des autres, et personne n'a envie qu'on parle de lui. Comment allons-nous faire ? dit Estelle.

— Parlez-moi de moi, y a que ça qui m'intéresse ! répète Niels.

— Tout dépend de ce qu'on t'en dit. Personne n'aime les critiques et les reproches, dit Fleur.

— Mais tu parles pour toi là, dit Niels.

— Et si nous passions à la question suivante ? propose Théo.

— Excellente idée, dit Niels.

6

— À mon tour de faire des dégâts ! dit Claude. Question Melo. « *Selon vous, quelle est ici la personne la plus observatrice ?* »

— Tu causeras moins de mal que moi. L'avantage de cette question c'est qu'elle fait un compliment à quelqu'un, dit Estelle.

— Tu n'as fait aucun mal ! dit Théo.

— Je poserai la question à Marina, dit Claude. Marina ?

— Oui, je réfléchis, dit Marina. Voilà ! La personne la plus observatrice, la plus attentive, la plus délicate aussi est selon moi... *(rires)* Estelle.

Le visage d'Estelle rosit de plaisir et de timidité.

— C'est aussi ma réponse figurez-vous ! dit Claude ravi. Donc je gagne c'est bien ça ? et je me débarrasse de ma carte.

— Estelle ! dit un chœur admiratif.

— Je suis très étonnée ! dit Estelle rougissante.

— J'aurais fait la même réponse, dit Moussia.

— Et moi aussi, dit Théo avec un sourire pour Estelle.

— C'est étrange, dit Fleur.

Elle est troublée, elle est malheureuse, elle voudrait recevoir davantage.

— Qu'est-ce qui est étrange ? demande Marina.

— Le fait que certaines personnes parviennent à faire ainsi l'unanimité. Cela me semble si improbable que je me dis : c'est parce qu'elles le veulent, dit Fleur.

— Quoi ? Qu'est-ce qu'elles veulent ? demande Marina en fronçant ses sourcils blonds.

Elle a une fine ride au-dessus du nez, une ride de mère.

— Plaire à tout le monde. Se faire aimer de tout le monde, dit Fleur.

— Tu ne le veux pas toi ? demande Marina, percevant l'attaque légère.

— Je veux me faire aimer de ceux que j'aime, dit Fleur.

— Je ne désire pas autre chose, glisse timidement Estelle.

— Mais tu es appréciée par tout le monde, parce que tu es agréable et douce, dit Marina.

— *Easy going*, comme on dit en anglais, dit Claude.

— Ne le suis-je pas aussi ? lui demande aussitôt Fleur, dans une fièvre de quête.

— Pas vraiment ! Ne le prends pas mal, tu as d'énormes qualités, mais je ne dirais pas de toi que tu es *easy going* ! dit Claude en riant.

— Qu'est-ce que ça veut dire d'ailleurs ? demande Fleur.

— Tu connais l'anglais. Ça veut dire que les choses se passent sans histoire, ça veut dire facile, souple, conciliante, pas emmerdante, pas exigeante, pas critique, dit Claude.

— Ne suis-je pas comme ça ? demande Fleur.

— Je ne sais pas moi, tu l'es parfois, mais pas toujours. Alors on se méfie un peu. On ne sait pas comment ça va se passer, dit Claude avec prudence.

— Qui ça on ? dit Fleur agacée.

— Moi, dit Claude.

— Veux-tu dire que tu as peur de moi ? demande Fleur.

— Pas de toi, mais de tes réactions parfois, dit Claude.

— C'est vrai Fleur que tu as l'air d'être assez surprenante, dit Niels.

— Pourquoi lui dis-tu cela, dit Marina, tu la connais à peine.

— Tant mieux ! dit Fleur. Je suis contente d'être surprenante.

— Et tu as raison, mais tu peux comprendre que ça n'est pas toujours facile pour tes petits camarades ! dit Niels avec un sourire charmeur.

— Non je ne le comprends pas, dit Fleur. Aucun de vous n'est sans surprise, je ne pense pas qu'Estelle soit d'une quelconque manière convenue et attendue, ou parfaitement prévisible.

— Je ne crois pas non plus qu'elle le soit, encore que ! s'amuse Niels. Mais elle est plus ronde, plus douce. Prenons l'exemple de tout à l'heure. Tu t'es vexée. Tu as réagi un peu violemment. Pourquoi ne t'es-tu pas moquée de ce que disait Estelle qui te connaît à peine ? En fait, c'est ta nature, tu es polie au premier abord, mais tu peux avoir des réactions vives et tes avis sont très tranchés.

— Je voulais rectifier une erreur c'est tout, dit Fleur. J'étais déçue de découvrir que je donnais cette impression d'aimer l'argent. Parce que je ne l'aime pas, j'ai même honte d'en avoir pour tout te dire. J'ai toujours mal vécu le fait d'être riche, parce que je sais que ça n'enlève pas le malheur et que tout le monde fait comme si c'était le cas.

— Tu étais blessée et tu agressais, dit Claude. C'est un problème d'agresser quand on souffre, ça n'excite pas la compassion.

— Je n'agressais pas, je n'étais pas heureuse de ce qu'on disait de moi, c'est tout, dit Fleur.

— Tu n'étais pas contente, voilà, tu apportais du négatif, dit Claude.

— Et vous n'apportez jamais rien de négatif vous ? dit Fleur, excédée.

— Si bien sûr ! dit Marina. Personne ne dirait le contraire. Estelle simplement est perçue comme une personne à part, quelqu'un d'exceptionnel, un cœur qui apporte de la paix.

Se crève l'abcès d'envie, le désir d'être aimée et admirée, complimentée, et Fleur dit :

— Pourquoi serait-elle quelqu'un à part ? Personne n'est à part. C'est notre nature commune de ne pas être à part.

— Je ne veux pas me sentir la cause d'une discorde. Vous me mettez mal à l'aise en vous disputant, dit Estelle.

Elle est paisible et gênée, gardant son beau sourire et prenant la main de Théo.

— Pardonne-nous ! C'est le jeu, dit Fleur chipie.

— Assez parlé, dit Théo. Il n'y a pas de défi, alors passons à une autre question.

— Ma chérie ! dit Claude en implorant un sourire.

— Je vais très bien ! Laisse-moi tranquille ! dit Fleur.

— D'accord, mais fais-moi un sourire, dit Claude.

— Ne sois pas ridicule, dit Fleur.

— Je suis ridicule ? dit Claude. Parce que je te demande un sourire ? Ne t'étonne plus que j'appréhende parfois tes réactions !

— Mais j'en ai marre que l'on parle de moi ! dit Fleur. Fiche-moi la paix !

— Vous n'allez pas vous y mettre aussi ! dit Théo.

7

— La question est encore personnelle, dit Marina : « *Vos vrais amis, vous les comptez* a) *sur les doigts d'une main,* b) *sur les deux mains,* c) *vous n'avez pas assez de doigts pour les compter.* »

Elle guette sur les visages le sentiment des autres, puis elle dit :

— J'ai noté ma réponse, et Niels, c'est à toi que je pose la question.

— Encore à moi ! dit Niels. C'est du harcèlement. Je croyais que nous ne nous ressembliions pas du tout ?

— Joue ! dit Marina.

— Pourquoi t'énerves-tu ? dit Niels.

— Tu fais attendre tout le monde, dit Marina.

— Elle n'a pas tort… dit Théo à son frère.

— Ma réponse est l'option a : Je compte mes vrais amis sur les doigts d'une main, dit Niels.

— Fleur, Marina, Estelle, moi… dit Claude.

— J'ai gagné. J'avais aussi choisi la réponse *a*, dit Marina, résolue, méthodique, jetant sa carte sur la table.

— Tu as de la chance, dit Niels.

— Non, pas de la chance, je savais que tu répondrais comme moi, dit Marina.

— J'ai répondu par défaut, la réponse que je voulais donner n'existe pas, dit Niels.

— Quelle réponse était-ce ? demande Estelle.

— Que je n'ai pas d'amis, dit Niels.

— Tu n'en penses pas un mot, dit Marina.

— Qu'en sais-tu ? dit Niels.

— Tu es si content de toi, tu t'imagines que tout le monde t'adore ! Ta vanité t'invente des amis, dit Marina.

— Pourquoi fais-tu la peste alors que tu ne l'es pas ? demande Théo à Marina.

— Il m'énerve. Tu n'imagines pas à quel point il m'énerve, dit Marina.

— Tu ne sais rien de moi, dit Niels, sec comme un fouet.

— Ça donne une idée de ta générosité, dit Marina.

— Bon allez arrêtez ! dit Théo, décidé. Vous devenez méchants. Passons à la question suivante. Fleur, c'est à toi.

Niels se tourne vers Marina. Son visage exprime une sincérité sans cette manière de jouer qui lui est familière. Il dit :

— C'est vrai que je n'ai pas d'amis. Je ne cherche pas à m'en faire. Je ne prends pas soin de ceux que j'ai. Les relations d'amitié me déçoivent souvent. Je n'ai pas foi dans ce qu'elles peuvent m'apporter... Bref, tu vois, je ne suis pas très positif !

— Ce que dit Niels est possible, murmure Claude. Moi je crois que je cherche dans l'amitié quelque chose qui n'existe pas. Alors je ne suis jamais satisfait. Et je ne me montre pas un ami fidèle.

— Que cherches-tu ? demande Marina.

— D'abord une transparence, une sincérité, dit Claude. C'est obligatoire. Ensuite une évidence, une nécessité de la relation, qu'il y ait un manque si elle fait défaut. Comme dans l'amour. Je me demande si je n'attends pas que l'amitié produise quelque chose, en moi ou hors de moi. J'ai toujours l'impression que « se voir » entre amis ne sert à rien.

— C'est horrible, dit Fleur.

— Choisis un autre mot ! dit Claude agacé. Tout est horrible avec toi. Qu'est-ce qui est horrible ?

— D'être utilitariste à ce point, dit Fleur un peu secouée.

— Mais non, je ne suis pas utilitariste, dit Claude. Je déteste perdre mon temps, bavasser et glandouiller avec des potes, ça me tue.

— Comment tu parles ! dit Fleur.

— Je m'amuse ! dit Claude.

— C'est vrai ? dit Niels. Tu es comme ça ? Je ne m'en étais jamais aperçu.

— Tu ne vois pas que je fais tout le temps quelque chose ? s'étonne Claude.

— Non, il n'a pas vu, dit Marina, abrupte, passionnée. Personne ne voit rien d'ailleurs. Personne ne regarde personne. Quand j'étais enceinte de sept mois, il y avait encore des amis qui ne remarquaient pas que j'attendais un enfant ! J'avais pris dix kilos et ils ne voyaient rien. On ne se voit pas, on se côtoie sans se regarder...

— Moi j'avais vu ! dit Niels à Marina.

— C'est vrai, je ne peux pas t'enlever ce mérite-là. Tu t'es vite aperçu que mon corps avait changé, dit Marina, songeuse.

— Je t'ai toujours trouvée très jolie... dit Niels.

Un brin de moquerie, un brin de flatterie, un air de sous-entendu, le sentiment de quelque chose qui est révolu et a eu lieu cependant, tout cela se lit dans cette façon mélancolique de parler.

— On ne vous dérange pas trop ? demande Théo en riant.

— Tu ne nous as jamais dérangés, dit Niels amusé par lui-même.

— Ça suffit ! Arrête ! dit Marina.

Une gêne extrême la soulève, le sentiment d'une grossièreté, et l'on peut savoir qu'elle parle à son amant. Mais personne ne veut entrer dans ce savoir.

— Pourquoi y a-t-il tant d'agressivité dans l'air ? demande Théo. Et le jour de mon anniversaire. Tenez-vous...

— C'est Marina qui me provoque, dit Niels.

— Bien sûr, c'est ma faute, dit Marina.

— Ah non ! dit Théo. Vous n'allez pas recommencer.

8

Avec une rougeur au visage, Fleur d'un geste rapide replace une mèche de cheveux derrière l'oreille et dit :

— Une question très intime que j'ai eu la malchance de tirer. « *Vous êtes mariés ou vivez maritalement depuis dix ans. Vous n'avez plus aucun rapport sexuel depuis huit ans. L'avouez-vous à votre médecin s'il vous pose la question ?* »

— Pauvre Fleur ! dit Marina. Elle n'aime pas ce genre de questions.

— Depuis le début elle n'a pas envie de jouer à ce jeu, dit Estelle.

— Pourquoi dites-vous cela ? proteste Fleur, agitée.

— C'est l'impression que tu as donnée, dit Estelle.

— Je n'ai rien dit pourtant, s'étonne Fleur.

— Si, tu as dit deux trois petites phrases, dit Marina.

— À propos de la susceptibilité, dit Estelle. Ce n'est pas un reproche ! Depuis le début d'ailleurs je partage tes réticences.

— Eh les pipelettes ! dit Niels. Laissez votre copine répondre et chercher un partenaire.

— Je ne sais pas si je pose la question à Claude ou à une femme. Les deux choix ont leur logique, dit Fleur.

— On ne peut pas décider à ta place, dit Niels.

— À Claude, dit Fleur, comme dans une rêverie.

— Ma réponse est oui, dit Claude.

— Comment peux-tu répondre aussi vite, tu pourrais réfléchir ! dit Fleur.

— Pas besoin de réfléchir, dit Claude. Si je ne fais plus l'amour avec ma femme depuis huit ans, non seulement j'en parlerais à mon médecin, mais je n'attendrai pas huit ans pour le faire.

— Même si c'est parce que tu es devenu impuissant ? demande Marina.

— Encore plus, puisque ça viendrait de moi ! dit Claude.

— Tu rangerais ton orgueil ? demande Marina sceptique.

— On ne peut jamais être sûr de ce que l'on ferait, mais j'espère que oui. Je crois que l'entente sexuelle est primordiale dans un couple, dit Claude.

— Fleur ! tu as entendu ! dit Niels, amusé.

Claude est lancé sur un sujet qui de toute évidence l'intéresse et dit :

— La vie sexuelle n'est pas un détail de la nuit qu'on oublie le jour. Je crois qu'elle est la révélation et le fondement du lien. Si Fleur ne voulait plus faire l'amour avec moi, je penserais qu'elle n'a plus d'amour pour moi.

— Mais tu aurais complètement tort ! dit Fleur vivement.

— Explique-moi pourquoi, parce que je pense vraiment ce que je dis, dit Claude.

Sérieuse, s'adressant à tout le monde, espérant convaincre en un seul propos tranchant, Fleur dit :

— Qui maîtrise son désir ici ? Toi Claude, tu sais pourquoi tu m'aimes ? Sais-tu pourquoi tu me désires aussi ? Non, tu ne le sais pas, tu le prends comme ça vient. Tu imagines que ton envie vient de moi, mais elle vient peut-être d'ailleurs, d'un autre temps, d'un autre lieu, d'un souvenir en toi... Nous ne savons rien. Et si ton désir s'interrompt, tu n'en sauras pas davantage. Et ça ne voudra pas dire que ton amour s'interrompt.

— Et d'ailleurs, dit Estelle, tout peut s'interrompre. L'amour aussi peut disparaître en nous...

— Vous parlez, vous parlez, dit Théo, mais on ne connaît toujours pas la réponse de Fleur.

Il n'aime pas entendre sa fiancée dire de pareilles choses : vraies et coupantes. Il peut suffire d'un geste, d'un mot, d'une coupe de cheveux ratée pour que l'amour d'une femme se brise sur le réel qu'un homme lui livre. Elle vous regarde, pense Théo, et elle se dit : Comment ai-je pu ? Comment ai-je pu me tromper à ce point ? Il ne sait pas si l'on peut vivre longtemps dans l'amour accompagné de cette idée.

— Ne sois pas si formaliste ! dit Estelle. Ce que dit Fleur est juste et plus intéressant que sa réponse.

— Un peu banal malgré tout, dit Niels.

— Je ne trouve pas, dit Estelle.

— Tu as raison, dit Théo, je suis simplement curieux de connaître la réponse de Fleur !

— Elle est facile à deviner étant donné ce qu'elle vient de dire, dit Marina.

— J'ai répondu non. Je n'irais pas parler de mes problèmes sexuels à un médecin. Désolée ! dit Fleur.

— Ne sois pas désolée, dit Estelle. J'aurais également répondu non si tu veux savoir !

— Alors nous nous ressemblons, dit Fleur, sur ce point.

— Ah les filles ! Vous êtes terribles... s'amuse Théo.

— Elles n'aiment pas vraiment le sexe ! dit Niels. Elles s'en passent. Elles auront leurs enfants. Pour combler leur sensualité plus diffuse et subtile que la nôtre !

— Bien sûr qu'on aime le sexe, à notre manière, pas forcément comme vous, dit Marina.

— Toi, je sais que tu l'aimes, mais justement tu l'aimes tellement que tu ne pourras passer ta vie avec personne, dit Niels sans réfléchir.

— Qu'est-ce qui te prend ? demande Théo stupéfait. Tu es fou de dire des choses pareilles. Grossier, et agressif.

— Je la charriais c'est tout. C'est un jeu ! J'ai prévu qu'on s'amuse un peu, dit Niels embêté.

Marina a les larmes aux yeux mais on ne le remarque pas, à part Niels qui ne dit rien.

— Il y a d'autres manières de s'aimer qu'en faisant l'amour, dit Fleur, un peu niaise tout à coup dans la gêne que lui vaut ce sujet.

— C'est quand même la plus agréable, murmure Niels sous l'œil de son frère.

— Peut-être pas pour tout le monde, souffle Fleur.

— Ah ! je parle pour moi, c'est vrai, dit Niels.

— Et si l'on ne fait que s'endormir l'un contre l'autre toutes les nuits, ça ne signifie pas que l'on ne s'aime plus, dit Fleur.

— Tu parles pour toi bien sûr ? dit Niels avec humour.

— Pour moi, confirme Fleur avec une gravité qui intrigue son interlocuteur.

— Pour Claude aussi ? demande Niels.

— Je ne sais pas ce que pense Claude, dit Fleur.

— Vraiment ? Vous n'en avez jamais parlé tous les deux ? s'étonne Niels.

— Bien sûr que si ! dit Claude. Fleur ne s'en souvient plus, c'est tout.

— Mais si je m'en souviens ! dit Fleur. Je t'ai dit que pour moi faire l'amour était une chose grave.

— Grave ? dit Niels sur le ton de quelqu'un qui ne comprend pas. Et toute jeune fille, tu pensais déjà cela ?

— Toute jeune fille je ne faisais pas l'amour ! dit Fleur.

— Tu n'avais pas envie de savoir comment c'était ? demande Niels.

— Qui t'a dit que je ne savais pas ? dit Fleur. Personne n'a pu te le dire. Parce que je savais que c'était moche. Tu as dit le mot juste tout à l'heure : je n'aime pas le sexe.

— Pourquoi dis-tu ça ma fleur ? dit Claude interloqué.

— Parce que c'est vrai. En y pensant, c'est bien ce que je ressens : un dégoût, dit Fleur.

Elle n'est plus présente, elle est envolée d'elle-même, elle ne sait plus ce qu'elle dit, elle dit.

— Un dégoût de quoi ? Le sais-tu ? demande Niels.

— Arrête de lui poser des questions ! dit Théo.

— Un dégoût pour la concupiscence des hommes, dit Fleur.

— Non ! Ne me dis pas une chose pareille... supplie Claude.

— Laisse-la parler au lieu de crier, dit Marina, douce.

Niels semble mener une investigation :

— Et sais-tu pourquoi tu n'aimes pas faire l'amour ? demande-t-il.

— J'aime faire l'amour, dit Fleur, mais la plupart du temps ce n'est pas ce que cherchent les amants.

— Pourquoi me dis-tu une chose aussi affreuse ? dit Claude.

— Ça n'est pas la fin du monde quand même, dit Fleur dans une violence sans concession, sans compassion ni sympathie.

— Ah oui ? Moi je trouve que c'est épouvantable, dit Claude.

— Je t'aime, dit Fleur, et c'est plus sentimental que sexuel, voilà tout. Ça ne nous empêche pas de faire l'amour ?

— Non, mais ça me gâche déjà mon plaisir, dit Claude. Tu n'as pas compris que mon plaisir était le tien.

— Il te suffit de me dire que tu m'aimes, murmure Fleur touchée.

— Explique-toi mieux ! dit Niels avec malice.

— Il me semble que Fleur est très claire, dit Estelle. Elle aime faire l'amour avec Claude mais pas le sexe en général ?

— C'est presque ça, dit Fleur. Disons qu'il faut l'amour que j'éprouve, et la tendresse de Claude, pour que je sois capable de faire l'amour avec lui.

— Et avant Claude, il y en a eu un autre ? Tu n'es pas obligée de me répondre bien sûr, dit Niels.

— Elle t'a dit qu'elle ne faisait pas l'amour quand elle était jeune fille ! dit Marina.

— Aucun, répond Fleur avec simplicité.

Elle parle toujours depuis un autre lieu et dans un autre temps, et elle se trouve probablement dans cet autre lieu, cet autre temps.

— Parce que tu n'avais pas envie ? Ou parce que tu avais peur ? dit Niels.

— Tu ne lâches jamais ? dit Claude malheureux.

— Pas quand quelque chose m'intéresse, dit Niels.

— Les deux, répond Fleur.

— Pourquoi lui réponds-tu ? demande Claude.

— Tu sais pourquoi ? demande Niels.

— Je peux répondre à cette question aussi, sourit Fleur.

Son sourire est comme une démission, son buste se redresse, froidement elle dit, d'une voix plate :

— Il se passe parfois des choses terribles dans les familles Niels. Est-ce que tu en as idée ? Derrière les rideaux des gens très comme il faut, s'épanouissent aussi de noirs desseins. Dans la mienne, quand j'avais quinze ans, ma mère laissait mon père me faire ma toilette. Je veux dire ma plus intime toilette. Et puis les gestes ont un peu dérivé, le juge perdait la tête…

Un silence vient, que l'on entend tomber, parce que les mots d'avant lui l'appelaient. Fleur reste immobile et muette, droite sur son siège comme une minuscule statue, amoindrie par une parole.

— Vous lui faites dire trop de choses… murmure la clairvoyance d'Estelle. Elle vous en voudra dès que le jeu sera fini.

— Non, c'est bien que je l'aie enfin dit, dit Fleur. Je me sens tellement paisible… immaculée, glorieuse, enchantée.

Troublé, doux, ne sachant pas quoi dire, Niels souffle :

— Vous voyez que mon jeu n'a pas que de mauvais effets.

— Voulez-vous qu'on arrête la partie ? demande Théo plein d'effroi.

— Pourquoi ? dit Fleur du tac au tac. Je ne veux pas qu'on s'interrompe à cause de moi.

— C'est comme tu veux. Tu es sûre ? dit Théo.

— Certaine, dit Fleur.

9

— Une autre question alors, dit Théo : *« D'après vous, qui ici serait capable de tuer quelqu'un ? »*

— Ne me la pose pas à moi, je serai incapable d'y répondre ! dit Marina. D'ailleurs ce n'est pas une bonne question. Parce qu'on ne sait jamais de quoi on est capable.

— Ça c'est vrai ! dit Claude.

— Niels, tu vas répondre avec moi, dit Théo.

— Il y a vraiment dans ce jeu une violence perfide ! proteste Fleur. À chaque tour il faut s'attendre à être agressé par des affirmations qui ne sont fondées que sur les impressions des autres.

— Elles ne sont pas fausses pour autant, dit Niels. Tu ne peux rien contre ça : tu vis au cœur des perceptions des autres. Et cette nébuleuse d'impressions étrangères à toi-même est une réalité.

— Un de mes amis scientifiques se demandait récemment depuis quand les gens avaient commencé à croire que ce qu'ils voyaient était la réalité… dit Estelle en souriant.

— Il faut bien une réalité, dit Marina.

— Nous en avons tous besoin, dit Fleur. Je ne peux pas penser que tout est une impression. Les maladies mentales des uns qui prétendent comprendre celles des autres, l'ensemble de ces prismes qui se déforment, les malentendus et les maladresses, les erreurs de jugement auxquelles l'on accorde du crédit, tout ça me rend malade. J'ai besoin d'avoir des repères, de croire à quelques vérités objectives et non perçues. Vous ne me ferez pas accepter ce côté diffracté et diffus de la personnalité.

— Comme tu veux, dit Niels. Mais tu nies une évidence : chacun de nous se fait des idées sur lui-même et sur les autres, et lorsque nous nous parlons, nos paroles se cognent sur le fond de ces théories personnelles, incomplètes, erronées.

— Je comprends Fleur, dit Estelle. Chacun a besoin de se dessiner une figure pour lui-même. Pour ma part, si je dis *je suis ceci*, cette phrase l'emporte sur celle que peut me renvoyer autrui : *tu es cela*. En somme, je me sens davantage ceci que je dis, que cela dont on me qualifie.

— Bon, voulez-vous que je réponde à ma question oui ou non ? demande Théo.

— Alors ? Qui serait capable de tuer quelqu'un ? demande Niels.

— Toi, dit Théo. J'ai répondu Niels.

— J'en étais sûr ! dit Niels. Eh bien petit frère, tu gagnes. J'ai aussi noté mon nom.

— C'est la deuxième fois, dit Marina.

— Que quoi ? dit Niels.

— Que tu notes ton nom, dit Marina.

— Et alors, qu'en déduis-tu ? demande Niels.

— Que tu as un gros ego ! dit Marina. Que tu as des difficultés à voir quelqu'un d'autre que toi-même.

— Allez ! Un peu de psychologie sauvage ! dit Niels.

— C'est vrai tout de même ! Tu t'intéresses beaucoup plus à toi qu'aux autres... Non ? demande Marina.

— C'est vrai ! répète Niels en criant. Vous n'avez que ces mots-là à la bouche. Ça n'engage pas à la conversation !

— Tu as répondu sincèrement ? demande Théo à son frère.

— Tout à fait sincèrement, dit Niels. Il m'arrive d'imaginer en détail que je vais tuer quelqu'un.

— Vraiment ? dit Estelle.

— Oui, dit Niels. C'est un exercice de méditation. Pareillement j'imagine ma propre mort.

— Je te savais original mais pas à ce point… dit Marina.

— Je ne suis pas sûr que ce soit original, dit Claude. Chacun n'a-t-il pas quelques ennemis dont il aimerait être débarrassé ?

— Non pas moi, dit Estelle.

— Ni moi non plus, dit Fleur.

— Ça n'est pas du tout à ça que je faisais allusion, dit Niels.

(À Marina.) Si tu voyais tes yeux !

— Qu'est-ce qu'ils ont mes yeux ? demande Marina.

— Tu me regardes comme si j'étais justement l'ennemi dont tu te débarrasserais en premier, dit Niels.

— Chaque fois qu'une idée te traverse l'esprit, tu la dis ! s'exclame Marina. C'est comme ça que tu fonctionnes ? Sans barrière, sans rétention ?

— Non, dit Niels. Je ne dis pas tout ce qui me passe par la tête. Il y a des choses que je garde pour moi.

— Lesquelles ! Dis-moi lesquelles ! crie Marina.

— Tu connais des choses que je n'ai jamais dites à personne parce qu'il était plus intelligent de les taire, murmure Niels.

— Je ne parle pas de ça, dit Marina. D'ailleurs tu peux tout dire. Je ne vois pas en quoi c'était intelligent de se taire.

— Si tu ne vois pas, tant pis pour toi, moi je vois, alors tais-toi, dit Niels.

— Que de mystères tous les deux... dit Théo.

— Alors d'après toi je serais capable de tuer quelqu'un ? Tu saurais expliquer pourquoi ? dit Niels à Théo.

— C'est un défi ? demande Théo.

— Non non, pas de défi sur une question aussi hypothétique. Je suis curieux c'est tout. J'aimerais comprendre comment mon frère m'imagine tuant quelqu'un, dit Niels.

— J'ai dit que tu en serais capable, pas que tu le ferais. Et je ne te vois pas le faisant. Quand même pas ! précise Théo.

— Alors ? Malgré tout, pourquoi as-tu donné mon nom ? demande Niels.

— C'est simple, dit Théo, pour tuer quelqu'un il faut savoir s'y prendre. Tu as fait de la médecine, tu connais le corps humain mieux qu'aucun de nous ici. Il faut de la force physique, tu en as. Il faut éventuellement l'empire de la colère ou de la rage, et *tu es* colérique. Il faut de la sensibilité. Tu as tout cela. Si un homme viole ta femme ou ta fille, je peux imaginer que tu serais capable de le tuer. Chaque fois que nous nous disputons, tu es violent, et quand nous nous battions, gamins, parfois tu me faisais peur.

— Je te faisais peur ! dit Niels.

— Je te rappelle que j'ai failli mourir à cause de toi... dit Théo.

— Mourir... tout de suite les grands mots ! dit Niels.

— Ça n'est pas vrai peut-être ? demande Théo.

— C'était un accident, dit Niels.

— Peut-être, mais c'est arrivé, dit Théo.

— De quoi parles-tu Théo ? dit Estelle. Tu ne m'as jamais raconté ça !

— Je te raconterai plus tard, dit Théo. Niels m'a aidé à tomber dans une piscine quand je ne savais pas nager. À quelques secondes près, j'étais ou bien mort ou bien cérébralement irrécupérable.

— C'est une histoire terrible ! dit Estelle.

— Toutes les familles en ont de semblables, et celle-ci a le mérite de finir bien, dit Théo.

— C'est vrai, convient Estelle.

Elle se tourne vers son beau-frère et dit :

— Quel âge avais-tu Niels ?

— Six ou sept ans je crois, dit Niels.

— C'était en juillet mille neuf cent... ? intervient Moussia qui s'interrompt dans un murmure indécis.

— Ne fais pas cette tête maman ! Souris ! dit Théo.

— Et maintenant ? demande Niels en regardant Théo dans les yeux. Tu as encore peur ?

— Maintenant ? Non, plus du tout ! dit Théo.

Et sans vraiment penser à ce qu'il dit et aux raisons pour lesquelles il le dit, il ajoute :

— Parfois même, tu me fais pitié tant c'est toi désormais qui es vulnérable.

— Quelle horreur ! dit Niels. Je ne veux inspirer de pitié à personne. Pourquoi dis-tu cela ?

— C'est ce que je ressens, dit Théo. Tu es comme les enfants, dans l'immédiateté. Tu es capricieux, tu veux les choses tout de suite, et les choses pour toi effacent les autres. N'as-tu pas voulu inconsciemment ma mort ? Ainsi vis-tu dans un monde dépeuplé. Tu ne diffères rien et ton désir supprime autrui. Tu ne sais pas le mettre à distance. Tu n'as pas acquis un complet contrôle de toi-même et peut-être ne seras-tu jamais capable de te maîtriser.

— C'est bizarre, dit Niels. Chaque fois que tu me parles de moi, j'ai l'impression que tu connais un étranger.

— Peut-être, dit Théo. Je me trompe peut-être, mais toi tu n'as aucun recul. Tu es aveugle. Tu es si ardent, un peu comme un cheval emballé.

— Je ne risque pas de pouvoir objecter quelque chose à cela ! dit Niels.

— Et puis tu n'as eu personne pour te contredire, dit Théo. C'est un des éléments qui manque le plus dans la famille. Voilà la grande faute de papa. Il n'a pas joué son rôle. Maman nous a adorés. Personne ne nous a dit quand nous faisions erreur. Moi, j'ai eu la chance de t'avoir ! Mais toi, tu n'as jamais trouvé ton contradicteur.

— Ne mêlez pas votre père à cette discussion, demande Moussia.

— Je t'ai contredit ? demande Niels à son frère.

— Tu as été devant moi, dit Théo. Tu as été celui qui sait déjà. Tout ce que je découvrais tu le connaissais. Tu as dominé. Tu veux dominer. Tu veux être le meilleur. Enfin, tu veux croire que tu l'es !

— Et toi tu ne le veux pas ? dit Niels.

— Je veux être moi-même, dit Théo, je ne veux pas me comparer, je ne veux pas être comparé, je veux devenir le meilleur de ce que je peux être, je veux que l'amour d'Estelle me bonifie…

— C'est beau ! dit Niels.

— Pourras-tu un jour ne pas rire de tout ? dit Théo.

— Je ne ris pas, dit Niels. J'admire ! Si tu ne me crois pas, tu as tort.

— Je ne te crois pas, dit Théo. Tu me trouves ridicule et tu te fous de ma gueule.

— Tes certitudes ne cessent jamais ? dit Niels. Comment peux-tu être aussi sûr de toi quand tu parles de moi ? ! Là, tu sais mieux que moi ce que je pense !

— C'est ton frère, il te connaît, dit Marina.

— Tu parles ! dit Niels. La famille, c'est là que je me confie le moins.

— Ne dis pas ça ! dit Moussia.

— Si je le dis ! dit Niels. C'est la vérité et nous pouvons en parler. La famille nous vaut toujours de gros problèmes. C'est pourquoi nous voulons tellement croire le contraire. Mais il y a dans le côtoiement familial quelque chose d'infernal.

— Ton goût de l'agression ! dit Théo. Tu as raison, détruis ce que maman a de plus cher !

— Votre amour est minable s'il ne peut accepter ni les doutes, ni les révélations, ni les secrets, dit Niels.

Il porte en lui un désespoir fulgurant, par là il dit qu'il a toujours manqué d'une chose précieuse.

— Qu'est-ce que tu caches ? dit Théo.

Il ne sait pas pourquoi il pose cette question, ni ce qu'il attend, il entend ce que crie son frère sans le comprendre.

— Ce qu'on cache n'a pas tant d'importance que le fait de pouvoir le cacher, dit Niels. Je déteste cette transparence que se réclament les membres des tribus : je sais, tu sais, je sais que tu sais, tu sais que je sais, je sais que tu sais que je sais… C'est atroce. On se croirait dans la prison de la vérité. On se croirait transpercé, lacéré par des regards intérieurs. Inexistant !

— Atroce. Toujours les grands mots ! dit Théo.

— C'est une façon de parler ! dit Niels. Bien sûr que ce n'est pas atroce. Mais je me défends de vous comme je peux.

— Voilà le monde ! dit Marina. Chacun est prêt à dire n'importe quoi pour tirer son épingle du jeu.

— Et quelques saintes gens se dévouent, donnent leur vie à l'intendance de celle des autres, dit Estelle.

— C'est vrai Estelle, vous avez raison de noter cela. Il y a encore de saintes gens. De saintes femmes en réalité ! dit Moussia.

— Encore une impression… dit Niels.

— Eh bien ! On peut dire que le jeu est musclé et dévastateur, dit Claude qui ne sait pas quoi dire.

— Que dévastons-nous exactement ? demande Niels.

— Nous le découvrirons quand il sera trop tard, dit Fleur.

— De toute façon, ce qui ne se répare pas mérite d'être cassé tout de suite, dit Niels.

— C'est quoi ce nouveau principe ? dit Théo.

— Je propose que nous passions à la question suivante, dit Estelle.

Claude se redresse et dit :

— Je cherche dans mon jeu une question anodine, comme dirait Fleur. En voici une qui ne concerne que moi. « *Combien de fois par jour vous regardez-vous dans un miroir ?* a) *jamais,* b) *une fois le matin,* c) *deux fois, matin et soir,* d) *plus de deux fois.* » Ah ! Ah ! Pour changer, je poserai cette question facile à quelqu'un que je ne connais pas bien. Estelle !

— Peux-tu répéter les réponses ? demande Estelle.

— Jamais, une fois par jour, deux fois, plus de deux fois, dit Claude.

— Je choisis la dernière réponse, plus de deux fois par jour, dit Estelle.

— Même réponse pour moi. Donc je gagne, dit Claude.

— Je trouve que c'est injuste ! dit Marina. Cette question est beaucoup plus facile que les autres. Personne ne se regarde moins de trois fois par jour dans un miroir !

— Pas sûr. Il y a des gens qui n'ont pas de miroir chez eux, dit Niels.

— C'est rare, dit Estelle.

— Tu te rappelles comment, dans la pièce de Sartre, il n'y a pas de miroir, et c'est un des éléments qui créent l'enfer : on ne peut se voir soi-même que par les yeux d'autrui… C'était une idée qui m'avait fasciné, dit Théo.

— Claude est quelqu'un qui se regarde sans arrêt. Dès qu'il passe devant un miroir, il s'arrête et se contemple. Pour lui, il aurait fallu une option dix fois par jour ! dit Marina.

— N'exagère pas ! Je suis coquet d'accord, mais pas narcissique, dit Claude.

— Tu me le prouveras, dit Marina. Tu l'es énormément. Et tu te préoccupes en premier de l'apparence. De quoi ai-je l'air ? À quoi je ressemble ? Est-ce que mon costume est bien ? J'ai pas une tache derrière ? Déjà au lycée tu nous posais tout le temps ces questions.

— Ah bon, dit Claude, je ne me souviens plus.

— Moi je me le rappelle très bien, dit Marina, d'autant mieux que tu n'as pas changé. C'est Fleur que tu dois ennuyer avec ça désormais.

— Fleur, c'est vrai ? demande Claude.

— Je ne sais pas. Je n'ai pas remarqué, dit Fleur. En tout cas j'apprécie que Claude soit élégant, et même coquet. J'ai horreur des hommes négligés.

— Merci ma fleur ! Heureusement que tu es là, dit Claude.

— Ils n'ont pas été si méchants ! dit Fleur.

Une pointe de moquerie est dans sa voix. Elle sourit.

— Claude ne supporte aucune critique, dit Marina.

— C'est inexact ! Je conteste ce que vous dites de moi si c'est faux, dit Claude.

— Tu vois ! s'écrie Fleur. Tu ne comprends pas que je le fasse, mais tu trouves ça naturel quand c'est toi.

— Personne n'a envie d'écouter des sornettes lorsqu'il s'agit d'être qualifié ou jugé, dit Estelle.

— Ce n'est pas un jugement, c'est un fait : depuis des années Claude se regarde beaucoup dans la glace ! Est-ce qu'on a dit que c'était mal ? dit Marina. Jamais on ne l'a dit !

— Non, nous n'avons rien dit de semblable, dit Estelle en se tournant vers Claude.

— C'est vrai Claude. Tu ne peux pas le nier, dit Fleur.

(Aux autres.) Claude a dans sa salle de bains un de ces miroirs à trois faces. Vous y contemplez votre profil et même, en arrangeant les trois facettes et en plaçant derrière vous un autre miroir, vous pouvez voir votre crâne. Vous ne perdez pas une miette de vous-même ! Vos yeux sont partout. C'est très pratique.

— Et à quoi ça vous avance de vous contempler comme un objet ? demande Estelle.

L'expression du visage de Claude a changé, il réfléchit, mécontent d'avoir été révélé dans son intimité. En s'imposant de rester calme, il dit :

— Se regarder dans un miroir est beaucoup plus extravagant qu'il n'y paraît. C'est se guetter soi-même, dans une quête impossible. C'est espérer se voir de l'extérieur, tel que les autres vous voient, et toujours échouer : ne jamais se voir qu'en train de se regarder !

— Tu vois que tu aimes te regarder ! dit Marina. Tu es malhonnête avec toi-même. Tu sais très bien que j'ai raison et tu dis le contraire. Comment ne saurais-tu pas que tu te regardes beaucoup ?

— Ne lui dis pas qu'il est malhonnête ! Comment veux-tu qu'il ait envie de t'écouter une fois que tu as dit ça ? dit Niels.

Marina semble se rappeler une chose précise.

— Même au bistrot, quand tu es assis en face d'un miroir, on dirait que tu préfères t'observer que regarder la personne qui est avec toi, dit-elle.

— Ça c'est vrai ! dit Fleur. La dernière fois ça m'a même tellement énervée qu'on s'est engueulés sans aucun motif… seulement parce que je n'osais pas lui dire : Arrête de te regarder dans la glace.

— Il s'intéresse lui-même plus que ne l'intéressent les autres ! Ça fait deux : Claude et Niels. Ce n'est pas un hasard s'ils sont amis, dit Marina.

— Arrête de l'agresser. Qu'obtiendras-tu ? Rien, dit Théo.

— Je ne parle pas pour obtenir des choses ! dit Marina.

— Quelle est la question suivante ? demande Estelle posément.

— Vous avez raison Estelle, passons à une autre question, dit Moussia.

Elle regarde le groupe des jeunes, elle a un sourire un peu las, compréhensif, une indulgence, puis elle dit :

— Mes enfants, vous êtes terribles ! Vous me faites passer une soirée éprouvante. Je vous écoute et je tremble.

— Et pourquoi on ne s'arrête pas tout simplement, au lieu de laisser monter l'agressivité ? Car il n'y a pas de question anodine. Tout fait feu, dit Fleur.

— C'est à vous de faire ce que vous voulez, dit Moussia.

— Finissons la partie. Ça ne sera plus très long, dit Niels.

— Ce n'est pas un problème de longueur ! dit Estelle.

— Si c'est juste un problème de susceptibilité, je promets de m'améliorer. Je vais devenir aussi cool qu'Estelle. Zen ! dit Claude.

— Je ne suis pas cool, dit Estelle, je suis calme.

— Tout le monde a dit que tu étais la paix même, dit Fleur.

— Peut-être que tout le monde se trompe ! Je suis très angoissée par la vie, et je ne me sens ni paisible, ni apaisée, ni apaisante, dit Estelle.

— Le monde à l'envers ! dit Claude.

— Je vois que nous continuons, dit Théo.

— Ce jeu est pervers, dit Fleur, on commence à parler et on ne peut plus s'interrompre. Ceux qui ont dit quelque chose veulent l'expliciter, ceux à qui on l'a dit veulent répondre, et ceux qui se taisent parleront en dernier...

Soudain résolue dans sa désapprobation, Moussia dit :

— Oui, c'est pourquoi, mes enfants, je vous laisse. Je vais essayer de dormir au lieu d'écouter vos disputes.

— Reste maman, on va s'arrêter, dit Théo.

— Tu ne voulais pas qu'elle joue, laisse-la s'en aller si elle veut, dit Niels. On ne va pas s'arrêter, et c'est très bien qu'enfin chacun de nous dise à l'autre ce qu'il pense de lui.

— Je ne veux pas qu'elle s'en aille triste ou en colère, dit Théo.

— Avez-vous remarqué ? demande Niels fier de lui.

— Quoi ? demande Marina.

— Il se passe ce que j'ai prédit tout à l'heure : maman s'en va parce que ce jeu est trop cruel pour elle, dit Niels.

Moussia disparaît dans le couloir.

— On a compris : tu es le plus intelligent, le plus perspicace, le plus clairvoyant, dit Théo exaspéré. Et puisque tu en es le premier persuadé, tu donnes ton avis sur tout. Et malheureusement pour ne rien arranger tu n'aimes pas le bonheur des autres.

— Je ne vois pas pourquoi tu dis ça, dit Niels.

— Tu ne vois jamais... murmure Théo.

10

Marina tient sa carte devant son visage et dit :

— La question est : « *La vie de quelle personne autour de cette table ne voudriez-vous pas mener ?* »

Je pose la question à Estelle. On ne pense jamais aux jokers, j'ai bien envie d'en utiliser un…

— Allez ! dit Niels. Vous n'allez pas vous dégonfler quand ça devient un peu saignant.

— Nous ne sommes pas tes marionnettes, dit Estelle à Niels.

— Qui a dit que vous l'étiez ? dit Niels.

— Toi, à ta manière, dit Estelle.

— Oh là là, je ne vais plus rien dire si ça continue ! dit Niels.

— C'est possible ? demande Théo en riant.

— Tu me connais mal, dit Niels en ne riant pas du tout.

— Je ne t'ai jamais vu ne pas donner ton avis, dit Théo.

— J'ignorais que tu appréciais les gens qui n'avaient pas d'avis, dit Niels.

— Tu interprètes. J'aime les gens qui ont un avis, mais aussi ceux qui savent le réserver, dit Théo.

— Je marche sur des œufs avec mon propre frère ! dit Niels.

— Tant mieux. Pourquoi ne bénéficierais-je pas de ta délicatesse ? Je ne suis pas une poubelle, dit Théo.

— Il faut bien avoir quelque part où se laisser aller. Si ça n'est pas avec son propre frère, où est-ce ? demande Niels.

— Nulle part. On ne se laisse pas aller. Et il y a des choses que l'on ne peut dire à personne, dit Estelle.

— Je ne veux pas répondre à cette question : je donne un joker, dit Estelle.

— Moi aussi alors, dit Marina.

— Maman, j'ai fini mon dessin ! crie Arthur.

— Je viens te voir mon cœur, tout de suite ! répond Marina.

— Je t'admire d'être mère comme tu l'es. Je ne serais pas capable d'élever un enfant seule, dit Estelle.

— Il n'y a pas à m'admirer. Je n'ai pas eu le choix, dit Marina.

— Aujourd'hui on a toujours le choix, dit Niels.

— Je ne sais pas si je suis capable d'élever Arthur seule, dit Marina, éludant délibérément le débat soulevé par Niels.

— Regarde comme il est sage et souriant ! dit Fleur. Je trouve que c'est un petit garçon merveilleux. Il rayonne la joie.

— Je l'espère, et parfois j'en suis certaine, mais on ignore les choses qui traversent la tête des enfants, dit Marina.

— Pourquoi dis-tu que tu ne serais pas capable d'élever un enfant seule ? demande Théo à Estelle.

— Parce que je le crois, dit Estelle.

— Et si je meurs, comment feras-tu ? Bien sûr que tu es capable d'élever un enfant seule ! dit Théo.

— Je ne me dis pas que tu vas mourir, dit Estelle.

— Je m'en doute. Mais ça peut arriver, dit Théo.

— Il peut aussi te quitter, t'abandonner pour une autre ! dit Niels.

— Je ne le crois pas capable de faire ça, dit Estelle. Et c'est la première raison pour laquelle je l'épouse : il n'est pas léger, il est profond et sincère.

— Les plus dangereux ! dit Niels. Car ils ne font pas les choses à moitié. Si un jour il tombe amoureux d'une autre femme, il sera profond et sincère ! Il ne saura pas vivre à tes côtés dans la duplicité qui est parfois nécessaire au mariage pour durer. Enfin ! Je ne veux pas t'enlever tes illusions.

— Mais si tu le veux ! dit Théo. Que quelqu'un ait confiance en moi, aveuglément, devant l'incertitude de l'avenir, dans l'amour, ça t'étonne, ça te transperce. Tu te demandes pourquoi tu n'as pas ça !

— Tu crois que je suis jaloux de toi ? demande Niels.

— Non je ne veux pas le croire. Mais parfois je me pose la question, dit Théo.

— Merci de tes scrupules, dit Niels.

— Moi je crois que ce qu'Estelle ne voudrait pas, c'est avoir un enfant seule. Être mère célibataire, dit Claude avec un brin de perfidie.

— Tu la crois tellement conventionnelle ? demande Niels.

Et il rit en parlant comme si Estelle n'était pas là.

Le visage d'Estelle se tend pour se défendre d'une chose qui pourrait être vraie :

— Il n'y a plus de convention aujourd'hui, dit-elle.

— Ah tu crois ça ? ! s'exclame Niels. C'est que tu ne t'approches jamais des limites à ne pas franchir... Voilà un chien qui ne sent pas le collier parce qu'il reste assis au pied de son maître !

— Pourquoi es-tu si méchant ? demande Théo.

— Moi méchant ? Ce que je dis n'a rien de méchant. On est comme on est, dit Niels.

— Non, tu as raison, tu es charmant, tu trouves les mots qui font plaisir ! dit Marina.

Estelle est froide, distante, blessée. Elle dit :

— J'essaie de ne pas parler des autres. Et en tout cas de ne pas m'autoriser à les qualifier.

— Sage résolution ma petite Estelle, dit Niels. Tu feras une épouse parfaite. Car c'est bien ce que nous demandons à nos femmes dans la famille : la fermer ! N'est-ce pas Théo ?

— Marina a raison. Tu es odieux, dit Théo.

— Odieux ! dit Niels.

— Percevez-vous comme moi ce qu'il y a de vulgaire et de disgracieux dans le simple fait de dire il ou elle à propos d'autrui, présent ou absent ? demande Estelle réfugiée dans la pensée.

— Si on dit je, on est égocentré. Si on dit elle ou il, on est vulgaire. Que faut-il dire ? dit Niels.

— Il faudrait ne pas parler des autres, dit Estelle.

— Je vais t'appeler « mademoiselle il faut », dit Niels. As-tu remarqué le nombre de fois où tu dis : il faut ?

— Non, dit Estelle.

— Eh bien fais-y attention, tu verras. Tu es très prescriptive comme fille ! Tu vois j'ai dit tu ! C'est bien ? demande Niels.

— J'en ai marre. On arrête ? demande Fleur.

— Moi je suis d'accord pour arrêter. J'avais envie de danser... dit Marina.

— Il ne reste plus beaucoup de questions. Finissons la partie ! insiste Niels. Fleur. C'est à toi.

— Pourquoi te ferions-nous ce plaisir après tout ? dit Estelle.

— J'ai une question gentille dans mon jeu, je vais la poser. Si ça se passe mal, on arrête, dit Fleur. La question est : « *Selon vous, quelle est ici la personne la plus charismatique ?* »

— Sois honnête ! dit Claude.

— Laisse-la répondre comme elle veut ! dit Niels.

Fleur se tourne vers son fiancé et dit :

— N'attends pas que je donne ton nom ! Tu n'es pas charismatique pour deux sous. Et sache que je m'en félicite. Vivre avec un homme charismatique ne peut être qu'un supplice quotidien. Tous ces gens en trop ! Tu imagines.

(Aux autres.) Celui qu'on aime n'a pas forcément toutes les qualités ! Je ne vois pas pourquoi il les aurait.

— Tu crois ça ? Même au début de l'amour ? dit Estelle.

— Au début de l'amour, il n'y a ni qualités ni défauts, il n'y a que l'amour. Un peu plus tard toute la vie nous est rendue ! dit Fleur.

— Voilà la parole la plus juste de la soirée ! dit Niels. Et voilà pourquoi je n'aime dans l'amour que les commencements : on se drague, donc on se fait des compliments et des sourires. Puis vient le premier baiser, et alors les obligations commencent. Et les larmes et les exigences : Pourquoi tu ne m'as pas appelée ? Et avec qui tu dînes ce soir ? Où vas-tu ? Que fais-tu demain ?...

Et disant cela il peut sentir l'appréhension des autres dès qu'il prend la parole.

— Tu es un inapte, dit Marina. Je ne m'étais pas rendu compte à quel point tu récusais le cours naturel de la vie. Tu refuses qu'un autre ait besoin de toi.

— Oui. Tu peux dire les choses de cette manière, ça ne me dérange pas, dit Niels. Et je paie le prix de ce refus : je vis seul, et je vivrai seul. Je rentrerai le soir dans une maison vide. Mais du moins je n'humilierai pas une épouse en exhibant les multiples conquêtes dont j'ai besoin comme de l'air que je respire. Jusqu'à cent ans je resterai un dragueur. Je n'ai pas envie d'avoir honte de ce que je fais, je ne veux pas avoir à mentir, ni à une femme ni à des enfants même.

— À quoi cela te mènera-t-il ? dit Marina.

— Pas moins loin qu'une épouse et des enfants, dit Niels.

— Je vois, dit Marina.

— Bon ! dit Fleur. Marina, c'est à toi que je pose la question : « *Selon vous, quelle est ici la personne la plus charismatique ?* »

— Je ne sais pas répondre à cette question. Personne ici ne me semble particulièrement charismatique, dit Marina.

Fuse la gerbe des rires de tous les autres, et Niels dit :

— Finalement Marina aussi a le chic pour se mettre tout le monde à dos !

— Je ne me mets personne à dos, dit Marina. Qui se vexe de ne pas être charismatique ? Charismatique, c'est très fort comme mot. Presque personne n'est charismatique.

— Je réponds Estelle, dit Fleur.

— Et moi Théo, dit Marina.

— Et alors quoi ! Je croyais que tu ne voyais personne, dit Niels.

— En réfléchissant j'ai pensé que je le suivais depuis l'âge de six ans, comme une lumière dans ma vie, dit Marina. Si ça n'est pas qu'il est charismatique, qu'est-ce que c'est ?

— Tu es peut-être amoureuse de lui sans le savoir, dit Niels.

— Très drôle vraiment, dit Marina.

— Estelle est inquiète ! dit Fleur.

— Mais non ! dit Estelle. Je ne suis pas jalouse. Du moins j'essaie de ne pas l'être.

— Une femme pas jalouse, ça existe ? dit Niels.

— Autant qu'un homme fidèle, dit Théo très sérieusement.

— Ah le couple modèle ! dit Niels. Et charismatique en plus ! Deux charismatiques qui sortent ensemble, ce doit être exceptionnel à rencontrer non ?

— Tu es devenu fou ou tu espères être drôle ? demande Théo.

— Ce sont les deux seules possibilités d'après toi ? demande Niels. Tu as toujours été binaire en fait.

— Il y a les paires qui se disputent et les paires qui se taisent, mais Niels est toujours dans la paire qui se dispute ! dit Claude.

— Tu aurais dû choisir quelqu'un d'autre. Ça fait encore des histoires, et je ne suis pas charismatique... dit Estelle en se tournant vers Fleur.

— Ça n'est pas à toi de le dire. Je n'ai fait que me rappeler le compliment unanime que tu as reçu tout à l'heure. Tu apaises... ils l'ont tous dit, répond Fleur.

— Oui, c'est vrai, on avait même l'impression que ça t'énervait, dit Niels.

— Eh bien tu vois ça ne m'énervait pas, c'était une fausse impression, dit Fleur. Es-tu vexé que je n'ai pas relevé ton grand charisme ?

— Je ne suis pas vexé du tout. Ce n'est pas à table mais au lit que je suis charismatique ! Il y en a qui le savent ici mais tu n'as pas cette chance, dit Niels.

— Qu'est-ce que tu racontes encore ? dit Théo.

— Laisse-le ! dit Marina. Il a décidé de dire des conneries et de nous emmerder toute la soirée.

— Et comment tu parles toi ce soir, avec ton fils qui va t'entendre ! dit Niels.

— Non, il n'entendra pas, regardez, il s'est endormi, remarque Fleur.

11

— Une question un peu vexante, mais il faudra bien que je la pose un jour si je veux m'en débarrasser ! « *Quel visage parmi ceux des personnes ici présentes vous fait le plus penser à un animal ?* » lit Estelle.

— Tu auras du mal à ne blesser personne, dit Théo.

— Je peux trouver un joli animal, dit Estelle.

Fleur dit :

— J'ai remarqué que les gens en général se jugent plutôt laids et intelligents que beaux et stupides. C'est une étrange chose si l'on y songe : peu de gens se croient beaux, peu de gens se croient bêtes, on fait beaucoup plus plaisir à quelqu'un en le complimentant sur sa beauté plutôt que sur son esprit. Dans un cas on apaise un grand doute, dans l'autre on enfonce une porte ouverte !

— Où vas-tu pêcher des idées pareilles ? ! s'exclame Claude. Je n'ai jamais remarqué ça. D'ailleurs moi je me trouve beau !

— Mais tu ne te trouves pas bête ! dit Marina.

— Non plus ! dit Claude.

— En somme, dit Marina, c'est ce que nous disions, tu es content de toi, tu te plais beaucoup !

— C'est mal ? demande Claude.

— Ce n'est ni bien ni mal, c'est agréable à vivre j'imagine ! dit Marina.

— Au moins, dit Théo, Claude ne bassine pas les autres avec ses complexes. Il est heureux. Il a confiance en lui pour avoir des projets.

— Exactement, dit Claude.

— Estelle ? demande Théo. As-tu répondu ? À qui poses-tu la question ?

— Je pose la question à Niels, dit Estelle.

— Merci, dit Niels, c'est gentil de me donner une occasion supplémentaire de faire plaisir à quelqu'un !

Montent dans le salon les rires de tous les autres.

— C'est toi qui as voulu jouer à ce jeu ! dit Fleur.

— Et vous me le faites bien payer, dit Niels.

— J'ai répondu Marina, dit Estelle.

Marina ne se frappe pas le moins du monde, elle rit. Intriguée, elle demande :

— À quel animal je te fais penser ?

— Et moi je réponds Fleur, dit Niels.

Et il fait un clin d'œil à Claude.

Déjà vexée, Fleur dit :

— On ne m'a jamais rien dit de pareil !

— Attends de savoir à quel animal je pense ! dit Niels.

— Estelle a perdu, dit Théo. J'imagine qu'il n'y a pas de défi ? Peut-on savoir quels sont les animaux ?

— Le visage de Marina m'a toujours fait penser à la tête des tortues, à cause de sa petite bouche qui avance, un peu pointue. On dirait une bouche de tortue ! dit Estelle.

— J'ai une bouche de tortue ? demande Marina en faisant une grimace.

— Tu sais que tu es très jolie, c'est ça le plus singulier d'ailleurs, dit Estelle.

— Et moi, quel animal est-ce que je figure ? demande Fleur.

— Un joli écureuil au pelage roux. Comme ta chevelure, dit Niels.

— C'est vrai, tu as raison ! dit Claude. Elle est jolie comme un petit écureuil. Fleur ? Tu n'es plus vexée j'espère.

— Tu as toujours très peur qu'elle soit contrariée n'est-ce pas ? demande Niels à Claude.

— Non pourquoi ? dit Claude.

— Mais si ! dit Niels. Tu es inquiet à l'idée que Fleur puisse être mécontente. Ça se voit tout de suite !

— Et alors, ça te gêne ? demande Fleur.

— Un peu, dit Niels. Il faudra bien qu'il accepte de te voir contrariée. S'il a peur comme ça, il va se transformer en carpette.

— Estelle et Théo ont raison ! Tu te mêles vraiment de tout, dit Fleur.

— Pardon. Je ne dirai plus rien, dit Niels.

— Mais ce qui a été dit ne peut pas ne pas l'avoir été... dit Fleur.

— Trop compliqué pour moi ! dit Niels.

— Pour te le résumer autrement, tout le monde aimerait que tu la fermes un peu, dit Marina.

— A-t-on bientôt fini ? demande Fleur.

— On tient le bon bout. Claude c'est à toi, dit Théo.

Claude lit une carte qu'il tient juste devant son visage :

— La question est : « *Mentez-vous ?* a) *fréquemment, par plaisir,* b) *assez souvent, par nécessité,* c) *parfois, par omission,* d) *jamais, par honnêteté.* »

— Je te rappelle que si tu souhaites ne pas répondre à une question, tu disposes de tes jokers, dit Théo.

— Non non, pas besoin de jokers, je peux très bien répondre à cette question, dit Claude. Voilà, c'est fait. Et je pose la question à Niels !

— Tu penses que je vais répondre comme toi ? demande Niels.

— Je pense qu'on va rigoler, dit Claude.

— Cache ta feuille, on voit tout ! dit Marina.

— Réponse *b* : assez souvent, par nécessité, dit Niels.

— Pourquoi réponds-tu ça ? ! Tu prends Claude pour un menteur ? dit Fleur.

— Eh ! Du calme ! dit Niels. Je réponds pour moi. Mais je crois que Claude est comme moi, un homme vivant !

— Claude ! Tu ne dis rien ? demande Fleur.

— Que dois-je dire ma chérie ? dit Claude en riant. J'écoute Niels. C'est intéressant !

— Alors ! Quelle est ta réponse ? demande Théo.

— La réponse *d*. Je ne mens jamais, par honnêteté, dit Claude.

— Pourquoi ris-tu ? demande Marina.

— C'est de voir vos têtes ! dit Claude.

— Comment veux-tu qu'on te croie ! dit Niels.

— J'ai dit la vérité, je n'imagine pas que vous contestiez, dit Claude, sérieux.

— Eh bien moi je conteste ! dit Niels.

Tenant à la main la règle du jeu, Théo dit :

— Je vous lis le paragraphe qui concerne la contestation. « *Si l'un des joueurs estime que le questionné n'a pas été sincère, il peut dire Je conteste !* »

— Je conteste ! répète Niels.

Théo lit :

— Écoutez ! « *Dans ce cas, le questionné doit justifier sa réponse en donnant des exemples. Le contestataire donne ensuite ses contre-arguments. Le débat ne concerne que ces deux joueurs et peut durer aussi longtemps que le veulent les participants. Ensuite, les autres joueurs donnent leurs suffrages à celui des deux discutants qui leur a semblé le plus sincère, cohérent et argumenté. Le vainqueur de la contestation se débarrasse de sa carte.* »

— Dans le cas présent, il est difficile de prouver qu'on ne ment pas... fait remarquer Claude.

— Et facile de montrer que quelqu'un a déjà menti, dit Niels.

— Tu as des exemples ? demande Fleur épouvantée.

— De nombreux exemples ! dit Niels.

— Mais c'est infect de faire ce que tu fais ! Et à son meilleur ami en plus ! dit Fleur.

— C'est un jeu Fleur ! rappelle Niels. Peut-être suis-je celui qui ment comme un arracheur de dents. C'est à vous aussi de le deviner et ensuite, vous voterez ! On n'avait encore jamais lancé de défi...

— Bon alors ? dit Théo. Débat ou pas débat ?

— Débat ! Bien sûr ! dit Claude.

— C'est à toi de te justifier en premier, dit Théo.

— Je n'ai qu'une seule chose à dire, dit Claude, puis j'essaierai de donner quelques exemples. Je ne mens jamais : ma vie est simple et ne recèle rien qui demande à être caché. J'ai décidé un jour une bonne fois pour toutes de toujours dire la vérité. Si j'ai envie de faire quelque chose qui m'obligerait à mentir, je ne le fais pas. Il se trouve que j'aime la simplicité et que mentir devient vite horriblement compliqué. Si une chose me dérange ou m'inquiète, je m'apaise souvent en la révélant à Fleur. Jusqu'à présent ce fut toujours le cas.

— Quelle chance tu as, dit Marina à Fleur.

— On ne connaît jamais sa chance, dit Niels. Toi non plus tu ne connais pas la tienne ! *(À voix basse.)* Être débarrassée d'un mufle, c'en est une...

— Tu ne penses pas un mot de ce que tu dis. Ne te dédouane pas de cette façon, dit Marina.

— Et comment alors ? demande Niels.

Claude poursuit, sérieux et sincère :

— Par exemple, il y a quelque temps, j'ai perdu mille euros dans un pari stupide, je l'ai dit à Fleur. Une fois aussi, dans un dîner, j'ai eu un coup de foudre pour une des femmes invitées. Fleur ne s'était aperçue de rien. En revenant dans la voiture je le lui ai confié, nous en avons ri, et je n'ai jamais revu la femme en question.

— Autre chose Claude ? Niels, la parole est à toi, dit Théo.

— Oh là là ! dit Niels. J'abandonne ! Je ne voudrais pas briser pareil miracle.

— Mais je suis très déçue ! s'écrie Marina qui rit.

— Ne t'inquiète pas, dit Théo. Il y aura d'autres occasions... Claude tu remportes le défi.

— Remercions Niels qui nous a évité de voter ! dit Fleur.

— Je vois que je te fais toujours rire, dit Niels en se penchant vers Marina.

— Oui ! Tu es très drôle quand tu veux l'être, dit Marina.

— Tu sais ce qu'on dit... Femme qui rit, à moitié dans son lit... dit Niels.

— Très drôle, dit Marina.

— J'aime quand tu es détendue et que tu ne prends pas tout à cœur, dit Niels.

— Je sais, dit Marina, tu n'aimes que la légèreté. Mais ça ne suffit pas pour faire une vie.

— Alors je ferai autre chose, dit Niels.

— Que feras-tu ? demande Marina.

— Du nouveau, dit Niels.

— Peut-être ne serai-je plus là pour le voir ! La légèreté de nos amis nous éloigne d'eux, dit Marina.

— J'ai une série de questions personnelles qu'il va bien me falloir poser, dit Niels.

— Je croyais qu'il ne restait plus beaucoup de questions ! proteste Fleur.

— Il m'en reste trois, dit Marina.

— Et moi deux, dit Estelle.

— Tu vois, dit à Fleur son fiancé, c'est presque fini.

— C'est quand même comique que nous jouions à un jeu qui nous déplaît ! dit Estelle.

12

Moussia, qui s'était éclipsée, revient s'asseoir.

— Vous allez penser que je ne sais pas ce que je veux et vous aurez raison ! C'est tout moi… s'excuse Moussia.

— Tu as pleuré ? demande Théo à sa mère.

— Oui. À cause de ta grand-mère, dit Moussia.

— Mais elle sera bien ! Nous irons la voir tous les jours, ne te fais pas de souci, dit Théo.

Moussia dit :

— Non, je ne m'en fais plus, je n'ai plus aucune raison de m'en faire, il ne s'agit pas de cela, je suis triste, je ne me fais pas à la vie qui change, je ne m'y suis jamais faite. Je voudrais que tout reste parfait comme ce fut !

— Et c'est impossible, dit Estelle, à chaque instant nous sommes différents de l'instant d'avant, tout en nous évolue, s'épanouit, se désintègre ! Moi non plus je n'arrive pas à l'accepter.

— Je sais Estelle que vous êtes comme moi, dit Moussia. Nostalgique. Sentimentale. Trop blessée par la fin des choses.

Troublée par cette complicité, Marina dit :

— Mais rien n'est parfait ! Il faut que les choses changent, qu'elles s'améliorent.

— Si, parfois il y a de la perfection… murmure Moussia. Pour nous, pour la famille que nous formions, il y a eu des années de perfection.

— Vous le croyez. Mais c'est peut-être complètement faux, dit Marina portée par l'agacement.

— Pourquoi dis-tu cela Marina ? dit Théo interloqué.

— Parce que je le pense, dit Marina.

— Mais tu n'en sais rien, dit Niels.

— Si j'en sais quelque chose, dit Marina. On peut parler à Moussia. Elle cessera de regretter le passé.

— Mais ne te mets pas en colère, demande Estelle.

— Je ne suis pas en colère, dit Marina, je suis lucide, je vois que rien n'est parfait mais qu'on peut faire semblant. C'est bien ce que vous faites tous, et Moussia.

On peut voir que Moussia lutte contre un grand trouble tout à fait comme si elle comprenait qu'elle a été percée à jour.

— Ma petite Marina, vous êtes toute rouge, ne vous emportez pas ! Il n'y a aucun drame, dit Moussia.

— Je ne m'emporte pas, et peut-être y a-t-il des drames que vous ignorez. Parce que je vois bien que vous êtes de ces mères en adoration devant leurs enfants, qui acquiescent à tout ce qu'ils font, dit Marina, pleine d'un vaste songe.

— Je vous souhaite d'en être aussi, dit Moussia.

— Mais je ne suis pas en adoration devant mon fils… dit Marina. J'ai gardé un peu de sens critique.

— Alors vous perdez quelque chose, dit Moussia.

— Je n'ai pas besoin de fermer les yeux pour aimer, dit Marina.

— Marina ! Arrête ! supplie Théo avec tendresse.

— Je ne sais même plus où nous en étions, dit Fleur.

Vacillante dans une mystérieuse détermination, Moussia dit :

— Vous vous emportez Marina et je ne vous en veux pas. Vous souhaiteriez que je dise que vous avez raison. Je le dis : vous voyez juste. Rien n'est parfait dans notre famille. Je l'ai toujours su, mais j'ai fait ce que je croyais bon. Pas par hypocrisie, par souci de gaieté et d'efficacité. Allais-je me lamenter parce que mon fils aîné était dur ou que mon mari délaissait sa famille ? Puisqu'il ne disait rien, je me taisais aussi. Mais c'est vrai, j'ai regardé Luc reprendre peu à peu sa liberté, de moins en moins se soucier de moi et de ses fils.

— Pourquoi dis-tu cela maman ? dit Théo.

— Parce que c'est la vérité. Les choses ne durent jamais, dit Moussia. Je veux dire les bonnes choses, les éblouissements, les espérances, les grands élans, les belles intentions. Tout cela passe comme un coup de vent sur nos têtes distraites et gâtées. Lorsque cela nous semble durer longtemps, lorsque les choses nous deviennent longues à traverser, c'est qu'elles sont mauvaises et pénibles à supporter...

— Que tu es triste et pessimiste maman ! dit Théo.

— Je l'ai toujours été. Et ma vie s'est chargée de me donner raison, dit Moussia.

— Pourquoi l'as-tu toujours été ? demande Théo.

On peut deviner qu'il n'a jamais eu cette conversation avec sa mère, peut-être jamais tellement pratiqué cet échange intime de mère à fils, ni jamais abordé ce sujet précis.

— Comment pourrais-je le savoir ? C'est ma nature ! dit Moussia avec gaieté.

— Que pense papa ? demande Théo.

— Comment le saurais-je ? dit Moussia. Papa ne pense pas pour moi. S'adressant à ses deux fils, elle ajoute :

— Je n'ai demandé qu'une seule chose à votre père : ne pas me mentir à moi.

— C'est peu demander, dit Théo.

— Et il ne l'a pas fait ! dit Niels.

— Ne crois pas cela, dit Moussia à son fils. Il l'a fait. Si pénible que cela lui fût, si douloureux pour moi, il l'a fait. Et le lien de la vérité dans un couple est un vrai lien. Se soucie-t-on de dire ce qui est à celui ou celle qui ne compte pas ? Toutes ces années, je n'ai pas cessé d'être importante pour ton père, je l'ai été grâce à vous mais peu m'importait. C'était vous que je protégeais, et vous m'offriez la chance de n'être pas abandonnée… Je vous dois mes enfants d'avoir passé quelques années de plus aux côtés d'un homme que j'aimais et qui avait fini de m'aimer.

— Et maintenant ? demande Théo.

— Maintenant que tu as vingt ans et une fiancée ? ! dit Moussia. Il ne m'a rien dit mais je devine que votre père partira quand vous partirez.

— Et tu resteras seule ici avec Nina ? dit Théo.

— Vous viendrez me voir de temps en temps ! dit Moussia.

— Souvent ! Nous viendrons souvent ! J'ai même proposé à Théo que nous habitions la maison, mais il n'a pas voulu, dit Estelle.

— C'est vrai ? dit Moussia.

— Estelle, pourquoi dis-tu cela maintenant ? ! dit Théo consterné. Je t'avais demandé de ne pas parler de cela à maman. Tu ne manques pas à ce point de finesse…

— Ne la gronde pas, dit Moussia. C'est de la gentillesse.

— J'interdirai à papa de te quitter. S'il fait une chose pareille, je refuserai de le voir, dit Niels.

— Tu ne le vois déjà pas souvent, dit Théo.

— Il n'aura plus de fils, dit Niels.

— Tu es romantique et sérieux finalement ! dit Théo.

— Ne vous disputez pas à cause de moi ! demande Moussia.

— On ne se dispute pas ! Pourquoi as-tu tellement peur que nous nous disputions ? dit Niels

— Je ne sais pas, dit Moussia.

Et en effet c'est plus fort qu'elle.

13

Moussia dit :

— Je vais poser une question qui me concerne de plus près que vous pour l'instant. Je suis la mieux placée pour y répondre.

Et elle lit :

— « *La vie à deux, pour vous c'est :* a) *réconfortant,* b) *excitant,* c) *angoissant,* d) *anesthésiant.* »

— Tu ne connais pas la vie à deux maman ! dit Niels avec tendresse.

— Je vis avec ton père depuis vingt ans, dit Moussia.

— Et avec ta mère ! Tu n'as jamais vécu seule avec papa, dit Niels.

— Dans une grande maison, c'était la même chose, dit Théo.

— Ah tu crois ça toi ? dit Niels.

— Je crois que Nina fut la discrétion même, dit Théo.

— Je n'en suis plus si sûr quand j'y pense, dit Niels. Et si elle l'est devenue aujourd'hui, l'a-t-elle toujours été ? Trouves-tu normal de vivre avec sa mère ? Crois-tu que j'aurai envie moi d'avoir à la maison la mère de ma femme ? Pourquoi Nina n'a-t-elle jamais poussé sa fille dehors, comme toute mère digne de ce nom devrait le faire ?

— N'oublie pas qu'elle était complètement seule. Elle n'avait que sa fille sur terre, dit Moussia.

Et ses yeux se remplissent de larmes à la seule pensée de sa mère.

— Ça n'existe pas ! dit Niels. Elle nous dit qu'elle faisait sans arrêt des fêtes, elle avait bien des amis !

— Les fêtes et les amis, ce n'est pas la même chose, tu sais bien, dit Moussia.

— À mes yeux ça n'excuse rien, dit Niels. On ne prend pas ses enfants en otage. On se débrouille pour ne pas avoir besoin d'eux. On les aide à s'envoler. On les y contraint, s'ils ont trop de cœur pour le faire.

— Comme tu es dur ! dit Moussia d'une voix adoucie.

— Je sais maman, tu me le répètes depuis vingt ans ! dit Niels sec comme un fouet.

— Je te le dis chéri parce que c'est vrai, dit Moussia. Tu dis parfois des choses terribles. Ça n'est pas vrai ?

— C'est vrai ! C'est vrai ! Qu'est-ce qui est vrai ? s'écrie Niels avec colère. Comment prétends-tu le savoir ? Tu ne sais pas ce que j'éprouve ? Et si je suis dur, pourquoi le suis-je ? Peut-être le suis-je comme un enfant blessé qui trépigne et ne veut pas être soigné... Peut-être suis-je ce qu'on dit que je suis : essayant de ne pas donner tort à ceux qui prétendent me connaître !

— Ne crie pas, demande Moussia. C'est indigne d'un garçon de ta qualité.

— Ah voilà l'indignité qui revient ! dit Niels. Maman ! Je t'en prie : arrête de parler de cette façon. C'est ridicule. Tellement convenu ! Tellement facile ! Je crois n'avoir jamais rien fait d'indigne dans ma vie.

— Oui, tu le crois, murmure Marina.

— Quoi encore ? dit Niels.

— Rien, dit Marina.

— Pardonne-moi mon chéri, dit Moussia. Sans doute mes mots dépassent-ils ma pensée.

— Tu exagères, dit Théo à son frère.

— Non je n'exagère pas. Maman n'a pas à me dire n'importe quoi ! dit Niels.

— Tu vois bien qu'elle est malheureuse ce soir, dit Théo.

— Alors elle va se coucher et elle ne joue pas, dit Niels.

— Ta mère n'a pas tort de dire que tu es dur, dit Estelle.

— Cessez de vous disputer ! supplie Moussia. Niels n'est pas dur, il est maladroit. Quant à moi, je vais très bien. Et puisque cette question soulève des polémiques, j'utilise mon joker et j'en tire une autre.

— J'oublie toujours qu'on peut faire ça, dit Marina.

— Combien de fois le peut-on ? demande Fleur.

— Trois fois, dit Niels.

— C'est beaucoup, dit Fleur.

— Auriez-vous su répondre à la question ? demande Niels curieux

— Évidemment, dit Marina.

— Je n'arrive pas à croire que nous sommes tous là à nous regarder les uns les autres régler nos comptes et nous balancer des vacheries. Et moi je suis là, j'écoute, et je ne dis rien ! dit Fleur.

— Que veux-tu dire ? dit Claude.

— Je ne sais pas moi ! Stop ! Arrêtez-vous ! Tout simplement ça, dit Fleur.

— Autant arrêter la partie dans ce cas, dit Niels.

— Mais c'est ce que je suggère depuis une heure ! s'écrie Fleur. Pourquoi jouons-nous ? Ce n'est pas un jeu du tout. Tout le monde est énervé maintenant.

— C'est une procédure qui n'est pas anodine mais qui produit des révélations non ? dit Niels.

— Veux-tu vraiment arrêter ? demande Claude à Fleur.

— Si vous ne jouez plus, tout le monde s'arrête, on ne peut pas jouer à quatre et en famille en plus, dit Niels.

— Quand je pense à ce que vous m'avez fait dire… dit Fleur lointaine.

— N'y pense plus, dit Marina.

— À certains moments je n'y arrive pas. J'y pense et je regrette d'avoir parlé. Je n'avais jamais dit un mot de toute cette saleté, dit Fleur. C'était mieux.

— Tu étais apaisée ! Tu as dit toi-même que tu te sentais réconciliée, dit Claude.

— Maintenant je regrette, dit Fleur. Je me sens honteuse. Vulnérable aussi. Ce que j'ai dit sera su pour toujours… On ne pourra plus jamais l'effacer. Et dire les choses c'est leur donner une existence…

— Maman ? dit Théo. Que fais-tu ? Tu as choisi la nouvelle question ?

Moussia lit une carte :

— « *Si vous pouviez choisir, lequel de ces trois fantasmes assouviriez-vous ?* a) *avoir le don d'ubiquité,* b) *être immortel,* c) *entrer dans la tête d'un autre.* »

— Quelle belle question ! dit Estelle.

— Répondez avec moi Estelle, dit Moussia. Je suis certaine que nous allons être accordées. Et cela me fera plaisir.

— Voilà, c'est fait, j'ai répondu, dit Estelle en même temps qu'elle coche une case.

— Alors, maman ? demande Théo.

Moussia est souriante, elle se penche en avant, la forme de ses seins dans le tricot touche ses cuisses, puis elle relève la tête et dit :

— Je croyais être sûre de moi et puis au moment de répondre je ne sais plus !

— Il faut dire que toutes les options sont tentantes, dit Fleur par gentillesse.

— Pour ma part je n'hésiterais pas une seconde, dit Marina.

— Ni moi non plus, dit Niels.

— Chut ! Ne dites rien, demande Théo.

— Je choisis la réponse *a*, avoir le don d'ubiquité, dit Moussia.

Estelle ne cache pas son étonnement, elle ouvre de grands yeux, rit en regardant Moussia et dit :

— Moussia vous perdez, j'ai choisi la réponse *b*, être immortelle. Et j'étais persuadée que vous choisiriez aussi cette option. Je pensais vous faire gagner !

— Vous aviez raison, dit Moussia, j'ai failli, et puis j'ai pensé à autre chose. Vous rappelez-vous ce que je vous ai dit tout à l'heure ? Si personne ne laissait sa place nous nous dévorerions les uns les autres…

— J'ai hésité pour une autre raison : être le seul immortel n'a pas d'intérêt si c'est pour survivre à ceux qu'on aime. J'ai supposé que nous serions tous immortels, dit Estelle.

— Moi je vais dire une bêtise mais tant pis, dit Moussia. C'est la vérité de ma vie. Le don d'ubiquité m'aurait permis de vivre ma vie de femme et de mère en même temps.

— Que veux-tu dire ? demande Niels.

Moussia hésite, sourit et dit :

— Je veux dire que j'aurais pu avoir un amant en même temps qu'une famille sans souffrir et sans blesser personne.

— Maman ! s'écrie Théo stupéfait.

— Tu en as eu envie parfois ? demande Niels à sa mère.

Il est amusé, décontracté, il a très envie de poursuivre cette conversation. Il aime ce jeu, les révélations, les secrets, les aveux, les indiscrétions.

— Bien sûr, dit Moussia.

— Souvent ? demande Niels.

— Disons que je plaisais à beaucoup d'hommes qui n'étaient pas si mal ! dit Moussia. Je voyais bien que j'aurais pu avoir avec eux des relations intimes enrichissantes. Réconfortantes.

— Pourquoi ne l'as-tu pas fait ? dit Niels.

— Est-ce que vraiment ce jeu justifie qu'on pose des questions comme ça à sa mère ! demande Estelle gênée.

— Ne dites pas cela Estelle ! dit Moussia. Ils jugeront que vous êtes conventionnelle, et ce sera un très mauvais point pour vous. Savez-vous quoi ? Ce sont eux qui le sont, mais ils sont persuadés du contraire !

— Pourquoi dis-tu des conneries pareilles ? Tais-toi maman, dit Niels agacé.

— Vous avez besoin d'être mouchés de temps en temps, dit Moussia.

— Ah non ! Ne dis pas *vous*. Ne me mets pas dans le même sac que Niels. Je n'ai rien dit moi ! dit Théo vivement.

— Tu n'as pas répondu à ma question. Pourquoi n'as-tu pas suivi tes désirs ? demande Niels à sa mère.

— Pour être auprès de vous, à la maison, tranquille. Pour avoir l'esprit libre, et ne pas toujours rêver d'être ailleurs avec un autre homme. Car c'est ce qui se serait passé, dit Moussia.

— C'est comme ça que tu vois la chose… murmure Niels.

— Pour les mères de famille, c'est à cela qu'elle se ramène. Je n'allais pas abandonner mes enfants pour vivre pleinement des aventures amoureuses, dit Moussia.

Théo a rougi, il est de plus en plus troublé par la liberté de ton de sa mère. Il demande :

— Est-ce qu'on pourrait changer de sujet maman ?

— Que tu es bégueule ! dit Niels.

— Théo a raison. Ce jeu nous fait raconter n'importe quoi. On devient vite indiscret, dit Moussia à Niels.

— Pour une fois qu'on apprend des choses ! dit Niels.

— C'était ce que tu voulais en nous faisant jouer ? lui demande Fleur.

— Je n'étais pas certain que vous joueriez le jeu... dit Niels.

— Et nous avons foncé tête baissée dans la procédure ! s'exclame Estelle.

— Il est toujours temps de s'interrompre, dit Fleur.

— Ça y est, elle recommence ! dit Niels.

— On ne dit pas elle ! dit Fleur.

— Tu me trouves mal élevé hein ? dit Niels.

— Ma fleur, arrête-toi si tu veux, dit Claude, mais n'oblige pas les autres à faire comme toi.

— Mais ce sont les autres qui m'obligent à jouer ! proteste Fleur.

— Tu n'es obligée à rien, dit Marina.

— Si, dit Fleur, je suis obligée de m'intégrer à vous.

— J'ai une question qui va vous faire sourire et qui n'altérera pas l'esprit de la conversation, dit Marina. « *D'après vous qui a eu ici le plus d'aventures sexuelles ?* »

Rires.

— Pourquoi est-ce que ce sujet fait toujours rire ? C'est si drôle ? dit Estelle.

— Tu as raison, c'est idiot de rire, dit Théo.

— Pas idiot, banal. C'est la gêne qui fait rire, dit Fleur.

— Et moi je n'ai pas ri, dit Marina en regardant Niels.

— Parce que tu n'es pas gênée ! dit Niels.

— Tu sais de quoi tu parles, dit Marina.

— Pourquoi me fais-tu ces yeux-là ? Tu vas me poser la question à moi ? demande Niels.

— Pourquoi pas, c'est une idée ! dit Marina. Mais non je ne poserai pas cette question à Niels, c'est à toi Claude que je la pose.

— À moi ? Avec deux fiancées autour de la table, je dois faire attention à ce que je dis ! souffle Claude.

— Il ne reste plus que mon nom à donner : le seul qui n'engage à rien ! remarque Niels.

— Ne fais pas le malin, dit Marina. C'est bien ton nom que j'ai noté. Mais pas pour épargner Claude et Théo. Parce que tu *es* la personne à cette table qui a eu le plus d'aventures.

— C'est vrai ? demande Moussia à son fils.

(Pour elle-même.) Pourquoi n'ai-je jamais remarqué cela ?

— Tu es naïve maman, dit Théo.

— Bien sûr que c'est vrai. Enfin, je crois, dit Niels, cabotin.

(À voix basse, à sa mère.) Tu ne voulais pas voir parce que ça t'aurait trop rappelé papa...

— Ne dis pas des choses comme ça, dit Théo.

— Tu as entendu ce que j'ai dit à maman ? ! dit Niels. Quelle oreille !

— Parfaitement. Et j'ai l'impression que mon frère est devenu fou, dit Théo.

— J'ai moi aussi noté ton nom, dit Claude à Niels.

— Ne t'excuse pas. Je me sens reconnu dans mes mérites secrets, dit Niels avec un sourire charmeur et le regard planté sur Fleur.

— Qu'est-ce qu'il y a ? demande Fleur troublée. J'ai quelque chose qui ne va pas ?

— Rien, au contraire, tu es spécialement jolie ce soir, très bien coiffée, dit Niels.

— Je suis allée chez le coiffeur, dit Fleur.

— Pourquoi les femmes aiment-elles les séducteurs ? ! déplore Théo en observant Fleur.

— Toutes ne les aiment pas, dit Estelle.

— Fleur les aime, ça se voit tout de suite, dit Niels.

— Non justement, je ne les aime vraiment pas et je te trouve indélicat de dire ça, dit Fleur.

— Pardon, pardon, dit Niels.

— Oh le charmeur ! Tu arrêtes oui ? On a passé un accord tu te souviens ? Pas celle-là ! s'exclame Claude.

— Qu'est-ce que c'est que cette histoire ? De quoi parlez-vous ? demande Fleur.

— J'ai interdit à Niels de te faire la cour. Tout de suite, quand je t'ai rencontrée, dit Claude.

— Il m'a dit : Celle-là est pour moi, tu me la laisses ! dit Niels.

— Je ne crois pas que Niels ait jamais eu l'intention de me faire la cour, dit Fleur avec coquetterie.

— Il ne faut jurer de rien, dit Claude.

— Tu vois les choses comme ça ? Entre amis vous vous piqueriez vos copines sans scrupules ? dit Estelle.

— Quand on tombe amoureux, on dit toujours qu'on n'y est pour rien ! dit Claude. Et on est sincère en le disant. Les choix amoureux balaient l'amitié.

— Et c'est vrai d'ailleurs : on n'y est pour rien ! dit Niels. Fleur l'a très bien expliqué tout à l'heure.

— Mais non c'est faux ! dit Estelle. Il y a un instant où la volonté s'en mêle. Elle pressent et elle laisse aller, ou au contraire elle interrompt la montée des sentiments quand il est encore temps.

— Tu en crois des choses ! dit Théo.

— J'ai beaucoup réfléchi à ça, dit Estelle. Toi, par exemple, je sais que tu m'as plu dès que je t'ai vu, et ensuite ma raison est venue me dire de suivre mon désir.

— Ta raison ? dit Théo.

— Oui, dit Estelle, t'aimer m'a semblé intelligent. J'ai pensé que je mènerais avec toi la vie que je voulais. Je réaliserai ce que je rêve de faire. Tu m'aideras à donner le meilleur de moi-même. Et pas seulement à m'amuser et passer du bon temps. T'aimer est aussi raisonnable que passionné.

— Ce n'est pas très romantique, dit Théo.

— Le romantisme ne suffit pas, dit Estelle.

— Estelle vous avez raison ! dit Moussia. Et c'est ainsi que votre couple pourra vivre longtemps malgré toutes les trappes qui le guetteront.

— Dites-nous quelles sont les trappes ? demande Fleur.

— Oh là là ! il y en a tellement ! dit Moussia. J'ai visité le fond de certaines d'entre elles. Il est parfois plus difficile d'en sortir que d'une crevasse ! C'est pourquoi le mieux est de ne pas y tomber. Je ne peux pas faire une liste, mais je dirais que la plus terrible, c'est la dévalorisation de l'un des deux par l'autre.

— Et c'est une chose à laquelle on ne pense pas ! dit Fleur.

— Une chose qui peut advenir petit à petit, insidieusement, et cela d'autant plus facilement que la personne en question n'a pas confiance en elle… dit Moussia. Et alors la communication devient bloquée. Toute phrase peut être prise pour un jugement. Toute parole peut devenir une agression. La simple présence de l'autre est un attentat.

— Bon ! dit Niels. Ça n'est pas tout de philosopher sur le mariage. Si on avançait ?

14

— À moi, dit Théo. « *Selon vous quelle est ici la personne la plus capricieuse ?* » Claude ! Tu vas répondre avec moi.

Le silence. Les deux garçons ne disent rien et réfléchissent. Les autres attendent. Il y a comme une résignation dans l'ambiance.

Puis Théo dit dans le silence :

— Ma réponse est : Niels.

— La mienne est : Fleur, dit Claude.

— C'est vraiment dégueulasse de faire ça ! s'écrie Fleur aussitôt en colère. Quel caprice m'as-tu déjà vue faire ? ! Comment est-ce que *toi* tu peux répondre ça ? Tu me connais !

— Justement ! dit Claude en riant.

— Et tu veux faire ta vie avec moi ! demande Fleur furieuse.

Claude est toujours dans son rire.

— Oui ! pouffe-t-il.

— Alors il devrait exister une solidarité entre nous. On ne débine pas son conjoint devant les autres, dit Fleur.

— C'était pour rire, ça n'a aucune importance, tout le monde s'en moque ! dit Claude. Ne sois pas si sérieuse ! Je suis sûr d'ailleurs que personne ne m'a cru à part toi.

— Tu n'en sais rien, dit Fleur. Et ils ne diront plus maintenant qu'ils t'avaient cru. Que tu dises cela de moi n'est pas drôle du tout. Et ça ne me fait pas rire. J'espère que tu ne le penses pas et de toute façon je le prends très mal.

— Tu n'as pas compris que de cette manière je ne vexais personne ? demande Claude.

— Tu dis ça pour te rattraper, dit Fleur.

— Me rattraper de quoi ? ! Tu fais une histoire pour rien, dit Claude.

— Non, dit Fleur, je ne fais pas une histoire pour rien. Parce que c'est tellement faux que si tu le crois vraiment, non seulement tu ne reconnais pas mes mérites, mais nous n'avons rien à faire ensemble. Je ne vais pas épouser un garçon qui pense que je suis capricieuse !

— Alors là Fleur permets-moi de te dire que tu es ridicule, dit Théo.

— Ça m'est égal, dit Fleur.

— Ne dramatise pas ! dit Niels.

— Mais je n'exagère pas ! dit Fleur. Je suis précise. Si mon fiancé pense que je suis capricieuse alors que je ne fais jamais le moindre caprice, je trouve que c'est grave. Je refuse de vivre avec une personne qui ne me voit pas comme je me vois.

— C'est vrai que la reconnaissance réciproque est fondamentale dans une relation... murmure Théo. Je n'aimerais pas non plus être aimé en étant pris pour un autre.

— Le problème, dit Estelle, c'est que personne ne nous voit comme nous nous voyons. De même aucun de nous ne peut se voir comme les autres le voient : dès qu'il s'observe lui-même, en essayant d'être extérieur à lui-même, précisément il n'est plus lui-même. Il n'est plus dans sa vie, il est dans l'observation. C'est un casse-tête.

— Mais il y a un minimum sur lequel nous devons être d'accord et surtout si on s'aime, dit Fleur. On se parle merde ! On se dit des choses ! On se comprend un peu.

— L'amour a parfois des peaux de saucisson dans les yeux ! dit Niels.

— Oui mais là le problème est inverse : Claude ne voit pas les qualités de Fleur ! dit Marina.

— En tout cas, dit Claude, je suis étonné de découvrir que l'amour de Fleur n'est pas inconditionnel. *(À Fleur.)* Avant d'être mariée, tu es capable de remettre en cause notre union. Comment pourrons-nous jamais créer une famille qui traverse la vie ?

— Pourquoi dis-tu une famille ? dit Fleur. Tu sais que je ne veux pas d'enfant. Ne fais pas celui qui ne sait pas ! Je ne serai jamais mère. Et mon amour pour toi n'a rien de maternel, rien d'inconditionnel. C'est vrai.

— Ça me plaît beaucoup d'entendre une femme parler comme ça, dit Niels.

— Pas moi, dit Claude. Parce que ça veut dire que je n'aurai pas d'enfant moi non plus.

— On dirait que tu le découvres aujourd'hui, dit Fleur avec douceur. Je ne t'ai jamais pris en traître à ce sujet.

— Non bien sûr. D'ailleurs je ne te fais aucun reproche, dit Claude. Je m'aperçois que j'ai toujours pensé te faire changer d'avis.

Silence.

— On continue ! « *À qui autour de cette table feriez-vous le moins confiance pour garder un secret ?* » Je ne vais pas pouvoir répondre, dit Claude.

— Pourquoi ? dit Fleur.

— Par délicatesse, pour ne vexer personne ? demande Estelle.

— Non, je ne vais pas être délicat, dit Claude. Pour garder un secret, je ne fais confiance à personne d'autre qu'à moi. Tout le monde parle toujours. Tout le monde *finit* par parler. Comme si on ne pouvait pas se taire indéfiniment, comme s'il nous fallait un jour utiliser ce que nous avons appris, le livrer à la pâture commune de l'amitié, comme si les mots étaient là pour être répétés, colportés… Je ne fais jamais l'erreur de révéler un secret.

— Tu en as ? demande Fleur.

— Bien sûr, dit Claude.

— Personne ne garde un secret : c'est ce que tu crois ? demande Estelle.

— Pas toi ? dit Claude.

— Non ! dit Estelle.

— Tu as déjà réussi à ne jamais raconter une confidence que l'on t'a faite ? demande Claude.

— Il me semble, dit Estelle.

— Sorcière ou fée ? plaisante Claude.

— Juste quelqu'un qui a le sens des paroles irrémédiables, dit Estelle.

— Pose-toi la question autrement : d'après toi, qui parmi nous se taira le moins longtemps si on lui confie un secret ? dit Théo à Claude.

— S'agit-il d'un secret qu'on a soi-même ou du secret d'un autre qui vous a été confié ? demande Marina.

— C'est censé faire une différence ? demande Niels.

— Je pense que ça en fait une grosse. Dans un sens ou dans l'autre, dit Marina.

— Explique-toi, dit Niels.

— Personnellement j'ai des secrets que je n'ai jamais confiés, pas même à ma famille. Mais je sais que je craque parfois pour les secrets qu'on me confie, dit Marina.

— Tu fais bien de nous prévenir ! dit Théo.

— Ça m'étonne de toi Marina, dit Estelle. En ce qui me concerne c'est le contraire. Mes secrets je finis toujours par les livrer. Ceux des autres, jamais je ne les dis.

— À qui vais-je poser cette question ? demande Claude.

— À ta place, dit Niels, je la poserais à Estelle. Elle semble avoir déjà réfléchi au sujet. Comme à beaucoup d'autres d'ailleurs !

— Alors Estelle. Je rappelle la question : « *À qui autour de cette table feriez-vous le moins confiance pour garder un secret ?* » dit Claude.

— Toujours Estelle ! dit Fleur. Pourquoi obéis-tu comme ça à Niels ? Pourquoi plus à Estelle qu'à quelqu'un d'autre ? Tu ne me poses jamais de question à moi ! Est-ce que je ne sais pas réfléchir ? Est-ce que mes réponses ne t'intéressent pas ?

— Tu es jalouse ma parole ! dit Claude. C'est incroyable. Tu es jalouse d'Estelle !

— Je ne suis pas jalouse du tout, dit Fleur. Mais on dirait qu'il n'y a qu'Estelle ici qui ait de la jugeote et de l'intelligence. C'est un peu énervant, on dirait que Marina et moi nous sommes des idiotes.

— Je n'ai pas l'impression d'être prise pour une idiote ! dit Marina.

— Je suis libre de poser ma question à qui je veux ? Oui ou non ? demande Claude à Fleur.

— Oui, dit Fleur.

— Alors pourquoi pas Estelle ? demande Claude. Ça n'a pas d'importance. Je crois même que je vais utiliser un joker et poser une autre question. Ce serait le plus logique de ma part puisque je ne crois pas aux secrets bien gardés.

— Moi je propose une question presque philosophique, dit Niels : « *Parler est pour vous :* a) *un plaisir,* b) *un effort,* c) *un vice.* » Qui voudrait partager ce problème avec moi ?

— Pas moi, dit Fleur.

— Alors ce sera toi ! dit Niels.

— Arrête ! dit Fleur stupéfaite. Tu ne vas pas justement me choisir.

— Si ! dit Niels. J'avais décidé ce soir de m'amuser et je m'amuse.

— Allez Fleur. Tu voulais qu'on te pose des questions, voilà ! dit Claude.

— Pas on, toi ! Et sois gentil avec moi ! dit Fleur.

— Non ! Je ne vais pas te laisser faire des caprices après t'avoir entendue dire que tu n'en faisais jamais… dit Claude.

— C'est un caprice ça ! crie Fleur. Je lui demande de ne pas me poser sa question, il y a six autres personnes qui jouent à ce jeu, mais c'est à moi qu'il la pose. Pourquoi m'obliges-tu à passer des soirées avec le plus emmerdeur de tes copains ? Tu sais bien que je ne l'aime pas. C'est la dernière soirée qu'on passe avec lui.

— Voilà le pire de l'amour : la compagne qui veut se mêler de l'amitié et brise des liens sous prétexte qu'ils lui demeurent extérieurs, dit Niels.

— La compagne ou le compagnon... murmure Marina.

— Bon je rappelle ma question ? demande Niels.

Et il lit :

— « *Parler est pour vous :* a) *un plaisir,* b) *un effort,* c) *un vice.* » J'ai déjà répondu et je pose la question à mon frère. Théo ? Je te laisse répondre.

— Voilà c'est fait. Je donne la réponse *b*. Parler est pour moi un effort, dit Théo.

Niels jette sa carte sur la table en disant :

— J'ai fait la même réponse. Gagné.

On entend alors un chœur de protestations mêlées :

— Je rêve ! Tu parles tout le temps ! On ne peut pas en placer une avec toi ! Tu sais toujours tout sur tout. Tu coupes la parole sans arrêt. Tu n'écoutes pas les autres plus d'une minute tellement tu réagis au quart de tour.

— C'est vrai... dit Niels un peu troublé, mais c'est justement parce que je m'efforce d'avoir des choses à raconter.

— Je conteste ! dit Marina.

— Un défi. Niels, tu as la parole, dit Théo méthodique.

— Je sais que je parle beaucoup, commence Niels. Beaucoup trop, j'en conviens. Mais c'est par politesse.

Rires et goguenardise du groupe.

— Ne riez pas ! demande Niels. C'est vrai. J'éprouve en permanence la crainte que les gens s'ennuient avec moi. Je veux qu'ils passent un moment captivant, je veux leur apporter quelque chose.

— Tu es très orgueilleux en fait ! dit Marina.

— Oui, c'est prétentieux de ma part, dit Niels, mais c'est aussi généreux. Je crois qu'il y a une vraie générosité dans l'effort que l'on fait pour parler aux autres. Une façon différente de dire les choses sera moins flatteuse : je ne supporte pas l'idée que les gens ne me trouvent pas intéressant. C'est pour cela que je n'ose pas rester silencieux. Et j'ai tellement pris l'habitude de parler que je le fais même quand mon interlocuteur a quelque chose à dire ! Je ne suis pas encore parfait. Il faut que j'apprenne à écouter...

— À toi de répondre Marina, dit Théo.

Se tournant vers Niels, Marina dit :

— Je comprends ce que tu dis. Mais tu ne choisis pas cette façon d'être. C'est ta nature, tu ne peux pas faire autrement. Tu ne pourras jamais écouter. Tu as trop d'énergie. Tu es bourré d'idées, tu réfléchis tout le temps. Tu te passionnes. Tu te justifies toi-même en trouvant de la générosité à la parole, mais ce n'est pas la raison pour laquelle tu parles.

— Et quelle est la raison alors ? demande Niels.

— Tu parles parce que tu ne peux pas t'empêcher de parler, et tu ne pourras jamais t'en empêcher. C'est aussi le signe de ta vanité, tu aimes étonner, être admiré. Tu exaltes ta petite personne dans ta conversation, dit Marina.

— C'est si simple de se taire ! soupire Niels. Je ne parlerai plus.

— Tu n'y réussiras pas, dit Marina. Je crois qu'une certaine forme de présence silencieuse t'est interdite. Tu es impulsif. Tu ne changeras pas. Tu parles parce que tu as un moulin à paroles dans le corps...

— Tu sais quoi ? dit Niels, vexé. Le moulin à paroles te dit MÊÊÊrde !

— Je croyais que tu n'étais pas susceptible ? fait remarquer Marina.

— Il y a des limites aux conneries que je suis capable d'écouter, dit Niels.

— Avez-vous remarqué que tout le monde a dit ça ? dit Estelle. Fleur, Claude, et maintenant Niels. Fleur avait raison de dire que tout le monde réagit vivement à la critique.

— Je suis à deux doigts de me lever, de vous planter tous là et de m'en aller, dit Niels.

— Je ne voudrais pas faire le malin mais tu me donnerais raison comme maman l'a fait tout à l'heure pour toi... dit Théo.

— Eh bien je te donnerai raison, tant mieux. Si j'ai envie de me casser, je me casserai, dit Niels.

— Mais fais-le ! supplie Marina très sérieusement.

— Marina ! dit Théo.

— Et on arrêtera de jouer pour aller danser ! dit Fleur.

— Il vous reste à voter. Si vous donnez raison à Marina, je me casse ! dit Niels.

— Dans ce cas ce n'est plus un vrai choix ! dit Fleur. On vote sous la menace que tu arrêtes de jouer.

— Tant pis, c'est comme ça, dit Niels. De toute façon tu voulais arrêter de jouer.

— J'ai envie que tu restes mais je suis d'accord avec Marina ! Qu'est-ce que je fais ? demande Fleur.

— Pourquoi voudrais-tu que je reste ? Tu ne pourras pas en placer une ! Et tu seras obligée de jouer à un jeu qui ne te plaît pas, dit Niels.

— C'est vrai, mais je n'aime pas les ruptures, dit Fleur.

— Qui les aime ? demande Niels.

— Toi, dit Marina.

— Non, je ne les aime pas, dit Niels. Mais je suis capable de rompre. On se doit parfois à soi-même de faire des choix qui sont une souffrance. N'arrive-t-il pas que pour un homme, un jour, rester soit moins pur que partir ?

— Tu es parfait. Tu as réponse à tout, dit Marina.

— Tu le penses ou c'est ironique ? demande Niels.

— À ton avis ? demande Marina, riant.

— Pourquoi te donnerais-je raison ? demande Niels.

— Vous ne vous arrêtez jamais ! dit Théo.

— C'est une vraie scène de ménage ! dit Fleur.

— Nous avons arrêté depuis longtemps... Mais Marina est longue à comprendre, dit Niels, ostensiblement sibyllin.

— Ce jeu rend tout le monde nerveux et désagréable, dit Fleur.

— Tu vas le répéter combien de fois ? demande Niels.

— Je le répète autant que je le veux ! dit Fleur.

En articulant trop, elle dit :

— Ce jeu é-ner-ve tout le mon-de.

— Pas moi, dit Théo, très doux.

— Question suivante ! dit Moussia. Une question personnelle pour moi : « *Vous avez l'impression de manquer parfois :* a) *d'humilité,* b) *de culture,* c) *d'initiative.* » J'ai le sentiment de manquer de tout ! Je pose ma question à Niels.

Rires.

— Pourquoi riez-vous ? demande Niels.

— On se demandait comment tu allais faire pour choisir, dit Marina.

— On fait un concours de vacheries maintenant ? demande Niels.

— C'est toi qui as commencé, dit Marina.

— As-tu déjà répondu ? demande Niels à sa mère.

— Je suis en train, dit Moussia.

Elle se penche pour faire une croix et dit :

— Voilà c'est fait.

— Qu'as-tu choisi ? demande Niels.

— Hep hep ! Tu dois répondre d'abord ! dit Fleur.

— Je choisis la réponse *b*, dit Niels. J'ai l'impression fréquente de manquer de culture.

— J'étais certaine que tu cocherais la réponse la plus flatteuse pour toi, dit Marina.

— En quoi est-ce flatteur de dire que l'on n'est pas cultivé ? demande Niels.

— C'est moins humiliant que de dire qu'on manque d'humilité par exemple, dit Marina.

— J'ai perdu, dit Moussia, j'ai donné la réponse *c*. Je trouve que je manque parfois d'initiative.

— Tu pensais que je ferais le même choix ? s'étonne Niels.

— Je l'espérais un peu. Il me semble que tu es assez proche de moi sur ce point. Tu aimes les rites et les habitudes, tu ne crées pas tellement de surprises, tu n'inities pas beaucoup. Et tu n'es pas ce qu'on appelle un décideur, dit Moussia.

— Ah bon ! dit Niels, amusé.

— Cette soirée prouve le contraire, dit Théo. Moi je trouve que Niels a le sens de l'initiative. Et en groupe il aime beaucoup être celui qui propose et décide.

— C'est vrai, tu as raison. Je dis cela parce que je ne le vois qu'en famille et rarement avec ses amis, dit Moussia.

— Arrêtez de parler de moi devant moi comme si je n'étais pas là, demande Niels.

— C'est pas le jeu qui veut ça ? remarque Fleur, raisonneuse.

— Pourquoi certaines personnes sont-elles très différentes chez elles et hors de chez elles ? Qui sont ces personnes ? Des caméléons ? demande Estelle, songeuse.

— C'est amusant Estelle que vous vous posiez cette question, dit Moussia. Je me la suis aussi posée, il y a longtemps de cela. Il y a, je crois, des personnalités que la famille endort et qui ne se révèlent qu'au-dehors, lorsque leur vivacité est réveillée par les défis de l'extérieur et de l'inconnu… Ce sont des conjoints très décevants et d'assez mauvais parents, à mon avis.

— Tu penses à papa ? C'est pour lui que tu dis ça ? demande Niels dans une charge agressive.

— Pas du tout, dit Moussia.

— Menteuse ! dit Niels.

— Niels ! dit Théo.

— Ne t'en mêle pas, dit Niels. J'en ai assez que maman discrédite papa à la moindre occasion.

— Je n'ai jamais discrédité votre père auprès de vous ! proteste Moussia.

— C'est ce que tu crois, dit Niels. Mais ça n'est pas la réalité. Tu le méprises. J'entends ton dégoût de lui crier au fond de toi. Je l'entends depuis des années. Tu le détestes et tu ne te l'avoues même pas.

— Je ne souhaite pas avoir avec toi cette conversation. Pas maintenant. Pas ici. Pas devant vos amis, dit Moussia.

— Une autre fois maman. Une autre fois. Bientôt, dit Niels, comme laissant en lui la cruauté faire une promesse.

— Je te promets que nous aborderons ce sujet, dit Moussia à son fils.

— Pas de grands mots pour cette bassesse, dit Niels.

— Niels, tu es détestable, dit Fleur.

— Je sais, dit Niels. J'espérais bien l'être durant cette soirée. Détestable de 20 heures à minuit !

— Où en sommes-nous ? demande Théo. Nous en avons fini, heureusement, il ne me reste plus que deux cartes.

— C'est à moi de poser une question, dit Marina.

— Vas-y ! Tout le monde attend, dit Théo.

— Pourquoi ne s'arrête-t-on pas ? dit Fleur.

— Parce que ça ne rimerait plus à rien. Il est trop tard. Il ne fallait pas commencer. Maintenant il faut conclure, dit Théo.

— Conclure ? dit Estelle.

— Fermer la parenthèse en espérant que tout y demeure enfermé, dit Théo.

— Que tout s'oublie d'un petit coup sur la touche Effacer, dit Claude.

— Comme ce serait pratique ! dit Estelle.

Marina tient une carte et lit :

— « *Entre vous et quelle personne à cette table y a-t-il le plus de non-dits ?* » Je pose la question à Niels.

— Je m'en doutais, dit Niels.

— Et vous allez tous les deux répondre Théo… Vous étiez amoureux et vous ne m'avez rien dit, c'est ça ? demande Théo, fragilisé.

— Nous n'étions pas amoureux, nous étions amants, dit Niels.

— Pourquoi cela me fait-il tellement de peine ? C'est idiot, murmure Théo.

Il pense à haute voix, tourné vers Estelle, puis il prend sa main et la porte à ses lèvres.

— Non ce n'est pas idiot, dit Estelle, douce, lui caressant le dessus de la main. Nous espérons que nos amis et nos frères ne nous cachent pas le cœur de ce qu'ils vivent.

— Mais je ne sais pas si c'est leur relation elle-même ou bien le fait qu'ils me l'aient cachée qui me fait souffrir le plus. Peut-être après tout suis-je jaloux ? dit Théo.

Pendant ce temps Marina ne dit rien.

— Ou bien vexé de n'avoir rien remarqué ? dit Niels. On ne sait jamais tout et c'est mieux, continue-t-il. Qu'est-ce que ça t'aurait apporté de savoir que je faisais l'amour avec Marina ?

— Tais-toi, dit Marina. Tu ne faisais pas l'amour ! Moi je le faisais, de tout mon être, mais toi, tu te réservais. Pour toi, c'était plutôt la fête des sens, et pour moi, la fête des sentiments.

— Une fête bien plus complète ! dit Niels.

— C'est une évidence que Marina a toujours eu l'air plus épanouie que toi. Il y a eu un moment où elle irradiait, au sens propre, dit Claude.

— Tu étais au courant ? demande Théo à Claude.

— Je savais que Marina et Niels sortaient ensemble, dit Claude.

(À Marina.) M'en avais-tu fait la confidence ou bien avais-je deviné tout seul ?

— Tu t'en doutais et Niels bien sûr, trop fier, avait confirmé ton idée, dit Marina. Et comme un vrai bavard, il m'avait ensuite dit tout ce qu'il t'avait raconté.

— Et j'en ai gardé le secret comme dans un tabernacle de silence, dit Claude. Ce qui prouve que je me sous-estime moi-même en prétendant ne pas croire aux secrets bien gardés.

— Ce jeu est étonnant quand même. On peut s'y découvrir soi-même... murmure Fleur.

— Et le passé perdu... souffle Théo.

— Ne sois pas désolé, dit Marina. Qu'est-ce que c'est qu'un amour de jeunesse ? Crois-moi : rien.

On peut sentir qu'elle dit le contraire de ce qu'elle éprouve.

— Merci ! dit Niels.

— De quoi devrais-je te dire merci ? demande Marina. La fin d'un amour nous retire tous les merci de la bouche... Pourquoi me regardes-tu comme ça Théo ?

— Je n'ai rien dit, dit Théo.

— Tu ne dis jamais rien ! dit Marina.

— Pardon, dit Théo.

— Il n'y a rien à pardonner. On n'en veut pas à quelqu'un parce qu'il n'est pas amoureux, dit Marina sans effroi.

— On pourrait lui en vouloir d'avoir suscité l'amour sans y répondre, dit Théo.

— Que tu es compliqué comme garçon ! s'exclame Niels.

Et Marina dit à Théo :

— Tu ne l'as pas fait consciemment ?

— Non, bien sûr que non, dit Théo.

— Alors tu n'es coupable de rien, dit Marina. Si j'enfourche toute seule le cheval de l'amour, si je galope de plus en plus vite et tombe et souffre, tu ne peux rien pour moi.

— Mais je peux le déplorer, m'en désoler, t'y soustraire... dit Théo.

15

Théo lit :

— « *Vous découvrez qu'un ami très cher vous a caché un événement important de sa vie. Restez-vous son ami ?* »

— Il s'est marié sans vous inviter à la fête, dit Niels.

— Il s'est marié avec votre ancien amour en omettant de vous le dire, dit Claude.

— Chacun pensera à ce qu'il veut ! dit Théo.

— Elle était enceinte et ne vous l'a pas dit... murmure Marina.

— Bref, nous ne manquons pas d'exemples, dit Théo. Je vais répondre et je poserai la question à Marina.

— Oui bien sûr, dit Marina.

Et son visage est un peu apâli par l'émotion secrète de voir les mots rejoindre la vie.

— Ce sera une manière de te faire pardonner ! dit Théo.

— Mais je n'ai rien fait de mal mon Dieu ! dit Marina. Pour la peine je ne répondrai pas : je donne un joker.

— Oh ! Oh ! dit Niels.

— Question suivante ! dit Théo. Je sens que nous allons finir vite.

— La question la plus indiscrète et la plus dangereuse de la soirée, dit Niels : « *Croyez-vous que votre mère avait un enfant préféré ?* » Alors ? Joker ou vérité ? Que vais-je faire d'après vous ?

— Essaie pour une fois de ne pas dire n'importe quoi, dit Théo.

— Nous allons répondre tous les deux. C'est logique non ? dit Niels.

— Si tu veux, je sais parfaitement ce que je dirai sur cette question, dit Théo.

— Moi aussi, dit Niels.

— Je n'ai eu que deux fils et jamais je n'ai préféré l'un à l'autre, dit Moussia. J'aime seulement Niels depuis un peu plus longtemps que toi Théo ! C'était ce que je vous disais lorsque vous étiez petits.

— C'est joli, dit Théo. Comprenions-nous cette subtilité ?

— En regardant les films de Niels bébé tu demandais : Où il est Théo ? Il est difficile de concevoir que l'on n'a pas toujours existé… dit Moussia.

— Qu'as-tu répondu ? demande Niels.

— Maman n'a pas eu d'enfant préféré, dit Théo.

— Le préféré ne sait jamais qu'il l'est, dit Niels. Tu ne pouvais que répondre non. Mais moi j'ai répondu oui. Maman t'a préféré, très vite après ta naissance et très longtemps. Peut-être même encore aujourd'hui.

— C'est la chose la plus terrible que tu pouvais me dire, dit Moussia.

Moussia se lève sans un mot et s'en va.

— Même si tu le penses tu aurais dû te taire, dit Théo. Crois-tu que ça servira à quelque chose ? À part à blesser maman.

— Un enfant ne blesse pas sa mère en réclamant plus d'amour, dit Niels.

— Je crois que tu as vraiment blessé Moussia. J'espère que tu le fais exprès. Ta vie va se nourrir de regrets, dit Estelle.

— Ta vie va se nourrir de regrets ! Mais écoutez-la celle-là ! dit Niels. Pour qui te prends-tu dans cette famille ? Ma vie se nourrira à quoi ça me chante. Moi je mange du sens. J'aime comprendre. J'aime qu'il y ait quelque chose à comprendre. Tu peux imaginer ça avec ta pensée préfabriquée ? Je n'ai pas d'idées reçues ou toutes faites, je vois ce que me donne le jour et j'épluche l'écorce des choses.

— Et blabla et blabla et je et je et je, et blabla... dit Marina.

Je vais vous lire ma question qui sera la dernière. *« Avec qui autour de cette table avez-vous le plus de chances d'avoir encore des relations dans vingt ans ? »* Je pose la question à Théo.

— J'y réponds tout de suite, dit Théo. Avec Estelle que j'épouse pour la vie. En espérant que nous ne divorcerons pas.

— Cinquante pour cent de chances ! dit Niels.

— Et moi, dit Marina, j'ai répondu Niels.

— Quelle étrange réponse ! dit Fleur.

— Pourquoi pas Théo ? demande Niels.

— Je pensais que Théo pouvait répondre qu'il verrait sûrement son frère dans vingt ans, dit Marina. J'ignorais qu'il plaçait l'amour conjugal au-dessus de la fraternité dans le gouffre des intermittences du cœur.

— Alors tu triches ? dit Niels. Tu ne réponds pas pour toi mais pour l'autre ?

— Je ne triche pas vraiment, dit Marina.

— Comment ça pas vraiment ? demande Niels avec brutalité.

— Pourrais-tu me parler gentiment ? demande Marina.

— Je ne sais pas, dit Niels.

— Tu ne sais pas comment tu me parles… dit Marina. Tu oublies qu'à une autre époque tu m'as parlé très gentiment.

— J'avais des choses excitantes à demander, dit Niels.

— Arrête Niels ! ordonne Claude.

— Un amour attache pour la vie, dit Marina. Mais Niels ce soir a failli me faire rentrer chez moi en m'accueillant comme une chienne.

— Je ne supporte pas les gens qui viennent dîner chez les autres avec leurs enfants, dit Niels.

— Mais pour moi, vous n'êtes pas les autres ! proteste Marina.

— Tu es fou Niels. Il faut aller te faire soigner ! dit Estelle.

— Regarde comme il est sage cet enfant, on ne l'a pas entendu depuis la fin du dîner ! dit Fleur.

— Comment feras-tu le jour où tu auras des enfants et pas de baby-sitter ? demande Estelle à Niels.

— Je n'aurai pas d'enfants. Je ne veux pas me marier. J'ai un cœur polygame, dit Niels.

— Fais attention aux femmes d'aujourd'hui, quand elles veulent un enfant… ou quand elles n'en veulent pas… murmure Claude.

— Elles ne demandent pas l'avis du géniteur c'est ça ? dit Niels.

— Pas toujours ! Et sûrement pas s'il dit non, dit Claude.

— Il y a l'avortement… dit Niels.

— J'étais sûr que tu pensais ça, dit Marina.

Son visage clair de blonde a rougi violemment sous le choc de l'émotion.

— Je suis un garçon de mon temps, dit Niels avec légèreté.

— Je pourrais t'envoyer chier comme un misérable, je pourrais te couvrir de honte devant tes amis, je pourrais faire de toi le jeune homme le plus malheureux qui soit… dit Marina.

— Ne te mets pas en colère, tu lui fais plaisir… dit Théo à Marina.

— C'est vrai ! dit Niels. J'adore quand elle devient folle ! Je sais au moins pourquoi j'ai eu envie de la quitter.

— Tu as toujours été un salaud ! crie Marina. Tu as toujours eu un cœur froid qui pouvait sans broncher regarder souffrir les autres. Jamais une émotion, toujours des sarcasmes, des rires et des prétendues lucidités ! Ta grande intelligence bien sûr te fait prendre du recul… Pauvre petite chose aveuglée par l'idée qu'elle se fait d'elle-même ! Tu es vaniteux.

— Ça y est, généralise ! dit Niels. Et surtout n'oublie pas les toujours et les jamais !

— Tu es banal et vaniteux, répète Marina. Et c'est triste pour nous tous qui essayons de t'aimer. Oui ! Ne prends pas cet air étonné. Qu'y a-t-il de plus décevant que les défauts de nos préférés ? Les autres je m'en fous mais toi !

— Ne crie pas si fort, tu vas faire peur à ton fils, dit Niels.

— J'ai aimé ce garçon qui me poursuivait, sans voir le fusil qu'il cachait dans son cœur, explique Marina aux autres.

— Et voilà le résultat : vous vous chamaillez comme chien et chat, dit Claude pour dédramatiser.

— On ne se chamaille pas, on se tue, on se dévore ! rectifie Marina.

— Dire que tu ne m'as jamais parlé… dit Théo prenant du recul.

— Que crois-tu ? Il me l'avait interdit ! dit Marina du tac au tac.

— C'est vrai ? demande Théo à son frère.

— Bien sûr que non ! dit Niels. Tu te doutes qu'elle n'osait pas. Elle avait peur que tu sois jaloux.

Elle avait honte aussi. Honte de coucher si jeune avec un garçon.

— Mais quel menteur ! dit Marina. Comment peux-tu dire une chose pareille ? C'est toi qui en avais honte ! Tu craignais surtout que ta mère le sache et si Théo l'avait su il le lui aurait dit.

— Tu crois comme ça que je dis tout à maman ? demande Théo.

— Je ne crois rien du tout, c'est Marina qui dit n'importe quoi, dit Niels.

— Je ne dis pas n'importe quoi ! hurle Marina dans un emportement total. Mais je ne veux plus porter ce secret. Aucun secret. Et je vais te dire quelque chose qui va te calmer à propos d'Arthur : paie-moi une baby-sitter et je laisserai ton fils à la maison !

Elle crie une fois encore :

— Ton fils !

Et se sauve en sanglotant vers l'escalier, les chambres, perdue de toute façon dans ses larmes, dans la stupéfaction des autres.

— Marina ! crie Théo en se levant. Qu'est-ce que tu fais ?

— Laisse-moi ! crie Marina.

Les cris ont réveillé l'enfant. Le petit garçon court chercher sa mère.

— Maman ! Maman ! hurle Arthur.

— Où est-elle allée ? demande Fleur.

— J'ai l'impression qu'elle s'est enfermée dans la salle de bains.

— Je vais voir, dit Estelle en se levant.

— Je t'accompagne, dit Théo.

— Non ! reste là, dit Estelle.

— Il ne faut pas laisser le petit garçon pleurer tout seul dans le couloir, dit Fleur émue.

— Je n'ai pas bien compris. Que m'a-t-elle dit ? demande Niels.

— Elle t'a dit que tu avais un enfant, dit Théo avec fermeté.

— Je suis bouleversée, dit Moussia.

— Je ne t'avais pas vue revenir, dit Théo à sa mère.

— J'étais là dans le petit coin, dit Moussia.

— Tu nous écoutais ? demande Niels.

— Je vais ranger le jeu, dit Claude.

— Oui. C'est fini pour aujourd'hui, dit Niels avec une ironie triste.

— Arthur ! Arthur ! Où es-tu ? appelle Fleur.

— Il est caché sous l'escalier, dit Estelle revenue. Et Marina ne veut ouvrir à personne.

— Comment disais-tu pendant le dîner ? Jeu de révélation ? dit Théo à son frère.

Il sourit et dit :

— Tu m'as offert un jeu qui t'offre un fils.

— Ne plaisante pas. Je n'ai pas envie de rire.

— Est-ce que je plaisante ? Pas du tout, dit Théo.

— Quel âge a Arthur ? demande Niels dans un songe.

— Un peu plus de quatre ans, dit Théo. Le temps file si vite. J'ai l'impression d'avoir vu Marina enceinte il n'y a pas si longtemps.

— Elle l'a porté, l'a mis au monde, l'a prénommé, l'a baptisé, l'a nourri, l'a élevé, l'a embrassé, tout cela sans moi. Tu te rends compte ! dit Niels.

— Oui. Je me rends compte de ce que représente un enfant, dit Théo.

— Un enfant qu'on a failli perdre, un enfant à côté de qui on aurait pu passer, poursuit Niels.

— Je suis content de te voir sérieux, dit Théo.

— La vie va changer, dit Niels.

— Et moi je suis fière, dit Moussia.

— C'est un grand jour. J'ai un fils, dit Niels.

Et il appelle d'une voix forte et claire :

— Arthur !

16

Les deux frères fument une cigarette dans l'alcôve. Sur la table sont éparpillés les dessins faits par Arthur pendant la soirée.

— Tu ne m'as pas offert ce jeu par hasard ? demande Théo.

— À ton avis ! dit Niels.

— À mon avis non. Mais voulais-tu provoquer tout cela ? dit Théo.

— Tout cela, non ! dit Niels.

— Quoi alors ? demande Théo.

— Je vais te paraître idiot, dit Niels. Je voulais montrer à Claude que Fleur n'était pas une femme pour lui.

— Penses-tu avoir réussi ? demande Théo.

— Non ! dit Niels. Je ne sais pas pour Claude. Mais moi j'ai découvert que Fleur n'était pas du tout la petite idiote que je m'imaginais.

— Eh non ! elle est fine comme tout, et elle se cache… dit Théo, réjoui.

— J'ai cru un moment tomber amoureux d'elle en plein jeu ! dit Niels.

— Si tu dis ça… dit Théo.

— C'est que je le suis. Je sais. Mais non ! j'ai une femme et un enfant et je vais essayer de ne pas faire comme notre père, dit Niels.

Estelle se tient dans l'arrondi de la porte.

— Viens ! Tu ne nous déranges pas ! dit Théo.

— Je vous laisse, dit Niels, je dois parler à Marina.

— Va ! dit Théo. Et sois gentil !

(À Estelle.) Tu as l'air bouleversée ?

— Je le suis ! dit Estelle. Cet enfant secret qui arrive dans votre famille ! Et puis toutes ces révélations !

— Oui ! dit Théo.

(Observant Estelle.) Il y a autre chose ?

— Je ne te connais pas ! dit Estelle. Personne ne connaît personne. Voilà ce que ce jeu me fait imaginer…

— Vraiment ? Tu ne le savais pas déjà ? dit Théo.

— Je n'y avais jamais pensé d'une façon si précise. Ni que les gens avaient tellement de secrets ! dit Estelle.

— Et ça t'ennuie ? demande Théo.

— Un peu, dit Estelle. C'est vertigineux. Ça ne te fait rien toi de sentir en moi l'inconnu ?

— Absolument rien. Au contraire, dit Théo. Tu n'es pas à connaître, tu es à aimer. Tant de gens nous deviennent limpides en deux mots et quelques gestes : nous savons ce qu'ils cherchent… Je ne veux pas te connaître. Je ne veux même jamais penser cela : je la connais. Ne fais pas cette tête ! Tu n'es pas obligée d'être du même avis. Je ne te cache rien ! Que veux-tu savoir ? Vas-y ! Pose tes questions.

— N'importe lesquelles ? demande Estelle.

— Tout ce que tu voudras ! dit Théo.

— Ce qui me passe par la tête ? dit Estelle.

— Tu es jolie quand tu ne dis rien ! dit Théo romantique. J'aime tes silences. J'aime regarder ton visage quand tu ne parles pas. L'amour et ton visage me font une joie.

— Une joie et une souffrance, murmure Estelle.

— Pas de souffrance pour l'instant ! dit Théo.

— J'ai une question importante mais je ne trouve pas comment la formuler, dit Estelle.

— Je suis patient. Et tu vas trouver, dit Théo.

— Est-ce que tu aimes la vie ? demande Estelle.

— C'est ta question ? dit Théo.

— Ne ris pas ! supplie Estelle. C'est une question cruciale. On vieillit, on se fige, on devient maniaque et peut-être méchant, on meurt, on pourrit dans une boîte… T'arrive-t-il de penser à ces choses ? Est-ce que tu ne trouves pas cela insupportable ? Est-ce que tu es triste parfois juste à cause de la vie ?

Est-ce que tu ne voudrais pas changer la forme qu'elle a ? Es-tu jamais déprimé simplement par la vie ?

— Je ne sais pas quoi te dire. Tu me surprends totalement, dit Théo. Je n'ai jamais envisagé les choses sous cet angle. Dois-je répondre sur-le-champ mademoiselle ? !

— Ce que tu me dis est en soi une réponse. Tu n'es pas comme moi ! dit Estelle.

— Bien sûr que non. Mais comment es-tu ? s'amuse Théo.

— Moi ? Je déteste la vie parce qu'elle finit ! déclare Estelle.

— Tu détestes la vie parce que tu l'aimes trop, dit Théo. Je peux comprendre ça.

— Je sais que ça semble paradoxal et un peu succinct, mais c'est ce que j'éprouve. Il y a des moments si délicieux, nous sommes tellement heureux ensemble, pourquoi faut-il donc mourir ? Est-ce que ça ne te donne pas le blues ? La nausée ? ! Les choses qui te retiennent ne sont-elles pas innombrables ? demande Estelle.

— Pas du tout, dit Théo. J'essaie de penser au temps qui m'est imparti. Ce sont les êtres qui me retiennent, et ils mourront aussi. Nous mourrons ensemble. C'est ainsi que je pense à la vie. C'est ainsi que je pense à l'amour. Nous avons des choses à vivre ensemble, et la mort fait partie de ces choses.

— Mais tu ne sais rien ! dit Estelle. Peut-être mourras-tu demain !

— Crois-tu que je ne le sache pas ? Nous sommes invités et nous ne faisons qu'une apparition. Ce n'est pas nous qui restons, dit Théo.

— Mais rien ne reste ! regrette Estelle.

— Si ! dit vivement Théo, la vie reste, une énergie dont nous sommes les véhicules temporaires. Je l'accepte.

— Mais comment fais-tu ? Dis-moi comment tu fais ! dit Estelle.

— Viens là. Sur mes genoux, appelle Théo.

Il la câline, l'embrasse, lui tient la main, la regarde attendri.

— Je t'adore, dit-il.

— Je ne supporterais pas que tu meures avant d'avoir un enfant de toi, dit Estelle.

— Mais tu m'as dit que tu ne pourrais pas l'élever seule ! Je crois que ce soir tu dis n'importe quoi ! dit Théo.

— Oui, j'ai dit une bêtise, dit Estelle.

— Nous ferons un enfant, dit Théo.

— Un enfant me donnera la force de tout, murmure Estelle.

— Un enfant te fera aimer la vie jusque dans son impermanence, dit Théo.

— Un enfant sera ma permanence et ma vie, dit Estelle.

— Ne dis pas cela, dit Théo. Tu devras aussi faire quelque chose par toi-même. Ne serait-ce que pour donner l'exemple à tes enfants. À quoi voudras-tu donner ta patience ?

— D'abord à mes enfants ! dit Estelle. En veux-tu beaucoup ? Combien ? Voudrais-tu des filles ou des garçons ?

— Beaucoup ! Si je suis assez riche pour leur donner l'occasion de faire des découvertes, dit Théo.

— La richesse n'a rien à voir avec ça, dit Estelle.

— Je trouve que si, dit Théo. Principe de réalité. À mon tour de te poser une question : Est-il important pour toi qu'un jour je gagne bien ma vie ? Est-ce que l'argent compte beaucoup pour toi ? Es-tu économe, dépensière ou ni l'un ni l'autre ?

— Je crois ne pas être dépensière, dit Estelle.

— Tu peux être frivole avec l'argent. Il me semble que je m'en moquerai, dit Théo. Mais seras-tu une femme fidèle à son mari ? C'est la seule chose qui m'importe.

— Et toi alors ! proteste Estelle. Combien de temps réussiras-tu à n'aimer que moi ?

— Je vois toujours les mêmes personnes. Je suis un ami fidèle. Pourquoi ne serais-je pas un époux fidèle ? dit Théo. Toi, que sais-tu de ce que nous réussirons ?

— Je sais l'essentiel : je t'aime et mon amour interprète chacune de tes actions, dit Estelle.

— Aucune de tes paroles ni aucun de tes gestes n'échappe à mon interprétation, dit Théo. C'est moi qui leur donne leur couleur : valide tes intentions ou bien les contredis. J'espère que tu demeureras à jamais de mon côté.

— Et toi du mien, dit Estelle.

Ils s'embrassent.

17

— Étais-tu sincère lorsque tu as dit que tu ne mentais jamais ? demande Fleur.

— Bien sûr ! dit Claude.

— Tout le monde avait l'air de croire que c'était impossible. Mais tes arguments les ont impressionnés. Et tu as cloué le bec à Niels ! dit Fleur.

— Il est très intelligent, dit Claude. Mais je reconnais qu'il ne fait pas toujours un usage sympathique de ses facultés. En tout cas, tu lui plais beaucoup, je ne m'en étais jamais douté, mais ce soir il te regardait sans arrêt. Dès que tu ne le voyais pas, il t'observait de cette façon inapaisée qu'a le désir.

— Je découvre que j'aime être désirée... dit Fleur. C'est la première fois. Je n'arrive pas à le croire. C'est comme un rêve...

— Ne dis pas ça, dit Claude. Même si c'est vrai je ne veux pas le savoir.

— Tu ne veux pas que je dise la vérité ? demande Fleur.

— Je me fous de connaître la vérité si elle me fait souffrir, dit Claude.

— Toi qui pourtant ne mens jamais, tu te fous de la vérité ! s'exclame Fleur.

— Je n'oblige pas les autres à respecter les règles que je me suis choisies... dit Claude. Est-ce que Niels te plaît ?

— Non ! pas du tout ! dit Fleur. C'est toi qui me plais. Je ne vais pas tomber amoureuse de deux hommes en même temps ! Mais j'ai l'impression qu'il a compris des choses de moi que personne ne devine jamais...

— Pas même moi ? dit Claude.

— Surtout pas toi ! dit Fleur.

— Pourquoi me dis-tu ça ? demande Claude. C'est idiot ! Ne les ai-je pas vues parce que je suis trop bête ou bien parce que tu as pris soin de me les cacher ?

— Un peu des deux sans doute, dit Fleur.

— Et ça te fait rire ! dit Claude.

— C'est nerveux, désolée, dit Fleur.

Et elle pouffe de rire, se cache le visage dans les mains, rit de plus belle.

— Arrête ! demande Claude.

— Eh ! proteste la jeune femme. Pourquoi me parles-tu de cette façon ?

— Parce que tu me traites d'imbécile et que tu me caches des choses, dit Claude. Dis-moi ce qu'a vu Niels en toi.

— Que je n'étais pas une femme à protéger, répond Fleur du tac au tac. Je crois qu'il a vu ma force derrière ma douceur, et ma rage de réaliser quelque chose avec ma vie.

— Et moi pauvre idiot je croyais bien sûr que tu ne voulais rien faire ! dit Claude, bouillant d'une colère intérieure.

— Je ne sais pas si tu as idée de ma détermination. Tu n'as jamais voulu entendre que je n'aurai pas d'enfant par exemple, dit Fleur.

Son calme est comme une cruauté.

— Je l'ai entendu mais je persiste à penser que tu changeras d'avis lorsque toutes tes petites amies pouponneront, dit Claude.

— Tu crois que je céderai à la pression sociale ? demande Fleur.

— Non, dit Claude. J'imagine que les bébés des autres t'attendriront.

— Je ne suis pas dure et j'adore les enfants, dit Fleur. Ce n'est pas une question de tendreté... Je ne suis pas une femme aussi monstrueuse. L'enfance que j'ai eue ne me laisse tout simplement pas l'espoir d'avoir un jour un enfant. Et si c'était une fille, son existence même remettrait en cause notre couple. Tu n'as jamais voulu voir. Il y a des gestes dont on ne se remet jamais. Et parler ne suffit pas à guérir. C'est un leurre.

— Je hais de plus en plus les conversations. On ne sait jamais où elles vous mènent. Tandis que les propos mondains, on est sûr au moins qu'ils ne mènent à rien ! dit Claude.

— C'est pour cela que tu m'aimes ? Parce que j'ai l'air frivole et mondaine ? demande Fleur en secouant ses cheveux.

Au spectacle de cette féminité, Claude retrouve humour et tendresse, il dit :

— Vraiment Fleur, je ne sais pas pourquoi je t'aime. Par instants, je ne sais même pas si j'aime ou s'il s'agit d'autre chose.

18

— Marina ouvre-moi ! crie Niels. Je t'en prie. Pardonne-moi. Pardon ! Je peux te le répéter mille fois. Et dis-moi quoi faire d'autre que te supplier et t'aimer.

— Je ne t'ouvre pas, tu es un fou ! dit Marina.

La porte s'ouvre, il entre dans la salle de bains, la porte se referme.

— Je n'ai jamais vu un si bel enfant ! dit Niels.

— Tu n'as vu aucun enfant ! dit Marina. La plupart sont beaux.

— Non le nôtre est plus beau ! dit Niels. Et moi qui pensais souvent aux enfants que je n'aurais pas ! Et je me réjouissais d'échapper à cette banalité. Et je perdais d'avance ce miracle ! Pourquoi ai-je aussi peur d'être conventionnel ? Et c'est ainsi que je t'ai quittée. J'ai toujours été sûr que je vivrais seul.

— Tu *es* seul, et lui, si beau soit-il à tes yeux, tu ne le possèdes pas. Il n'appartient qu'à lui. Dans l'émotion de sa naissance, abandonnée de toi, son premier cri m'a dit qu'il n'était pas à moi. Et pourtant, en le regardant, je m'émerveille et me répète : Mon enfant !

— Crois-tu qu'un jour nous saurons dire : Notre enfant ? demande Niels.

Il n'appartient qu'à lui de m'avoir. On ne se passe pas impunément d'un père.

— Je le sais, dit Marina. Pourquoi crois-tu que j'ai continué de venir à vos fêtes ? Et ce soir, avais-je envie d'être de cet anniversaire ? Je ne me suis pas posé la question, et je suis venue dans votre maison parce que c'est aussi sa maison.

— Je te dis merci pour cela, dit Niels. Merci de l'avoir mis au monde et de l'avoir amené chez nous.

— Arrête… supplie Marina.

— Veux-tu me repousser quand je te reviens ? N'est-ce pas ce que tu as toujours voulu ? Ton amour peut-il pardonner ? Ton amour peut-il ouvrir ses bras, fermer ses yeux, oublier le noir ? demande Niels.

Il avance vers la jeune fille, les deux mains tendues, elle recule jusqu'à se trouver dos à la porte.

— Tu es fou. Tu ne fais qu'agir sur des coups de tête ! dit Marina. Je ne connais pas ma force. J'essaierai... Pour lui. Mais qui sait si mon amour est là ? N'en as-tu pas piétiné la fleur et la graine ? Je ne sais même plus écouter ce que je ressens. Comment peux-tu d'ailleurs parler de mon amour ?

— À cause de lui... Tu as un enfant de moi, comment pourrais-tu ne pas m'aimer un peu ? demande Niels.

— Je ne sais plus rien. Je ne comprends plus rien, dit Marina. Je ne crois plus qu'à l'étrangeté des uns et des autres. À la distance irréductible. À la solitude dans laquelle nous plonge la fin d'un amour, comme dans un trou qui n'a pas de fond et des parois aussi lisses que la glace.

— Tu aimes être désespérée, dit Niels. Tu te complais dans ta souffrance. Ce dolorisme est ce qui me fait peur en toi. Est-ce que tu ne refuses pas le bonheur ?

— Je n'ai même plus envie de t'injurier ! s'étonne Marina. Mais tu n'as rien vu. Tu m'as niée, pulvérisée. Je suis devenue une poussière de jeune fille, et dans la recomposition une autre est apparue, une femme que tu ne connais pas.

— Peut-être es-tu devenue la mère de mon fils, propose Niels.

— Tais-toi ! demande Marina. Je ne suis pas prête à t'entendre prononcer ces mots. À mes yeux, tu n'as pas encore de fils.

Ils sortent et vont au salon.

— Il s'est rendormi. N'est-il pas magnifique ? dit Niels.

— Il l'est, dit Marina attendrie.

— Je pourrais rester toute la nuit debout devant ce sommeil, remarque Niels.

— Prends-le dans tes bras, dit Marina, ça ne le réveille pas. Je ne me lasse pas non plus de le regarder dormir. Le soir je m'assieds sur son lit et je reste dans la contemplation.

— Ah ! c'est vous ! dit Moussia en entrant dans le salon.

— Tu pleures encore ? demande Niels.

— Oui encore ! dit Moussia. C'est la dernière nuit de ma mère dans sa maison et je pleure, et je pleurerai demain et il faudra vous y habituer, et si vous n'êtes pas contents vous n'aurez qu'à partir vous aussi...

Niels s'approche de sa mère et ouvre ses bras, tendre et moqueur. Il dit :

— Oh ! maman ! Pleure autant que tu veux !

Moussia se laisse aller contre son fils :

— Je n'arriverai plus à rien ! Je ne peux plus aimer ma vie. Je ne vois s'approcher de moi que du noir. Des deuils et des séparations. Je ne supporte plus de vivre dans ce corps de sang et de mort, dit-elle.

— Tu es épuisée, c'est tout. Tu t'es trop occupée de Nina et pas assez de toi. Pourquoi papa ne t'emmènerait-il pas en voyage ? Quelques jours seulement, histoire de reprendre des forces, dit Niels.

— Mais qu'est-ce que tu racontes ? ! Ton père n'a aucune envie de partir en voyage avec moi ! dit Moussia. Tu as pris toi-même la mesure de tant d'absences et de froideur. On dit que les enfants savent tout ce qui se passe entre leurs parents ! Et tu le savais. Tu entendais en moi la haine. D'où crois-tu qu'elle me soit venue ?

— La haine ! De quoi parles-tu ? demande Niels.

— C'est bien le mot que tu as choisi tout à l'heure, dit Moussia.

— Quand nous jouions ? demande Niels.

— Oui, dit Moussia.

— Mais je jouais ! dit Niels.

Il éclate de rire.

— Non, dit Moussia, à ce moment nous étions hors du jeu.

— Je ne me souviens plus, dit Niels, mais je te jure que je ne me suis pas privé de dire des conneries.

— Comment pourrait-on oublier des paroles aussi graves... murmure Moussia. Ce n'étaient pas des conneries. Ton père n'a plus d'amour pour moi depuis longtemps. Depuis le jour où Théo est tombé dans la piscine et où je l'ai accusé de vous avoir mal surveillés. C'est avec vous qu'il est resté ensuite, à sa façon trouée d'absences...

— Pourquoi dites-vous cela ? demande Marina. Votre mari vous adore ! À sa façon...

— Oui, à sa façon, murmure Moussia.

— Et il n'est pas encore parti, dit Marina. Quand c'est ce qu'ils veulent, les hommes partent. Les enfants ne suffisent pas à les retenir. S'ils restent, c'est qu'ils préfèrent rester. Qu'un homme demeure auprès de sa femme, cela n'est pas sans signification.

— Vous êtes gentille Marina, dit Moussia, mais vous ne connaissez pas la vie. Les hommes ne partent jamais. Ils vous pourrissent la vie mais ils restent. Ce sont les femmes qui les mettent à la porte. Ou bien ce sont les femmes qui partent. Mon mari avait un principe indétrônable que jamais aucune maîtresse n'a fait tomber : on doit rester avec la personne avec qui on a fait des enfants... Je vous jure que ça ne satisfait pas une épouse, mais sans doute avais-je le même principe.

— Quel principe au fond avais-tu ? demande Niels.

— Je n'ai jamais accepté que votre père détruise l'idée que ses fils se faisaient de lui et de notre couple, répond Moussia sans hésitation.

— Quelle idée croyais-tu que nous nous faisions de lui ? demande Niels.

— Chef de famille amoureux de sa femme, dit Moussia.

— Et de votre couple ? demande Niels.

— À toute épreuve, dans un amour véritable, exclusif, répond Moussia.

— Tu n'as pas tort, mais les mots n'étaient pas mis sur les choses. Tout cela n'était que ressenti, dit Niels.

— Et que ressens-tu maintenant que je te dis que tout cela était un mensonge ? demande Moussia.

— Je ne sais pas encore te le dire, dit Niels.

— J'ai une autre chose à vous dire, dit Moussia à son fils. Et tu iras prévenir Estelle et Théo.

Elle baisse la tête, son visage disparaît, et elle dit :

— Nina ce soir a choisi sa mort. C'est fait.

— Depuis quand le sais-tu ? demande Niels stupéfait.

— Elle était déjà partie lorsque je suis montée avant de commencer la partie, dit Moussia.

— Pourquoi n'as-tu rien dit ? dit Niels.

— J'ai laissé pleuvoir la vie sur nous... Nina n'aurait pas voulu que nous ne jouiions pas par sa faute, dit Moussia.

19

Estelle et Moussia sont debout, intimidées, dans la chambre de Nina.

— On dirait qu'elle dort dans sa beauté, dit Estelle à voix basse. Comment s'imaginer qu'elle n'est plus là.

— Elle a toujours été belle. À tous les âges. C'était une chose qui me faisait plaisir. J'ai vraiment été fière de la beauté de ma mère, dit Moussia.

— C'est étrange comme la mort apporte au visage une sérénité et une nouvelle jeunesse. Ce n'est pas ce qu'on attend d'elle, murmure Estelle.

— Elle n'était pas ainsi quand je l'ai trouvée… dit Moussia.

Estelle reste silencieuse et ses yeux sont pleins de larmes.

— Je n'ai pas connu mon père, dit Moussia. À dix ans j'ai compris qu'il avait quitté ma mère à cause de moi. Maintenant je perds ma mère. C'est l'ultime glissement de ma place dans le tableau des vivants de mon sang.

— Savez-vous si votre père est vivant ? demande Estelle.

— Il ne peut être que mort, dit Moussia. Il était bien plus âgé que ma mère…

— Il y a un mot sur la table, fait remarquer Estelle.

— Qu'a-t-elle écrit ? Lisez-le-moi Estelle ; je n'ai pas le courage de le lire moi-même, dit Moussia.

— Elle a écrit : J'entends vos rires, dit Estelle.

— Rien d'autre ? demande Moussia.

— Non rien, dit Estelle. Quatre mots qui disent une joie. C'est Nina.

— Mon écrasante mère ! murmure Moussia.

— J'imagine qu'elle a dû l'être ! dit Estelle.

— Mère et étoile sont deux états différents. C'est pourquoi j'ai choisi de ne pas briller… murmure Moussia.

— Vous brillez aujourd'hui par la réussite de vos fils, dit Estelle.

— Je me suis déprise de l'ambition même, dit Moussia.

— Il faut pourtant un moteur, dit Estelle. Prétendre à quelque chose est utile…

— Prétendre à ne rien prétendre, c'est peut-être la plus grande humilité, la plus grande sagesse, dit Moussia.

— La plus grande destruction aussi, celle de la volonté, dit Estelle.

— Les jeunes femmes ont tellement changé ! dit Moussia.

— C'est ce que vous pensez en me regardant ? demande Estelle.

— Pas vraiment, dit Moussia. J'ai toujours eu le sentiment que nous nous ressembliions.

— Je crois que les femmes n'ont pas changé, mais le monde dans lequel elles vivent s'est transformé. Il ne suscite pas de leur part les mêmes réponses, dit Estelle.

— Vous avez raison Estelle. L'être humain ne change pas, il change le monde, dit Moussia.

20

Ils sont rassemblés au salon. Moussia jette une couverture de mohair sur le petit garçon qui dort dans un fauteuil. Elle a apporté des boissons et le reste du gâteau d'anniversaire sur un plateau.

— Qui prendra du jus d'orange et qui prendra du café ? demande Moussia.

— Je prendrai du jus d'orange merci, dit Estelle.

— Laissez ! Nous allons faire le service, dit Marina.

— Votre gâteau était vraiment délicieux, dit Fleur

— Et le jeu aussi non ? dit Niels.

— Oui en quelque sorte, on pourrait dire que... dit Théo.

— Chacun de nous contribue à l'accomplissement ou à la destruction de quelques autres, dit Niels.

— C'est une façon de t'excuser ? demande Théo.

— Non, juste une façon de dire qu'on ne peut comprendre une personne hors d'un ensemble de personnes, dit Niels.

— C'est vrai, chaque homme est à la fois relié et séparé, il n'y a ni lien insécable, ni solitude irréductible, dit Estelle.

— Mais il y a beaucoup de solitude, personne ne respire pour personne, dit Moussia.

— Il faut essayer de se connaître mutuellement. Mais qu'est-ce que c'est, connaître un autre ? dit Niels.

— Connaître l'autre c'est avoir saisi le rêve intérieur qu'il fait de lui-même, pas seulement avoir vu qui il se figure être, mais savoir qui il aspire à devenir, dit Marina.

— Mais on parle trop pour voir ces choses invisibles, dit Estelle.

— On ne parle pas trop, on parle mal. On se parle mal. Ce que je vais dire est-il vrai, utile et bienveillant ? Voilà la bonne question, dit Théo.

— On ne devrait jamais parler des personnes, dit Estelle.

— Mais de quoi parlerait-on ! dit Claude moqueur.

— Regardez comme il fait noir dehors ! En ville il subsiste toujours des points de lumière pour trouer la nuit, dit Marina.

— N'aie pas peur, je te donnerai la main comme à une petite fille, dit Niels.

Il est attendri, attentionné, méconnaissable. On pourrait dire qu'une partie de lui-même s'est évaporée.

— Je n'ai pas peur, dit Marina.

— Voilà ! Voilà un exemple ! dit Niels. À chaque instant, nous nous prêtons les uns aux autres des mobiles, des intentions, des expériences, des initiatives. Et nous nous trompons...

— Que c'est compliqué, dit Marina.

— Mais il y a une réalité, dit Fleur.

— Oui, nous sommes assis ensemble, nous parlons, dit Théo.

— Et j'ai souffert ce soir, dit Marina.

— Comment s'approcher les uns des autres si l'on ne peut rien se dire, ni rien s'entendre dire ? dit Niels.

Après cette question, il regarde ses amis et commence une démonstration :

— Je me fais une certaine idée de moi-même, tu te fais une idée de moi, elles diffèrent. Et puisque nous sommes capables de l'imaginer, le jeu de miroir n'est pas fini : je me fais une idée de l'idée que tu te fais de moi, et là encore il est peu probable que je tombe juste !

— En apportant ce jeu tu étais donc sûr à l'avance de ce qui allait se passer, dit Marina.

— Vous auriez pu ne pas jouer sérieusement, dit Niels.

— Mais nous avons tout pris au premier degré, et nous nous sommes disputés, dit Estelle.

— Et des paroles ont été dites qui ne s'effaceront pas, dit Fleur.

Estelle lève les yeux, sourit et récite de mémoire :

— « *Braves gens, prenez garde aux choses que vous dites ! Tout peut sortir d'un mot qu'en passant vous perdîtes. Tout, la haine et le deuil !...* »

Elle fait une mimique qui plisse la bouche et fait se lever les sourcils puis elle dit :

— Victor Hugo, *Le Mot*.

— On parle toujours trop, dit Fleur.

Au dedans elle porte déjà le regret de son aveu et dans la même pensée tente de le justifier, et se coupe en deux.

— Ah mon Dieu comme j'aimerais savoir me taire en toute occasion, rester muette et sourire, ne faire que sourire et écouter, murmure-t-elle.

— Tu n'aurais aucun intérêt pour les autres, dit Claude.

— Mais si ! les gens adorent qu'on les écoute en acquiesçant, dit Fleur.

— Bonne nuit mes enfants, ne tardez pas trop. J'ai passé une terrible soirée, dit Moussia.

— Bonne nuit madame, disent-ils ensemble.

— Moi aussi je vais rentrer, dit Marina.

— Non restez ! dit Moussia. Vous êtes chez vous dans cette maison. N'est-ce pas Niels ?

Troisième partie

CHOSES RAPPORTÉES

1

C'était une nuit de printemps et ils parlaient, dans le salon arrondi ouvert sur le jardin, du cadeau d'anniversaire offert à Théo. Fallait-il ce soir jouer à ce jeu ? Le dîner achevé, les convives et la fête s'attardaient sur cette question. La mère craignait que la partie ne tournât au vinaigre et n'abîmât entre eux l'amitié. Les jeunes étaient d'avis que l'amitié, justement, était cela par quoi ils réussiraient à jouer sans querelle. Marina, jeune fille aux longues nattes attachées au-dessus de la tête à la manière d'une fillette, souleva le couvercle de la boîte et lut, d'un ton circonspect, ce qui s'y trouvait inscrit : « *Caractère : nom masculin. Manière habituelle de réagir, propre à chaque personne.* » Dans le bruit que faisait leur essaim désuni, n'ayant pu comprendre de quoi il s'agissait, elle cherchait un éclaircissement. Il y eut un silence, puis, toujours lisant, la jeune fille ajouta : « *Personnes susceptibles s'abstenir.* » Le divertissement lui-même mettait en doute sa propre innocuité. Fleur Giaspini fit une moue dubitative. Les autres aussi se taisaient. Et ce bruissement que font les interrogations partagées côte à côte sans qu'on les formule parcourut le petit groupe : une agitation des esprits dont le silence produit une rumeur indistincte, parce que les corps répercutent l'infime mouvement du questionnement intérieur. De quoi s'agit-il ? Personnes susceptibles s'abstenir. Quelle était cette prévention ? S'imposait-elle ? L'élégant Claude Mauval passa sa main derrière sa nuque d'un geste rapide qui ressemblait à un tic nerveux. Les questions du dedans trouvent ainsi une matérialité : une main pince un nez comme pour l'affiner (c'est Estelle), des doigts peignent des cheveux (ceux de Fleur), voilà les rassurantes manies qui nous sont un langage personnel autant que commun, ainsi de Marina qui tripote le haut de ses nattes, ou du garçon qui tousse, c'est Théo. Alors quelqu'un finit par parler. Cela ne manque jamais. Le frémissement des corps devient une collection de mots : Vous voyez ce que je disais ! s'écria Fleur. Voilà.

Réserves et modérations se rompirent dans cette exclamation et ce fut une nouvelle crue de la conversation : Mais qui est susceptible ici ? demandait Niels. Personne ! affirmait Claude. Personne ? Au contraire ! Très peu de gens ne le sont pas, protesta Fleur. Combien de temps peut durer une partie ? demandait à ce moment Marina – qui avait le souci d'un enfant à ne pas ramener trop tard. Est-ce que c'est un jeu d'enfoirés ? dit Claude. Vous ne connaissez pas les *nasty games* ? Les jeux dans lesquels il faut surtout jouer contre les autres. Les trahir, leur mentir, leur faire des promesses... Il eut un rire colossal et solitaire. Ah oui, fit Marina. Mais non ça n'est pas du tout ça ! dit Fleur. C'est pire. Pourquoi pire ? demanda Marina. Sommes-nous incapables de parler de nous-mêmes avec un peu de recul ? s'étonna Niels. La mère, Madeleine, à qui une ascendance russe valait le diminutif de Moussia, était occupée à choisir un disque dans un coin de la pièce. Certaines vérités ne sont ni bonnes à dire ni agréables à entendre, dit-elle à la cantonade. Plusieurs inquiétudes la tenaient aux aguets. Peut-être lui faudrait-il ce soir défendre ses enfants contre leurs propres audaces, elle s'y préparait. Lesquelles ma parole ? ! s'exclama Niels. Puis il s'amusa, les deux poings sur les hanches : Avons-nous de si vilains défauts ? ! Au fait Niels, pourquoi tiens-tu tellement à jouer ? conclut Fleur. Espères-tu découvrir quelque chose de nouveau te concernant ? ! Un rire de Marina rebondit sur ces paroles. Nul n'y prit garde. Car ils ignoraient non seulement ce qu'elle connaissait, mais le fait même qu'il y eût quelque chose à connaître. Et Fleur n'obtint pas de réponse, pas plus que Moussia qui demandait : Est-ce que je peux mettre de la musique ? Pendant de brefs instants, dans les tourbillons conviviaux où nous cherchons la chaleur humaine, ce n'est pas elle que nous trouvons mais au contraire notre isolement primordial : personne n'écoute personne, personne ne répond à personne. Et personne ne s'en formalise, comme s'il était clair au fond que chaque homme est une forteresse qui tient debout dans l'esseulement naturel du cœur et de la chair, s'ouvre et se referme comme dans le mouvement de l'onde un coquillage, risque à tout instant de se faire attaquer, se protège, se débat, peu à peu se délabre, et parfois, dans un côtoiement éphémère d'autrui, émet une minuscule lumière.

À l'écart des autres, adossés aux volets repliés d'une porte-fenêtre ouverte sur le jardin, Estelle et Théo depuis un moment bavardaient en murmures et sourires. Ils fumaient ensemble une même cigarette, debout entre le chaud et le froid, dans le halo de lumière qui débordait du dedans sur l'ombre du dehors, et partageaient aussi cette nuit claire, ventée, où leurs cœurs emballés trouvaient un écho poétique. La grâce merveilleuse de leur jeune amour ciselait les postures successives que prenaient leurs silhouettes dans ce face-à-face. Ils dansotaient l'un en face de l'autre. Et cela s'allumait autour d'eux, une lumière de joie sur leurs visages et des gestes en éclats de tendresse. Encore embusqués dans la timidité, mais déjà loyaux dans l'aveu de leur émotion, ils atteignaient le sommet de la délicatesse entre hommes et femmes. De la transparence, pas d'effraction, beaucoup de contemplation, de l'attirance, une affinité : la cime amoureuse. Comme sont horribles les choses qui finissent ! disait à ce moment Estelle, tandis qu'un peu plus tard crissaient sur les graviers des pas rapides. Voilà le retardataire ! dit Moussia en embrassant un mari qui avait l'air indifférent (ne lui rendant pas son baiser), et elle appela Niels pour annoncer : Papa est rentré. À présent, plus personne ne manquait dans la maison. Alors les amoureux ! vous venez jouer oui ou non ? cria Niels. Il était accoudé à la cheminée, désinvolte et souverain.

De trois ans plus âgé que Théo, ce frère aîné était un initiateur qui aimait commander. On jouerait donc, pensa Théo. On jouerait parce que Niels le voulait. Il avait choisi le cadeau avec son camarade Claude, il était assuré de son adhésion amicale. Et leurs deux volontés unies emporteraient le balancement collectif. On ne pourrait pas faire autre chose avec cette soirée que jouer au jeu de Niels. Sacré Niels ! Pauvre Niels ! pensa Théo. Pourquoi certaines personnalités avaient-elles besoin d'assujettir les autres ? C'était un trait de caractère de Niels qui entortillait beaucoup la vie de ceux qui l'aimaient. Et pourquoi abîmer la vie quand elle n'était déjà pas si aisée à mener, ou même quand par chance elle l'était ? Voilà bien une chose qui mettait Théo hors de lui. Mais aussi ! pensa-t-il s'apprêtant à rentrer au salon, pour quelle raison se laissaient-ils faire ?

Il jeta sa cigarette et l'écrasa dans les petits cailloux blancs. Et je retrouve des mégots jusque dans la pelouse ! soupira sa mère. Mais déjà, la main dans la main, Théo entraînait Estelle vers les canapés. Moussia regardait ces deux jeunes corps empêtrés dans leur jeunesse, ils ne s'occupaient pas d'elle. Ils avaient trop à faire avec eux-mêmes ; elle était sur un autre bateau.

Les classes d'âge existent vraiment, les générations ne sont pas qu'un mot, et le mot de *bateau* est bien choisi, pensa Moussia, car l'histoire se termine toujours par un naufrage. Maman, appela Théo, voudras-tu jouer avec nous ? Il était debout à s'occuper d'installer les joueurs sur les canapés. Pourquoi maman ne jouerait-elle pas ? demanda Niels. Elle a peut-être envie de faire autre chose, dit Théo. Comme ils étaient grands ! pensait Moussia. Des adultes. Avait-elle vu ce moment venir ? Non ! Comment s'y était-elle prise pour à ce point manquer d'attention ? Le rythme de la vie avait dû un matin s'emballer sans qu'elle y prît garde, de sorte qu'elle avait ce soir l'impression de n'avoir rien vu passer. Et elle avait cinquante-huit ans, elle tenait à cette précision, pas encore soixante. Elle n'avait plus besoin de se le répéter : j'en ai fini d'être jeune. Le pain blanc de ma vie est mangé. Et maintenant adviendra le deuil essentiel : ma mère va mourir avant l'été. Puis à mon tour je découvrirai le début de l'enfer des femmes, la fatigue et la maladie, et comment l'inexorable cours du temps nous défigure et nous exténue. À cette pensée Moussia choisit un morceau de Schubert, dont la sombre gravité ferait hurler la jeunesse, mais s'accorderait à l'harmonie noire de son monde intérieur en cet instant. J'arrive ! dit-elle. Mais c'était à contrecœur, et elle se demanda pourquoi, ses deux fils étant devenus des adultes, elle continuait de vouloir leur faire plaisir comme à des enfants.

Une bûche craqua, projetant une escarbille rougeoyante sur le parquet, ce qui fit crier Fleur, la jeune fiancée de Claude Mauval, et rire son fiancé. Tu n'es pas brûlée ? s'inquiéta Théo. Pour lui qui était un garçon attentionné, le comportement de Claude était étrange : si peu de sollicitude à l'aube d'une alliance ! Et comment Fleur pourrait-elle ne pas en être affectée ? Elle ne laissa rien paraître et Théo ne souffla mot. Maître de maison ce soir-là aux côtés de sa mère, il poussa d'un coup de balayette les boulettes charbonneuses dans la pelle, et dit : Profitez-en bien ! C'est le dernier feu de la saison. Et pourquoi ? demanda Niels sur un ton de réprobation. Il n'y a plus de bois, dit Théo. Cette réponse factuelle, faite sans énervement, mettait en évidence qu'il était des deux garçons celui à qui était échue l'intendance des choses. Nina, Moussia, Luc lui-même en seraient convenus : Théo était plus efficace que Niels. Il n'était jamais nécessaire de lui demander trois fois la même chose, et bien souvent il anticipait de lui-même. Il faisait moins de bruit mais rendait plus volontiers service. Oui, dans cette famille, le cadet était celui qui agissait pendant que l'aîné élaborait de belles théories. C'était une chose évidente et jamais dite. Tout juste revenue du dehors, Estelle fit remarquer comme il faisait encore froid avec ce vent du nord qui soufflait sur le jardin. Et aussitôt Marina et Estelle se mirent à parler du jardin qui promettait d'être beau, des roses anciennes et du cerisier. Ils avaient presque chaque année des cerises, disait Marina à Fleur qui découvrait la maison, comme si elle, Marina Dastre, avait fait partie de la famille. Or c'était un fait que tous ignoraient, elle en faisait partie dorénavant, bel et bien, elle en était par un fils secret, la lignée naturelle ou illégitime, la gerbe nouvelle et passionnée. Non les oiseaux ne mangeaient pas tout. En fait il n'y avait plus d'oiseaux parce que les chats de Moussia les chassaient. Quelle tristesse d'avoir un jardin sans oiseaux ! s'écria Fleur. Il n'y avait à cela rien à répondre, aussi la conversation s'interrompit sur ces mots, tandis que les deux frères Niels et Théo recensaient le contenu de la boîte de jeu qu'ils avaient reprise à Marina. Et Fleur éprouva gêne et dépit, comme si elle venait de dire une bêtise, en tout cas une phrase qui avait été mal reçue. Ce n'était pas une critique pourtant, pensa-t-elle. Est-ce que c'était une critique ? Peut-être bien une marque négative, regret ou désapprobation, mais très légère. C'était surtout une phrase en l'air, une phrase pour dire quelque chose. Voilà ce qui se passe quand on parle, on le fait souvent pour faire plaisir, afin que ne s'installe pas trop de silence, hélas on ne dit pas ce qu'il faudrait, pensa Fleur, une harmonie secrète est brisée, et l'on sait, trop tard, que le silence eût été préférable. Elle s'en voulut. Quel besoin ai-je sans cesse de faire la conversation ? Je n'ai qu'à me taire ! Dans cette maison, conclut-elle, ils détestent les propos badins.

2

Fleur avait pensé *dans cette maison* et cela signifiait *dans cette famille*. La famille et la maison ne formaient qu'un. La maison faisait partie de la famille, la maison tenait la famille, la maison créait la famille. Elle l'avait faite fantaisiste, chaleureuse, un peu bohème et extravagante, mais aussi unie, solide, éternelle. C'était la maison de l'aïeule, Nina, centenaire cette année-là, dont Moussia était la fille unique. L'aïeule et la maison tissaient l'âme du clan. Personne en vérité n'avait jamais quitté ce lieu que pour mourir (comme le père de Moussia l'avait fait, et comme Nina se préparait à le faire). Cela plaçait à ce jour trois générations sous le même toit. Oui, reconnaissait volontiers Moussia, c'était étonnant à première vue, mais cela rendait tout le monde heureux. Disait-elle la vérité ? Voilà bien une chose difficile à démêler. Moussia disait ce qu'elle désirait, et peut-être s'illusionnait-elle. Mais son désir pouvait aussi façonner une réalité à son image. Il y avait du bonheur dans cette maison, certes pas à tout moment, mais assez souvent pour que la porte s'ouvrît sur des rires. Bien sûr il y avait eu beaucoup de voyages dans la vie du gendre et mari, et c'était regrettable pensait Nina ; ce n'était pas la première fois qu'il manquait à demi une fête d'anniversaire et montait dans sa chambre en ne faisant qu'un signe à ses fils. Chaque famille n'a-t-elle pas ses rythmes et ses usages, sa tonalité, ce qui fait son style ? disait Moussia. Elle était de ces personnes conciliantes en apparence, parce que tenant – pour une raison qui reste ignorée – à donner l'impression d'accepter les choses comme elles viennent. S'ils sont contents comme ça... répétait-elle. C'était là sa phrase préférée pour manger une vie qui était loin de se plier à sa seule volonté. Elle souhaitait ardemment vivre dans l'acceptation, oui elle le voulait, mais c'était un échec, elle n'acceptait pas du tout les choses comme elles viennent. Au contraire ! Elle était capable de se révolter contre n'importe quoi. Sans le montrer. Elle était une femme tapie. Toutes ses blessures étaient au-dedans, invisibles et secrètes. Loin s'en fallait que Moussia ne fût toujours heureuse, mais elle n'en soufflait mot. D'ailleurs qui pourrait se targuer de traverser les jours sans une ombre ? disait-elle, une fois encore pour accepter son propre désenchantement. Du moins avait-elle sa vision, et des moments de plénitude où le sentiment naïf de savoir vivre comme on le devait lui procurait une paix intérieure. Elle interrompait alors un mouvement, suspendait son activité pour prendre une pleine bouffée d'air, souriant à toutes les griseurs du temps ou du jour. Cet apaisement était précieux. Elle pouvait être satisfaite d'elle-même : la sagesse lui venait bel et bien avec l'âge. Elle le croyait, en cela luttant contre son tempérament mélancolique. Moussia était par nature émotive et sentimentale, mais il n'y a pas que la nature, la vie avait retissé autour de son cœur : elle était peut-être une sentimentale, mais elle était avant tout une femme qui avait cru mort son petit garçon qu'elle adorait, et imaginé que son frère l'avait tué. On pouvait perdre le bonheur de sa vie en un instant, chaque jour on pouvait perdre un enfant, on pouvait perdre deux enfants en un jour. Cette blessure n'avait pas cessé de se rouvrir et particulièrement ce soir où elle portait d'un seul coup dans son cœur les cent ans de sa mère (qui serait bientôt hospitalisée), la séparation proche d'avec elle. Moussia était dans cette fête au plus obscur, elle se sentait vieille et malade, défraîchie et peut-être condamnée. Que c'était bête de ressasser des pensées aussi banales, et aussi fausses ! Et que dirait Nina si elle entendait sa fille parler de cette manière ? ! Il y a des choses que l'on ne peut pas dire simplement parce que d'autres, qui pourraient vous entendre, auraient bien plus de raisons encore de les dire. Et alors nos propos deviendraient indécents, c'est le mot, et les différences d'âge sont un facteur crucial dans cette délicatesse.

La maison traversait le temps, invincible en son jardin, parvenue intacte à l'âge des zones d'urbanisation et des opérations immobilières. Anachronique, rare à tout le moins, cet espace de verdure dans une banlieue qui se transformait faisait dire aux passants qui en longeaient les murs clos que les héritiers la vendraient à un promoteur. Elle serait aussitôt démolie et remplacée par un immeuble. Cette perspective semblait inéluctable, presque réjouissante parce que logique et équitable, comme si, ainsi que le disait Nina avec colère, un fond de communisme s'éveillait en chacun au spectacle de la richesse d'autrui. Un terrain pareil par ici, cela représentait une fortune. Qui résistait à des millions ? Nous ! disait Théo avec ferveur. Et ils l'appelaient : la maison qui ne sera jamais vendue. Travaillez mes amours ! Travaillez si vous voulez la conserver, disait Moussia à ses fils. Elle ne craignait pas tant les difficultés financières que leurs mariages. Son époux le lui répétait à l'envi : on quitte sa famille, on ne vit pas avec sa mère, nul compagnon à part un fou comme moi ne saurait côtoyer chaque jour sa belle-mère, si extraordinaire soit-elle... Et Moussia savait que c'était la voix de la raison. Quels conjoints aujourd'hui accepteraient de vivre en tribu dans une grande maison ? Estelle peut-être accepterait... Elle avait une adoration pour cet endroit. Était-ce pour cela que Moussia appréciait Estelle ? Non ! Moussia n'était pas si fausse et Estelle avait bien d'autres qualités. Son sourire pouvait conquérir toutes les sympathies. La jeune fille était de celles dont la joliesse, parce qu'elles se croient laides et baissent les yeux, vous capture plus sûrement qu'une tapageuse envie de plaire. Et à cette pensée, Moussia contempla Estelle.

La brochette des trois demoiselles assises devant le feu offrait un spectacle déjà divers dans l'homogénéité de la jeunesse. Fleur, Estelle, Marina, du brun et du blond, de l'insoumission et de l'appréhension, du sérieux, de la frivolité, déjà de la rage, de la douceur bien sûr, de la volonté et de l'abandon, tout cela se trouvait assis, bel et bien rassemblé, cohabitant dans une soirée d'amitié. Marina et Fleur avaient peine à se parler : ne se connaissant pas encore, elles restaient sur l'impression immédiate que créent un physique et un habillement ; par malchance elles n'avaient pas les mêmes goûts. Estelle nourrissait une admiration entière pour Marina qui élevait seule un enfant. Et puisque la réciprocité est fréquente dans les sentiments bienveillants, Marina avait une sympathie évidente pour Estelle. Estelle était si douée, si cultivée ! C'était extravagant d'avoir lu autant de livres à son âge ! Qu'avait-elle fait de son enfance ? Elle avait rempli son monde intérieur et venait aujourd'hui l'offrir aux autres… Chacun de nous pouvait ainsi devenir un sac plein de trésors. Il arrivait que Marina eût cette pensée : que c'était agréable d'admirer ! et d'aimer ! C'était peut-être ce qui faisait marcher la vie et tourner le monde, rien d'autre que cela. Les autres nous sauvent, disait Marina. Et elle pensait : Oui ! ils nous déprennent de nous-mêmes, ils nous égaient et nous apaisent, les autres nous sont un paradis de diversité, et nous découvrons en eux les faces de nous-mêmes qui ne chanteraient pas si nous demeurions seuls. Nous observons en eux les dédales du cours des choses, nous vivons par l'amitié ce que nous ne vivons pas dans l'expérience qui nous est impartie. Je pourrais être savante et fiancée… c'est possible pour une très jeune fille d'être déjà très savante, de faire des découvertes, d'inventer. Voilà ce que pensait Marina en regardant Estelle. Et cette pensée lui donnait des ailes, comme s'il y avait des êtres à côté de qui tout devient possible.

Ainsi Estelle, jeune fille comblée, amoureuse et heureuse, était assise en face de Marina qui avait souffert les tromperies d'un amant et supportait déjà la charge d'un enfant : oui, tout le monde ignorait cette conjonction, mais les deux frères étaient bien à ce point différents que Niels faisait valser les petites amies, quand Théo déjà projetait un mariage. Deux mêmes parents peuvent faire étinceler la vie dans des enfants aussi dissemblables que des étrangers. Et c'est pourquoi Moussia se souvenait d'avoir vécu ses grossesses avec curiosité : elle aurait pu faire dix enfants pour la seule envie de découvrir les visages et tempéraments qu'ils posséderaient. Mais elle n'en avait fait que deux, deux frères d'orage qui avaient entièrement fatigué leurs géniteurs. Il faut tant d'élan en soi, tant de passion énergique pour conduire un enfant vers l'homme ou la femme qu'il promet : Moussia avait donné toute sa sève. Et aujourd'hui ils fêtaient les vingt ans de Théo, et elle prenait la mesure de toute la force perdue sans trouver confident à qui le dire. Il y a réellement des pensées que l'on ne peut livrer à personne. Il fallait s'en accommoder, pensait Moussia, même si c'était un fait auquel on avait peine à croire et sur lequel on revenait toute sa vie, en essayant toujours de s'abandonner, de parler, de délivrer, de révéler. Mais l'on n'enfermait ni les autres ni le temps dans sa poche. Le temps avait filé comme une rivière. Et Niels avait cité ce livre qu'il adorait : « J'avais vingt ans et je ne laisserai personne dire que c'est le plus bel âge de la vie. » Et Théo avait éclaté de rire car il était amoureux, et son frère tout simplement grandiloquent et cynique.

Dissemblables et indissociables, pensait Moussia devant ses deux garçons. Théo était venu s'asseoir à côté d'Estelle, installant Marina sur un petit pouf de cuir brodé, dos à la cheminée ; il tenait dans sa main la main d'Estelle, ce talisman, qu'il caressait doucement. Niels ne s'occupait de personne sinon pour obtenir soutien et assentiment. Il voulait jouer à tout prix, le monde s'effaçait devant cet enfantin désir. On ne pouvait s'empêcher de remarquer ces choses, pensa Moussia, mais à quoi cela servait-il ? Elle n'allait pas dire à Niels d'être doux et attentionné ! Il savait bien comment elle jugeait qu'il ne l'était pas assez, et pouvait-il se changer ? On peut connaître les autres, on ne les transforme pas pour autant, et ils resteront les seuls aptes à initier d'improbables métamorphoses. Moussia détourna ses yeux vers Estelle, patiente, amoureuse, qui aidait Théo à installer les paquets de cartes. Ravissante ! se disait Moussia, avec l'expression contemplative et adoratrice qu'ont devant la jeunesse les femmes maternelles. Ravissante sans conteste ! Il n'y avait pas d'autre mot pour dire la régularité douce des traits de sa future belle-fille, cette iniquité de la beauté donnée ou refusée dans le secret de la génétique ; cette enfant-là avait pris le meilleur de ses parents. Théo lui aussi était un magnifique jeune homme, avec ses yeux verts en demi-lune, sa chevelure blonde, jamais coiffée, à la russe, disait Nina. C'est un réconfort simple pour une mère de savoir que ses enfants, pour entamer le chemin, possèdent d'ores et déjà la grâce. À cette idée Moussia éprouva effectivement une bouffée de paix, puis, tandis que s'épanouissait en elle la certitude de cette réussite-là, une joie, un répit.

Ayant trouvé la règle du jeu, Théo avait entrepris de la lire à voix haute. « *Personnages et Caractères est un jeu de psychologie qui peut engager de quatre à douze joueurs. Pour l'intérêt de la partie, il est préférable que les participants se connaissent un peu. Ou croient se connaître, ce qui revient sans doute au même. Le jeu leur fournira l'occasion de tester la profondeur et la justesse de leur familiarité.* »

3

Ils se connaissaient. Familiers les uns des autres, ils l'étaient. Ils se connaissaient bien sûr sans tout savoir – et ignorants de ce qu'ils ignoraient – comme les parents leurs enfants dans la même maison, et les enfants leurs parents qu'ils découvrent dans la maturité, comme entre eux se connaissent les vieux amis qui ont changé, ou croient se connaître les fiancés aveugles dans leur amour naissant : avec les cachotteries, les mensonges, les comédies et crâneries que l'on se fait, à soi-même et aux autres. Ils se connaissaient mal. Pourrait-il en être autrement ? Ils n'étaient pas transparents, ils se masquaient parfois, ils se fantasmaient, ils se faisaient des idées, ou bien tout simplement se méconnaissaient eux-mêmes et s'ignoraient les uns les autres. N'est-on pas souvent plus indifférent qu'on ne se l'avoue ? Ils étaient traversés de mystères, d'opacités, autant que d'élan pour s'éclaircir à soi-même, se dévoiler à un autre. Ils gardaient jalousement des secrets. Mais, dans le nid de leur amitié, ils s'étaient toujours parlé et jamais séparés.

Ainsi pouvaient-ils, arrangeant ensemble sur une table basse des papiers, des crayons et les cartes à jouer, sourire de connivence en écoutant Théo. Il était à lire l'argumentaire de la notice : *« Connaissez-vous vos partenaires de jeu ? Savent-ils qui ils sont pour vous ? Et eux, vous connaissent-ils ? Quelle image de vous-même leur donnez-vous ? Êtes-vous celui qu'ils croient ? De quoi vous jugent-ils capable ? À quoi s'attendent-ils de votre part ? Êtes-vous étonné(e) de ce qu'ils pensent de vous ? De quoi ne sauriez-vous pas les détromper à votre propos ?... Personnages et Caractères vous offrira à chaque partie l'opportunité de répondre à ces questions.* » Ils pouvaient rire même. Et c'est bien ce qu'ils firent. Cette fois-ci, le principe du jeu étant énoncé si clairement, le rire fut collectif. Voilà ! dit Niels satisfait. Vous savez l'essentiel ! Et il regarda sa mère dans les yeux. Tu vois, ce n'est pas si terrible ! lui murmura-t-il. Je vais enfin savoir ce que vous pensez tous de moi ! dit Claude. Qu'est-ce que tu t'imagines ? demanda Marina. Tant d'égocentrisme l'agaçait. Est-ce qu'il allait donc parcourir la vie sans se soucier jamais que de l'effet qu'il produisait ? Elle n'avait connu Claude que sensible à son image. Toujours à faire le beau devant un miroir, avec son costume croisé prince de galles qu'il portait pour aller en soirée, déjà à l'âge de quinze ans. Et le pire, pensait-elle, c'était qu'il plaisait. Simplement parce qu'il était bel homme, enfin elle-même ne l'avait jamais trouvé beau, mais il était grand et mince, cela suffisait. La bêtise des femmes était réelle, aussi tangible que les baisers qu'elles accordaient ! Je ne m'imagine rien ! dit Claude. Mais ça m'intéresse de savoir comment me voient mes amis. Et Moussia pensa qu'elle ne voulait rien savoir de tel, elle était trop vieille pour cela, il fallait désormais la prendre comme elle était, car elle n'aurait plus la force de changer quelque chose en elle. Et si l'on abandonnait l'idée de s'améliorer, à quoi pouvait servir de connaître le jugement des autres ? Claude Mauval avait été piqué au vif par la remarque de Marina. Elle voyait si juste cette peste ! Étant depuis longtemps le meilleur ami de Niels, il connaissait bien la jeune fille. Il savait cette vivacité qui chez elle, s'exerçant jusque sur les mots, prenait la forme d'une spontanéité entière. Et il détestait cela. Elle était capable de dire n'importe quoi ! jugeait-il. Entre eux s'était posé le bouquet de sentiments étranges qu'apporte le fait de se fréquenter sans le chercher, de s'y trouver obligé par l'amitié d'un tiers : habitude de se rencontrer, familiarité sans sympathie, petites jalousies. Amalgamées dans les hasards, quelques mesquineries faisaient désormais entre eux une rivalité et un secret. Marina était une amie d'enfance de Théo et Claude Mauval était à ce jour seul à avoir deviné quelle passion consommée et funeste lui avait inspirée Niels. N'as-tu pas peur de ce que tu découvriras ? lui disait-elle maintenant et il songeait que c'était le monde à l'envers. Pourquoi aurais-je peur ! Je sais ce que je pense de moi et les autres peuvent se tromper, dit Claude. À ces mots il adressa un regard à Fleur, comme si cette conversation leur était connue et qu'il recherchait l'assentiment de sa compagne. Voilà bien comment on se sort de tout, dit Marina, on se donne raison, on se conforte en soi-même, on se croit le mieux placé pour savoir celui qu'on est. On n'écoute rien de ce que nous disent les autres ! J'écouterai ce que tu me diras, promit Claude. Elle se tut et Claude Mauval fut soulagé d'avoir eu le dernier mot. Ne venait-il pas de prouver qu'il n'était pas têtu ? Estelle regardait par-delà Fleur et Marina, dans la cheminée, l'entrelacs mouvementé des flammes. Les discussions commençaient déjà, se disait-elle dans son for intérieur, et la partie n'avait pas débuté.

Fleur passa dans sa chevelure ses doigts écartés et sembla s'ébrouer sous le regard de son amant : la jolie fiancée ne voulait pas jouer à ce jeu. Son étirement était le mouvement externe d'une contrariété intérieure. Mais elle sourit à Théo et n'osa pas formuler son refus, faisant mine de ne rien comprendre à ce qu'on attendrait d'elle. Comme si le jeu ne la concernait pas, à la manière de ces joueurs qui ne sont jamais à la partie et que l'on réveille du coude quand c'est à leur tour de jouer. Elle dit : Je ne comprends déjà plus rien ! Et cela signifiait qu'elle avait au contraire très bien deviné : Nous allons nous dire des vacheries, je n'ai pas la moindre envie que nous nous disputions ce soir ! Pourquoi faudrait-il ferrailler jusqu'au bout de la nuit au lieu de savourer la succulence d'une simple fête ? Et d'où vient que l'on a ce besoin de parler, de dire des propos qui valent de rester tus ? Mais bien sûr personne ne comprit : car il faut dire les choses si l'on veut être entendu. Je refuse de participer à ce jeu. Voilà la phrase simple qu'elle aurait dû prononcer. Ou bien encore : Je refuse de participer à ce jeu de massacre. Peut-être le pressentiment n'en était-il pas assez évident en elle. Peut-être avait-elle peur de ce qu'elle croyait qu'on lui dirait en jouant, et honte d'en avoir peur, et honte aussi de ce qu'elle savait qu'on lui reprocherait parce qu'elle se le reprochait elle-même. Oh oui ! elle avait de gros défauts ! elle n'était pas sans le savoir et, en plus de cela, elle n'avait aucun courage, ni en face d'elle-même, ni en face des autres ! Et pourquoi avait-elle eu peur aussitôt ? Justement parce qu'il y avait cette lâcheté en elle. S'imaginait-elle être si critiquable ? Oui ! Se jugeait-elle susceptible ? Sûrement, puisque tout le monde l'était. Ou bien craignait-elle les débats et les conflits, les révélations et les agressions ? Aussi. La terre entière se bat, jusqu'à la plus petite unité de la société, les gens se jugent, se bagarrent, se dénoncent – on l'a assez vu –, finissent par se détester. Elle aurait tant voulu vivre dans l'harmonie. Pas de cris ! Pas de commentaires ! De tout cela elle ne souffla mot, pleine de sa lucidité inutile, inquiète comme une biche aux aguets. Pareille à un petit animal, c'était bien ce que pensait Niels qui l'observait (elle, sa victime désignée, que le jeu révélerait et ruinerait, croyait-il) : elle était jolie dans ses couleurs de bruns et d'or, apeurée, mais toujours gracieuse et délicate, finissant – non sans futilité – par n'imposer aucune idée. Elle faisait la bête : à force de se faire plus futile qu'elle ne l'était, elle le devenait vraiment aux yeux de tous. Peut-être pensait-elle que les femmes, pour plaire aux hommes, devaient se montrer ainsi, afin de ne pas effrayer en eux l'envie persistante de dominer. N'était-elle pas pourtant la plus perspicace ? s'amusa Niels. Il ne s'avouait pas encore qu'elle l'étonnait. Il ne l'aurait pas crue capable de cette clairvoyance. À cet instant elle voyait plus juste que tous les autres. L'avertissement, inhabituel, promettait des péripéties intempestives pour une fête d'anniversaire : *Personnes susceptibles s'abstenir*. Les mots étaient écrits plusieurs fois, à l'endroit, à l'envers, en gris, en bleu et en rouge. Personnes susceptibles s'abstenir. Cela fit rire la plupart des commensaux sans qu'ils eussent pu dire ce qui était drôle. Sous le prétexte que c'était un jeu, ils s'amusaient, quand justement il aurait fallu s'alerter. Peut-être à ce moment se sentaient-ils obligés de se divertir ensemble et d'oublier comment on peut se parler avec excès, se dire des vérités, rager et pester, saccager tout un passé d'amical silence, pleurer et jurer, ne jamais pardonner... Seule Fleur ne l'oubliait pas.

Elle ne l'oubliait pas parce qu'elle était inapaisée. Un seul mot avait suffi : révélations. Au cours du dîner, Niels avait dit : C'est plus qu'un jeu, c'est une procédure, une procédure de révélation. L'expression avait ricoché sur l'invisible fracture de Fleur. Personne n'avait perçu en elle le refus, la volte-face, la distance qu'elle avait installée. Elle s'était arrêtée de parler pendant plusieurs minutes. Puis Claude, tourné vers elle, s'était inquiété de ce silence : Ça ne va pas ? Dès qu'elle se taisait, on lui demandait ce qui n'allait pas ! Car elle était acceptée, agréée même, comme une charmante bavarde. Ses amis et son amant attendaient d'elle qu'elle fît la conversation.

4

Fleur dit : C'est horrible, en secouant ses beaux cheveux, et puisqu'elle le fit avec un rire et sa main devant la bouche, les autres ne s'imaginaient pas qu'elle pensait vraiment ce qu'elle disait, et que, le disant, elle aurait espéré arrêter le jeu, rien de moins. Il y a comme cela des gens qui parlent sans que personne ne prenne garde à ce qu'ils disent (et c'est peut-être ce qu'ils désirent sans en avoir conscience). Niels riait, tout le monde se mit à rire, et Fleur éprouva à nouveau gêne et dépit. Elle était décidément quantité négligeable. Et protégée par personne. Elle n'avait pas manqué de voir en effet que Claude riait avec les autres. Pourquoi fallait-il tellement crier pour être écouté ? Est-ce qu'elle vivait dans un monde de sourds ? Où étaient les justes qui entendent une silencieuse supplique ? Comme on peut se mettre à souffrir quand on attend quelque chose des autres ! C'était la pensée qui venait à l'esprit à propos de Fleur.

Fleur Giaspini, la fille du grand juge dont les réquisitoires étaient connus dans toute l'Italie, parlait trop pour être écoutée. On attendait d'elle l'habituelle conversation convenue et légère, elle la faisait. Jamais elle ne brisait le cadre. Puisque sa parole voulait cacher un secret, elle trouvait à cela un aspect rassurant. Elle babillait pour ne rien dire et, de cette manière, ne risquait pas d'être sincère, transparente, ou profonde, ne révélait pas la chose qu'il aurait fallu hurler au monde, l'aveu qui l'aurait enfin déployée : ses lèvres bavaient des mots autour d'une perle noire. Elle était apprêtée, jolie, souriante, tournicotant dans ce qui passe pour la bêtise des femmes et qui est plus souvent leur souffrance, et bavardant volontiers de tout et de rien. Tout et rien : ce qui se répète et s'envole dans l'air quand une douleur incrustée pèse et reste tue. Elle s'étourdissait de broutilles. Au cœur de cette vaste tricherie, livrée à ce que d'autres avaient fait d'elle-même, elle se tenait très droite, et ce maintien donnait l'impression d'une grande éducation. Une grande éducation ! Ce n'était pourtant pas des parents qu'elle avait eus. Qu'est-ce que c'était ? Des adultes à qui elle appartenait. Et qui avaient fabriqué cette poupée malheureuse et secrète. Un fil tendu de ses pieds à sa tête semblait lier en elle la raideur, la conversation, la main dans les cheveux et le sourire. C'était au-dedans une chose mordante, une dévastation, qui tirait sans arrêt sur le fil.

Fleur Giaspini tenait le monde à distance respectable avec un sourire et des mains dans les cheveux, des mains qui s'agitaient autour de son visage, qui se mettaient aussi devant sa bouche lorsqu'elle parlait. Elle avait le charme impénétrable de sa blessure. Les femmes qui n'aiment pas les femmes la jalousaient facilement : elle est maniérée, disaient-elles à propos de Fleur, en se donnant des airs de ne pas l'être. On ne saurait plaire à tout le monde et sûrement pas à ceux qui sont préoccupés de plaire. Fleur respirait en une fraction de seconde l'évidence nocive de ces femmes-là. Mais elle n'interrompait pas son babillage. Jeune fille, elle n'avait pu tenir éloigné d'elle ni l'indifférence d'une mère, ni le désir d'un père. Et cette laideur au plus près d'elle, ses regards où ne s'étaient jamais allumées que la peur et l'envie, la honte ou la perversité, lui avaient fait perdre les mots justes. Tout s'était passé comme si, devant taire l'essentiel, ce qui la tuait, elle n'avait plus jamais su ce qu'elle voulait dire vraiment. Il y a des choses que l'on ne doit confier à personne, lui répétait sa mère. Fleur comprenait : il y a des souffrances qu'il ne faut surtout pas livrer, et l'on ne peut s'en aller vers les autres que dans les bavardages. Lorsque l'on se sent déchue de soi-même, terrassée et piteuse, trop docile, portant le deuil de sa fierté, on ne parle pas de soi-même. Oui, la mère conseillait le vide : souriante la mère, et sourde, et muette, et acquiesçante. Tout sauf une mère, tout sauf nourricière, sauf protectrice. Il y avait une loi sacrée et des gestes interdits, le père transgressait la loi et commettait les gestes, obscènes caresses qui devaient ne pas recevoir de nom. Ils devaient être le silence du corps blessé. Quelle tristesse d'avoir un jardin sans oiseaux ! Je ne comprends déjà plus rien ! Claude ne pense pas ce qu'il dit ! Fleur parlait. Il y a des effusions qui sont des silences.

Et maintenant Fleur ne voulait pas jouer à ce jeu, mais elle ne le disait pas. Plus rien n'avait de nom, toute parole était un futile bavardage, les mots étaient neutralisés depuis longtemps. À tout cela la mère avait veillé. Que savait dire Fleur maintenant, à part des politesses ? Le soubresaut d'un refus explicite, la colère du non, jamais elle n'avait pu les faire jaillir d'elle-même. Pourquoi rire au moment de dire non ? Il fallait se rendre à l'évidence : elle ne savait pas imposer un vrai non. Un non qui ne se discute pas, un ordre qui n'est pas transgressé. Était-ce une habitude ? Fleur pensait : Le passé ne se range pas dans une boîte, ou bien cette boîte n'a pas de couvercle. Le passé en nous se diffuse, se perpétue, nous configure, nous tord. Mon passé, ce joug, cette désolation, ce démenti, un poison qui creuse des trous dans le présent. Ma rage est émiettée, mon élan m'est ravi, j'ai été entraînée à l'écart de la paix, de la beauté, et de la vie. Je n'ai jamais su l'amour, son visage, son regard, ses effets, tout l'or joyeux qu'il fait rebondir dans nos veines et qui nous porte vers la grâce du monde… je n'ai vu que ses complots, ses compromissions, ses perversions et ses manies. J'ai vu le tintamarre du sang et du désir, et l'emprise qu'ils ont sur un père incestueux, et dans les yeux d'une femme, la peur de la force que renferment les mains de l'homme. J'ai vu le regard de ma mère acceptant. Je n'aurai jamais d'enfant... et peut-être ai-je laissé Claude s'approcher parce qu'il ne sait pas venir tout près justement, parce qu'il est occupé de lui et me laisse tranquille, parce qu'il ne veut pas me connaître. Je ne veux pas être connue, décryptée, lue, car tous les mots en moi, qui reposent dans une vase infâme, sont noirs comme la nuit sous une dalle. Je ne veux pas d'un jeu qui réveille les mots. Un mécanisme de génération de commentaires sur les gens ! voilà bien la dernière chose dont nous avons besoin. La farandole de ces pensées courait dans la tête de Fleur, mais sa bouche restait fermée sur un sourire.

Et plus tard Fleur s'interrogerait : Pourquoi ai-je laissé faire ? Pourquoi n'ai-je rien dit ? Pourquoi ai-je participé ? Est-ce là l'épanouissement de ma nature : la passivité ?

5

Tout de même Marina dit : Nous pourrions danser. Il y a si longtemps que je n'ai pas dansé ! C'était la première véritable tentative pour éviter de jouer. Dans le brouhaha des rires, la proposition ne trouva aucun chemin. Assise à la droite de Marina, Moussia dit : Mais oui ! Dansez, bien sûr ! C'est une bonne idée. Nous roulerons les tapis. Elle inspecta d'un coup d'œil le vaste espace offert par le salon. Mais elle ne voulait pas s'engager davantage : elle n'était là que pour faire plaisir à ses enfants, en aucun cas pour se mêler du déroulement de cette fête. Inquiète pourtant de l'agitation de Niels, et déplorant l'emprise qu'il prenait sur son frère, elle avait entrepris de comprendre le principe du jeu avant que ne commence la partie. On ne va pas faire une surprise-partie à six, disait Niels. On ne danse plus quand on est mère de famille ! fit remarquer Claude dans un rire. Et cela provoqua une clameur d'indignation chez les jeunes femmes, Fleur ne sachant plus quel camp rallier, celui de son sexe ou celui de son amour. Elle souffla : Claude ne pense pas ce qu'il dit ! S'excusant en somme pour son compagnon, puisque le lien amoureux nous commet dans des mots ou des gestes qui ne sont pas les nôtres. Comme si aimer le rustre, le rebelle ou le violent était aussi souscrire à ses folies, devenir son caméléon, révéler par l'amour qu'on lui ressemble ou qu'on l'estime.

Moussia tenait dans les mains le paquet des cartes de couleur grise, qu'elle faisait glisser, de la gauche vers la droite, entre ses pouces : sur chacune était inscrite une question dont la forme générale ne variait pas. Voyons un peu, pensait-elle, toute au sérieux de se sentir encore mère protectrice et perspicace, de savoir mieux que ses enfants deviner derrière l'instant les déconvenues et les disgrâces capables de les frapper. « *Selon vous, quelle est ici la personne la plus observatrice ? – Selon vous, quelle est ici la personne la plus provocatrice ? – Selon vous, quelle est ici la personne la plus cultivée ?* » Le mouvement des pouces s'accéléra et les adjectifs défilèrent : « *... la plus influençable ? secrète ? tolérante ? susceptible ? possessive ? narcissique ? sensuelle ? altruiste ? dépensière ? fainéante ? charismatique ? charmeuse ? opportuniste ? imaginative ? rancunière ? agressive ? prévenante ? dominatrice ? impulsive ? sentimentale ?* » La plus sentimentale c'est moi, pensa Moussia, tant il est vrai que l'on ne s'efface jamais de soi-même, que l'on organise autour de soi sa propre compréhension du monde.

« Selon vous, quelle est ici la personne la plus soumise ? manipulatrice ? impénétrable ? trouillarde ? etc. *égoïste ? matérialiste ? maniérée ?... »* Il y avait dans ce tourbillon d'adjectifs de quoi blesser tout le monde, pensa Moussia (en elle la mère nourricière) : ceux qui étaient d'après les autres le plus ceci et ne voulaient pas l'être, ceux qui ne l'étaient pas et voulaient l'être, ceux qui ne comprenaient pas pourquoi ils étaient cela, ceux qui étaient sûrs de l'être ! Quel était donc ce jeu qu'il avait trouvé ? demanda Moussia à Niels. Il lui répéta ce qu'à table il avait dit à Théo : C'est plus qu'un jeu. Elle avait certes compris, il le vit à ses yeux et chercha d'autres mots pour sa mère intelligente. C'est une procédure, dit-il. Et Moussia entendit : C'est un piège. Je n'aime pas ce genre d'amusement, dit-elle à son fils, pourquoi as-tu offert ça à Théo ? Elle avait une plainte dans la voix. Cela duvetait tous ses courroux ; pour ce moelleux elle n'avait jamais été crainte par ses enfants, c'était cela qu'avait aimé Estelle lorsqu'elle avait mieux connu sa future belle-mère. Moussia n'était jamais sèche ni cassante, elle se contentait de déplorer sans acidité, dans une sorte de clémence amoureuse. Oui, elle était presque amoureuse de ses enfants, elle les admirait comme on le fait d'un étranger talentueux. Tu ne sais même pas de quoi il s'agit, dit Niels. Promets-moi que ça ne gâchera pas l'anniversaire de ton frère alors, dit Moussia. Reste avec nous, dit-il, tu verras bien ! Et elle pensa une fois de plus que ce fils-là était brutal, qu'il le serait toute sa vie, et qu'elle-même, sa mère qui l'aimait, prendrait des coups jusqu'à la fin de leur amour. Ce fils-là un jour avait voulu tuer son frère. Elle le pensa dans une fraction de seconde : de nouveau, dans un éclair de temps, cette pensée interdite, cette suspicion qui ne finirait jamais.

Niels pensait tellement à lui qu'il ne voyait pas quel visage détruit avait ce soir sa mère. Je suis fatiguée, lui avait murmuré Moussia à voix basse pour n'être entendue que de lui, je n'ai pas le moral ce soir. Elle se décontenança même au point de confier, encore plus bas : J'ai vu le médecin cet après-midi... Mais l'une des roues du destin s'était mise en marche, une mécanique inéluctable, Niels n'écoutait pas, déjà Théo assurait que personne n'était susceptible, et ils poursuivirent, se promettant au-dedans de jouer sans férocité. Personne ne déteste personne, c'est un bon début... faisait encore remarquer Théo qui avait décidé de faire plaisir à son frère. On pouvait toujours se taire, ne rien dire, murmurait Fleur. Elle parlait à Claude et à elle-même, mettant en mots son intention intérieure. Elle était gracieuse, désirable, et Claude l'embrassa avec une sensualité très apparente qui la gêna, non pas dans le rapport d'elle aux autres, mais dans celui de soi à soi, que l'on entretient au cœur du désir, et qui est comme la définition la plus profonde de nous-mêmes. Pourquoi veux-tu toujours te taire ! s'exclama Claude. Tu parles sans arrêt et tu rêves de silence ! Il se moquait d'elle avec gentillesse. Se taire ! Oui bien sûr elle le pouvait, mais il aimait quand elle parlait. Je ne dirai rien, se promit Fleur au-dedans, sous cette manière de résolutions secrètes que l'on forme en soi-même et qui sont celles que l'on respecte le mieux puisqu'elles sont notre liberté. Elle oubliait alors comment parfois les mots vous poussent sur la langue, les plus venimeux même se glissent entre vos dents et vont piquer celui qui l'a bien cherché. Ne dit-on pas que le silence est d'or ? demanda Fleur, après un silence, à son fiancé. On le dit, confirma Claude. Connais-tu l'origine de cette expression ? dit-elle en lui souriant. Voilà une femme qui savait sourire, pensait Niels en la regardant. C'était un de ses atouts, un agrément plus crucial qu'il n'y paraît de prime abord. Pas du tout, disait Claude à ce moment. Il faudrait regarder dans un dictionnaire. Claude Mauval était de ces gens si sûrs d'eux-mêmes qu'ils ne sont jamais gênés d'ignorer une chose. Fleur pensa : Il ne sait rien. Puis chassa cette pensée cruelle par une question qui l'était moins : Somme toute, que sait-il ? Puis en disant, avec une ironie charmante : Je n'ai pas de chance avec toi, tu ne sais jamais me répondre. Tu as de telles questions ! s'écria Claude. Et c'était sous les yeux des autres comme le premier désaccord dans une harmonie, le germe du désamour dans l'amour. Niels souriait à ce spectacle. Estelle dit : « Seul le silence est grand, tout le reste est faiblesse. » Qui a dit cela ? demanda Fleur. C'est exactement ce que je crois. Et son fiancé eut un rire idiot, un mot d'humour méchant (c'est pour ça que tu parles tout le temps !) que personne ne releva tant il semblait déplacé. Et Estelle dit : Alfred de Vigny. Elle est tout de même extraordinaire ! s'exclama Niels, sa main ouverte désignant Estelle. Scientifique accomplie, et elle nous fait découvrir des citations de nos poètes les plus connus ! Je vous confirme qu'elle l'est ! dit Théo. Et il fit un jeu de mots emprunté à la célèbre antipièce de Ionesco. Et Claude, qui ne le saisit pas, se rembrunit en lui-même sans rien laisser paraître de cette obscurité intérieure qui naît du regret momentané d'être comme on est. Il n'était pas gêné d'être ignorant mais il aurait aimé ne pas l'être. Estelle portait aux yeux la lumière de l'amour partagé. Elle était si jolie ! pensa Niels. On eût dit à cet instant que Niels était capable d'éprouver du désir pour toutes les femmes de son frère, que c'était un destin imparable, un manquement qu'il prenait pour une victoire, un harcèlement dont il faisait une réconciliation. N'était-ce pas seulement qu'il aimait Théo jusque dans ses amours ?

Dans le paquet des cartes rouges, questions Duo, Moussia lisait encore : « *À qui ici hésiteriez-vous à prêter une grosse somme d'argent ? Avec qui ici avez-vous le moins d'affinités ? D'après vous, quel est le principal défaut de votre voisin de gauche ? Avec qui ici pourriez-vous avoir des motifs de dispute ? D'après vous, qui ici arrive le plus à maîtriser ses émotions ? D'après vous, qui ici a le plus beau sourire ?* » Moussia eut un sourire rêveur, ayant lu la question « *Qui a le plus changé depuis dix ans ?* », regardant Niels dans la fixité de ce songe, et puisque Niels ignorait ce que pensait sa mère, il lui prit le paquet de cartes des mains et dit : Maman, arrête de lire toutes les questions ! Tous les gestes de Niels, toujours, avaient été violents.

Niels était emporté dans un remous de jubilation intérieure. Cette sorte de profusion en soi ne se contrôle pas, et bien sûr il n'avait conscience de rien. On peut savoir que l'on se trompe sur soi-même et faire pourtant de cette lucidité une faiblesse : croyant ne pas être dupe, on l'est encore plus. Au-dedans Niels formait de lui-même une image brillante : exubérance et volubilité, drôlerie et impertinence, intelligence et vivacité. Il était celui que ses propres mots amusaient en premier. Une chose est d'être, autre chose de croire être, et une autre encore de paraître. Voilà que l'on peut figurer trois hommes en un, et c'était ce que faisait à ce moment Niels. Jeune homme immature et vantard, il se croyait extravagant, et n'était qu'agité et discourtois. Il fallait la jeunesse des autres pour supporter la sienne. Un bébé ! pensait de lui Estelle. Elle regardait son futur beau-frère : un enfant plus énervé ce soir que ne l'était le fils de Marina qui dessinait dans la pièce à côté (un petit garçon nommé Arthur était installé à une table dans l'alcôve avoisinante servant de bureau).

6

Théo fit remarquer qu'il fallait lire jusqu'au bout pour comprendre. Disant cela, il sentait à quel point l'éducation de sa mère et sa mère elle-même l'avaient façonné. Moussia prenait le temps, Moussia ne décidait pas, Moussia attendait que passât le coup de tête, la première impression, le premier désir... Elle n'était pas une femme paisible ou dépourvue de spontanéité, mais un tempérament qu'une blessure surmontée avait posé et apaisé. Peut-on transmettre cette expérience de l'être ? Théo pensa que Moussia était en lui. Bien plus que Niels, il était le fils de cette femme. Le sang de Moussia coulait dans son sang, il lui arrivait de l'éprouver, son sang était son sang, il portait sa mère ainsi qu'on porte un enfant. Il l'aimait avec une tendresse passionnée, d'une manière sentimentale qui pouvait parfois lui broyer le cœur. Il était sûr qu'elle ne méritait pas moins. Comme elle semblait lasse ce soir ! pensa-t-il en la regardant. Et il pouvait le remarquer parce qu'elle était absente, elle ne prenait garde ni à lui, ni à son regard de fils. N'est-ce pas en effet une règle singulière de la relation aux autres que nous les voyions mieux lorsqu'ils ne nous regardent pas ?

Si quelqu'un, caché dans l'ombre du jardin, au calme derrière l'une des portes-fenêtres, comme on contemple le ballet silencieux des poissons derrière la vitre d'un aquarium, avait ainsi observé les convives, sans être vu, il aurait pu être sensible à leurs gestes et leurs visages, aux plus petites contractions de leurs muscles, à ces étirements distraits, ces changements répétés de position, à tout ce qui malgré eux venait révéler leur impatience de comprendre, ou leur distraction, leur agacement ou leur appréhension, la façon dont ils se montraient présents ou absents dans ce moment, concentrés ou démotivés, passifs ou dynamiques. La jubilation enfantine de Niels, l'anxiété mélancolique de Moussia, l'abdication résolue de Fleur, une bienveillance d'Estelle, la bonne volonté de Théo... sentiments déposés dans ces corps hermétiques si proches les uns des autres et séparés, comme de petites maisons de chair qui croient ne rien laisser paraître des tempêtes qui les agitent. Seul à parler, inattentif à l'impression de confusion qu'il créait, Théo lisait de plus en plus vite, tout mangé par la hâte que s'éclairât la forme de leur future partie : « *Les questions Melo (couleur grise) concernent l'ensemble des joueurs, c'est-à-dire que celui qui répond peut se citer lui-même.* » Théo donna un exemple, prenant celui qui était proposé. « *Pour vous, quelle est ici la personne la plus lunatique ?* » Enfoncé confortablement dans le canapé, tenant à la main un cigare qu'il n'allumerait pas, Claude à ces mots eut un minuscule sourire qui ne monta pas jusqu'à ses yeux. Son visage était lisse et pâle, son front portait un grain de beauté à la place centrale de ce qu'on nomme le troisième œil. Son regard possédait une fixité singulière, qu'il cultivait volontiers, se voulant à ses heures hypnotiseur, charmeur en tout cas, et c'est par cette originalité de surface qu'il avait captivé Fleur. Et quel étrange couple ils formaient maintenant ! Elle, papillonnante, occupée à la conversation frivole, lui assez fat pour son jeune âge, fier de passer au bras d'une jolie femme mais n'ayant pas renoncé à plaire. À plaire en général. Il l'aimait sûrement pour son argent. Il avait toujours été arriviste. Elle n'avait pas les pieds sur terre. Elle babillait mais une partie d'elle-même semblait toujours absente. Ils étaient mal assortis. Il ne la connaissait pas. Le monde de leurs amis pouvait avoir de semblables idées, mais personne n'en avait soufflé mot. Il n'y avait que Niels pour claironner des indélicatesses. Un couple à voir dans dix ans !

disait-il à leur propos, sur ce ton de l'expertise qu'il usurpait avec facilité. S'ils ne se sont pas entretués d'ici là, j'accepterai peut-être de me laisser épouser. Et il riait volontiers de sa blague, avec un contentement simple, certain d'être spirituel et même lorsque personne ne riait. Mais d'ordinaire il se trouvait toujours quelqu'un pour cela. Car les gens s'amusaient de peu. Bon nombre avaient peur de ne pas rire si de toute évidence on attendait cela d'eux. Le résultat était le même : ils riaient, parfois même aux éclats, alors que rien de drôle ne s'était vraiment présenté. Fleur l'avait pensé le jour où Niels avait eu assez peu de finesse pour faire ce commentaire devant elle.

Théo s'était arrêté de lire et personne n'avait encore rien dit. À côté de lui, Estelle se passait sur les lèvres le cercle d'or d'une médaille de nacre qu'elle portait au cou. Niels scrutait les visages, laissant ses yeux courir de l'un à l'autre, dans une sorte de petite euphorie. Le silence réfléchissait. Cela faisait autour d'eux comme un soupir, une pause chargée de pensées : scepticisme, étonnement, effroi, curiosité, amusement, inconscience, des amis qui ne veulent pas savoir dans quoi ils se lancent.

Vous savez tout maintenant, dit Niels. Il abandonnait son visage à un ravissement spectaculaire. C'était l'imminence de la partie, ou bien la fierté d'être celui qui avait apporté le jeu, pensait Marina. C'est horrible, répéta Fleur. Cette fois elle le dit sans simagrées. Et Estelle renchérit : C'est vrai que nous allons sûrement nous écharper. C'est marrant, dit Claude. Marrant n'est pas le mot que j'emploierais, dit Fleur. Lequel choisirais-tu ? demanda Niels. Spécial, étonnant, détonant, psychodramatique ! commença Fleur. En tout cas, dit Théo, comme s'il offrait là une preuve que le jeu n'était pas si malsain (et sauvait son frère de l'opprobre), il y a au moins un point positif, l'esprit du jeu réclame la sincérité des joueurs. Mais ne l'obtient pas forcément ! dit Niels. C'est toujours la même chose, dit Marina, il faut mentir correctement ou ne pas mentir. Marina ! dit Niels amusé. Je ne savais pas que tu t'y connaissais si bien en mensonge. Il me semblait au contraire que tu en avais beaucoup profité, dit Marina. Mademoiselle fait des mystères ? demanda Niels. Ne joue pas avec moi, souffla Marina. Non non, j'ai bien fini, dit Niels, et comme elle voyait les yeux de Marina s'emplir de larmes, Moussia demanda : N'aviez-vous pas envie de danser ? Voilà le maximum de franchise dont elle était capable face à Niels. Pourquoi son fils tenait-il tellement à jouer ? Désormais elle était sûre que ce n'était pas une bonne idée. Je suis d'accord avec vous Fleur, dit-elle alors, c'est un jeu déplaisant. Je n'ai pas envie d'être questionnée, je n'ai pas envie de débattre, pas envie de voter… Dans le manège de l'amour et de la suprématie, Niels était doué pour la manipulation. Il savait que sa mère était heureuse dès que ses enfants l'étaient. Fais-moi plaisir, dit-il à sa mère. Explique-moi alors ce qui te fait tant plaisir dans ce jeu ? demanda-t-elle, je ne comprends pas. C'est que tu n'as jamais joué, dit Niels, c'est une drogue psychologique, une porte qu'on ouvre sur un jardin inconnu, on n'a de cesse de le découvrir. C'est se regarder dans des miroirs intelligents. C'est apprendre de la bouche des autres qui l'on est, du moins qui l'on figure à leurs yeux… Vous voyez bien comme le principe est simple : à chaque tour de jeu l'un des joueurs se pose une question avant de la poser à un autre dont il pense qu'il répondra pareillement. Il ne s'agit en somme que de voir qui connaît bien qui, qui se fait quelle idée sur qui, qui ne ressemble pas du tout à ce que l'on imagine, qui se leurre lui-même… Tout est révélateur : ce que vous répondez, à qui vous choisissez de poser la question, la réponse que vous espérez, celle que vous trouvez, ce que vous dites pour convaincre…

Il expliqua cela en articulant bien, et à demi tourné vers Fleur comme s'il s'adressait plus particulièrement à elle. Pourquoi vers Fleur ? Elle avait plus que les autres exprimé qu'elle était perdue, mais il se moquait qu'elle le fût ou non. D'ailleurs elle s'extasia : Mais alors c'est très simple ! Et c'est Théo plus que Niels qui sembla heureux de la voir enthousiaste. Non, il ne se souciait pas d'elle avec compassion, il se souciait d'elle avec attirance. Et Niels à ce moment commença à savoir une chose qu'il aurait peine à admettre : Fleur agaçait quelque chose en lui. Elle lui plaisait, c'était évident, mais il ne l'appréciait pas du tout, pas plus qu'il ne pourrait l'aimer comme l'aimait Claude. Elle attisait en lui l'envie de la déshabiller, de vivre avec elle une nuit érotique, puis de la rhabiller comme le méritaient les poupées de son espèce. Il n'aurait pu comparer ce désir barbare avec l'émouvant sentiment que devait être l'amour, croyait-il. Et lorsqu'il changeait une femme pour une autre, n'était-ce pas l'amour qu'il cherchait ? Autant de fois qu'il fallait, autant de fois qu'il faudrait, et malgré la réprobation familiale. Moussia était peinée de ce fils qui faisait souffrir les jeunes filles. Elle posait parfois ses yeux noirs sur lui, longuement, sans timidité ni effronterie. Il aurait dit qu'elle lui faisait une supplique et un pardon à la fois : Mauvais garçon ! Que fais-tu ? Regarde autour de toi ! Et alors pour elle il avait envie de grandir. Sa mère n'avait pas idée de ce qu'il ferait pour gagner sa préférence ; alors il ne le faisait pas.

Niels s'était égaré dans sa songerie (Fleur était sexy mais en elle quelque chose d'agaçant vous décourageait. L'idée que ce fût fait exprès ne l'effleura pas) et Théo reprit le fil des dernières explications. Et Fleur demanda aussitôt : A-t-on le droit de ne pas répondre à une question ? Si toutes les questions étaient de cet acabit, la soirée promettait de tourner au psychodrame, pensait-elle. On pouvait l'éviter, en donnant une carte joker, confirma Théo. Mais chaque joueur n'en possédait que trois, une fois utilisées il ne restait aucune échappatoire. Et si l'on ne sait pas répondre ? demanda Claude. On sait, dit Estelle avec un sourire, et on peut toujours dire une bêtise. Elle leva les yeux parce qu'elle avait une idée. Elle dit : On peut aussi tirer ostensiblement au sort un nom, histoire de ne vexer personne. Très malin ! dit Niels à Estelle. Elle restait paisible et douce en toute circonstance, jugea Théo dans son amour. C'était une compagne délicieuse. Il allait lui demander de passer toute la vie à ses côtés, de le laisser la chérir et l'épanouir. Et elle deviendra ce qu'elle est, il ne froissera pas ses destins, et il l'aimera dans ces méandres d'une œuvre faite avec soi-même. Il allait l'en implorer avec tendresse et passion, avec folie et discernement, avec déraison et volonté, et ils s'offriraient ensemble les plus belles épousailles, celles de la chair et du cœur emmêlés dans une transe inexplicable. Aussi était-il ce soir, porté par la grâce de ses vingt ans et de son amour, le plus heureux des garçons, avec la certitude de vivre l'instant d'une décision irréparable et lumineuse. Il portait son sourire comme une décoration, et c'était cela qui irritait son frère. Combien de fois dans sa vie avait-on cette perception de la beauté d'un instant, ou de sa gravité ? Au milieu des autres et de la distraction agitée d'une soirée, le jour même de son anniversaire, Théo voyait cela : beauté et gravité du désir d'amour. Il était impossible qu'il pensât vraiment au jeu, et encore moins à des voies funestes sur lesquelles ils s'engageraient en jouant. Mais quand la question est cruelle, on voudra ne pas trouver de réponse, dit Fleur, ne pas accuser, ne pas blesser. Rien n'oblige à dire la vérité, souffla Marina. Je propose que nous jouions, interrompit Niels, vos objections trouveront naturellement leurs réponses.

7

Ils étaient prêts. Parés pour la profération. Car c'était bien ce qu'ils allaient faire : parler, trop parler, se parler les uns des autres, se révéler comment ils se voyaient, eux-mêmes et les autres, mettre face à face leurs représentations, se tendre des miroirs, partager leurs regards, s'ouvrir de leurs idées secrètes. Que cela pût ensuite déplaire, énerver, blesser, provoquer des drames et laisser des cicatrices, ils n'en disaient mot. L'impertinence, la véhémence, l'impétuosité, la colère, la jalousie, la mesquinerie, les formes multiples de la sauvagerie qui nous habite, déforme nos paroles, nous les fait regretter, ils ne les envisageaient pas. Était-ce distraction de leur part ? Ou bien au contraire s'y refusaient-ils ? Et, dans ce cas, pourquoi se refusaient-ils à ce qui leur eût été salutaire ? Ils éludaient. Après tout, ce n'était qu'un jeu. Voilà la pensée précise qui venait les rassurer au moment de se lancer. Il arrive ainsi qu'un simple mot mis de travers sur une chose nous voile la chose, qu'une catégorie mal appropriée nous emmène démunis et imprévoyants devant une réalité inattendue.

Familiarisés avec la règle, ils se laissaient aller à la joie de maîtriser les objets, les procédures, les personnes. Certains d'avoir saisi la marche à suivre, ils s'apprêtaient à plonger dans l'aventure. Ils allaient se lancer. Quelqu'un allait poser une question et l'on allait bien rigoler (voilà l'idée dans sa forme la plus simpliste). Dans cette imminence, l'instant paraissait vide. Ils attendaient un événement, quelque chose de spécial. Au creux de cette attente, l'espace entre eux était vierge. Ils allaient se dire des choses, pour le moment ils ne se disaient rien : c'était un peu comme si face à un avenir riche le présent semblait vain. Cette vacuité les propulsait sans réticence vers la plénitude que promettait la partie. Fleur elle-même, pourtant persuadée que ce jeu était terrible, sentait ses joues rougir de plaisir. Elle ne pensait pas que le regard de Niels sur elle, autant que le début des questions, faisait monter à son visage cette couleur qui est celle de la joie, ou de la gêne, ou du désir, toujours d'une chaleur en soi qui vous prend et qu'on ne domine pas. Tous alors riaient beaucoup, pour des mots de rien, s'installant dans le rire comme par avance, parce que si l'on joue c'est bien pour cela : avant même de s'amuser, ils siphonnaient le plaisir de ceux qui s'amusent. Chacun tenait à la main un crayon et la petite fiche sur laquelle cocher ses réponses. Chacun attendait que fût posée la première question.

Voilà ce qu'ils avaient décidé : avant de distribuer les cartes-questions, ils feraient un tour pour rien, et cela permettrait de vérifier que tout le monde avait compris. On croit que jouer offre cette chance : essayer pour du beurre, comme on voudrait vivre quelques moments pour du beurre, c'est-à-dire sans que rien ne compte, sans que ce qui a raté ne compte, du moins. C'était pourtant un leurre. Car ils n'effaceraient aucune parole. Ce qui est dit l'a été, et pour toujours le sera. Les mots lancés à haute et intelligible voix sont dotés d'un pouvoir de perforation : ils entrent en nous, nous envahissent, s'installent dans notre mémoire, ne s'en vont plus jamais. Ce qu'ils se diraient ne disparaîtrait pas des esprits. Ou alors il faudrait pour cela qu'ils se disent des bêtises, qu'ils ne jouent qu'avec du faux. Il n'y aurait pas de partie pour rien, parce que la vérité poindrait, qu'elle serait parfois déplaisante, et qu'ainsi tout ferait trace. Niels le pensa. Et il ne douta pas que si l'aventure se terminait mal, c'était sur lui que tomberait l'opprobre. Ne l'avait-il pas cherché ? La première question se devait d'être anodine, jugea-t-il. Il regarda le groupe avec un sourire malin. Plus que jamais décidée à ne rien dire, Fleur serrait ses bras autour de ses jambes, repliée comme une rose en bouton. Tu as froid ? demanda Théo. Elle n'avait pas froid, elle avait peut-être peur, non, elle attendait, elle guettait le commencement du jeu barbare, l'instant de son basculement, l'enchevêtrement des politesses, des compliments et des vacheries qu'il produirait.

Poussée par les mêmes impressions, Moussia se leva. Je vais aller vérifier que ta grand-mère n'a besoin de rien, murmura-t-elle à l'oreille de Niels. Comment s'y prenait-il pour qu'elle se trouvât si souvent en situation de s'excuser vis-à-vis de lui ? Elle savait qu'il savait. Il n'était pas le fils préféré, et il s'amusait de cette mère qui s'en innocentait par tant d'attentions, et qui, de cette façon, n'avait jamais pu l'éduquer. Nina doit certainement dormir à cette heure, dit Niels. Non, Bouchia se couche de plus en plus tard, fit remarquer Théo, elle dit qu'elle somnole trop dans la journée pour avoir encore besoin de dormir. Elle *doit* dormir, dit Niels. Et l'accent fort qu'il mit sur le *doit* ne permettait pas de savoir s'il s'agissait dans son propos de souligner un devoir ou une supposition qu'il imposait aux autres. Il se peut que ce soir elle n'y parvienne pas, souffla Estelle, quand je l'ai laissée tout à l'heure elle a voulu que j'allume la télévision. Personne ne dormirait cette nuit dans cette maison que l'aïeule allait quitter pour mourir, pensait Estelle. Moussia se leva, et puisque Niels ne voulait pas commencer la partie sans elle, ils firent une pause, pendant laquelle Estelle et Marina, comme deux jeunes filles de la maison (pensa Marina avec mélancolie), s'en allèrent faire du café. Pourquoi forces-tu maman à jouer ? reprochait Théo à Niels. Je ne la force pas ! disait Niels. Tu vois bien qu'elle nous tourne autour sans savoir ce qu'elle veut. Elle nous tourne autour parce que ce jeu lui fait peur, dit Théo. C'était de sa part une hypothèse, il n'était pas sûr de ce qu'il avançait, et puisque Niels le vit, il dit à son jeune frère d'un ton péremptoire : Tu n'es pas dans la tête de maman.

Comment se porte votre grand-mère ? demanda Fleur avec une douceur parfaitement recherchée. Elle s'adressait en même temps à Théo et à Niels. Et en même temps que sa question, elle semait ses sourires et ses mains dans les cheveux. Elle avait de jolies dents, remarqua Niels, et une bouche sensuelle, ourlée d'une ligne claire semblable à une cicatrice gracieuse. Comme elle était délicate et courtoise ! pensait son fiancé en la regardant. Oui elle était l'épouse idéale pour un homme qui comptait gagner beaucoup d'argent, faire fortune (Claude aimait particulièrement cette expression), enfin, s'élever dans le monde. Que ce principe d'entraide conjugale ne prévalût plus guère dans leur génération, il ne s'en souciait pas. On appelle cela de la monomanie, ou une forme de myopie qui limiterait le champ de la vision du monde que l'on s'autorise : Claude voyait d'abord son intérêt, une chose d'une certaine façon, de même qu'écoutant la conversation il se moquait bien de Nina et ne pensait qu'à Fleur, parfaite et instrumentalisée. Bouchia a beaucoup baissé ces dernières semaines, dit Théo, reprenant à dessein une formule consacrée. Car les mots tout prêts nous reposent de dire les choses qui nous font souffrir. Et Niels précisa à l'intention de Fleur : Nina entrera bientôt à l'hôpital dans un service de soins palliatifs. On attend qu'une place se libère. Aucun mot n'effrayait ce garçon. Il était ainsi fait qu'il pouvait avec brutalité prendre et donner ce que l'amitié apporte de meilleur : la fraternité et la compassion. Bizarrement c'était cette rudesse franche qui le lui permettait. Il savait dire les choses. Il était sans chichis inutiles, dépourvu de toute frilosité de parole, parfois avec excès. Tu sais ce que sont les soins palliatifs ? demanda-t-il. Oui, dit Fleur. Puis elle murmura : C'est terrible. C'est la vie, dit Niels. Il parlait comme si, sachant toute l'âpreté de la vieillesse et de la mort, il acceptait ce qu'elles étaient d'après lui, ce qu'il en voyait, ce qu'il en comprenait, ce qu'il ne vivait pourtant que par l'intermédiaire d'une vieille dame, mais qu'il aurait un jour à franchir lui aussi, sans savoir comment alors il conduirait cette traversée. Quel imbécile ! se disait Estelle. Un jeune con ! Il n'y avait pas d'autre terme. Sans se mêler à la conversation, la jeune fille écoutait en même temps qu'elle disposait des tasses sur un plateau. Une émotion, comme une vague du sang en elle, naissait dans l'écheveau des phrases entendues et des pensées qu'elles provoquaient. Elle n'avait pas eu le temps de bien connaître Nina, mais elle avait tout de suite aimé cette vieille dame et ses histoires, cette mémoire du siècle distillée par une voix qui roulait les mots dans les petits graviers de sa gorge. On attend qu'une place se libère : on attend la mort d'un vieux. Et ensuite un autre attendra la mort de Nina. Et ce sera la fin de tout un monde, le point final à la persistante poésie d'une femme... À cette perspective les yeux d'Estelle se remplissaient de larmes. Réfugiée dans le service, elle luttait pour que personne ne les vît. Une soucoupe, une tasse, un sucre, une petite cuillère. Qui comprendrait qu'elle fût si émue, alors que Nina ne lui était rien,

rien que la très vieille grand-mère de son amoureux ? C'était autant Nina que l'idée même de la perte qui bouleversaient Estelle. Certains moments de la vie nous donnent à éprouver avec une inévitable précision que quelque chose se termine : ils signent l'achèvement du temps qui les précède. C'est une grande souffrance alors qui vous envahit, pensait Estelle. Elle se le disait très souvent pour une jeune fille de son âge. Sa jeunesse avait d'emblée le sens aigu du temps et de sa fluidité fuyante, le temps libre de filer comme l'eau et le vent qu'on ne mettait pas dans sa poche. Ce n'est pas normal d'avoir ces pensées à vingt ans ! disait Théo, déplorant chez sa fiancée un excès de lucidité qui ne menait à rien qu'à la mélancolie. Mais pouvait-on se changer ! riait Estelle. Elle était ainsi faite qu'elle pensait sans cesse à l'issue. Elle n'ignorait pas la raison de cette torsion en elle. La tristesse de sa mère était tombée sur son enfance un jour d'hiver, et l'avait enveloppée dans une couverture noire, sans qu'alors elle eût conscience du changement de couleur de sa vie. La mort d'un jeune oncle peut devenir un cataclysme pour un enfant qui n'en conçoit pourtant pas l'importance, parce qu'on ne grandit pas impunément dans l'amour d'une mère en deuil. Estelle pouvait se dire Nina va mourir, et le temps de la découvrir est achevé, et l'on mettra ce frêle corps dans une boîte, et ces os fins se déliteront… Et elle savait que Moussia avait de telles pensées. Comment parvenons-nous à surmonter le deuil et la mort de ceux que nous chérissons ? Cette force en nous est aussi inconcevable que la fin de cette force, pensa Estelle. À ce moment Moussia poussa la porte qui séparait le salon du couloir menant aux chambres. Son visage était imperceptiblement bouffi, son nez rougi, le bord de ses yeux gonflé. Elle a pleuré, pensa Estelle en l'apercevant.

Nina dort, souffla Moussia à l'oreille d'Estelle. Et sur le tissu de sa jupe, les mains de Moussia tremblaient. Incroyable Nina ! murmura Estelle. Même ses dernières nuits de vie ici étaient de vraies nuits.

8

Au-dedans, prise dans un ébahissement muet, Moussia tremblait comme avant l'orage un feuillage. Et son cœur, semblable au battant d'une cloche – et qui pareillement cesserait –, frappait sa poitrine. Elle venait de trouver Nina morte sur son lit, le visage renversé dans l'oreiller, la bouche ouverte, les yeux blancs, un peu de mousse au bord des lèvres. L'événement que Moussia avait le plus redouté dans sa vie était fait et advenu : orpheline. Sa mère s'était jetée elle-même dans le trou. Sa mère avait avalé les médicaments dont elle avait tant parlé. Ce n'était vraiment pas une surprise. Il y a des gens qui, toute leur vie, ont ce pressentiment qu'ils trouveront le moment et la force de se donner la mort. Peut-être la forgent-ils parce qu'ils le veulent, ou bien la possèdent-ils d'emblée comme un programme vital. Qu'est-ce que Nina n'avait pas choisi dans sa vie ? pensa Moussia. Voilà une femme qui avait toujours su à quoi et à qui donner sa patience. Elle n'avait pas souvent douté de ce qui lui importait. Sa mort ce soir jetait le dernier éclat de sa liberté. Il lui avait plu de partir au cœur d'une fête, dans la chambre bleue où elle avait donné la vie. Ne puis-je en reprendre une puisque j'en ai donné une... C'était ce que s'imaginait Moussia à ce moment, et, tordant ses mains dans sa jupe, sans prendre garde à l'aveuglement des autres, à une indifférence sereine qui serait la forme de cruauté la plus banale, celle par laquelle chacun pourrait douter parfois de la qualité de son existence dans le cœur des autres, elle plongeait dans des pensées, dans une noyade de l'esprit : la vie se retournait comme un gant, un jour on était l'enfant puni, quelques lendemains plus tard on se trouvait à délivrer des permissions à ses parents.

Meurs ma mère ! Je te l'ai permis. Tu es celle qui peut tout. Tu peux le décider ma mère. Va ! Devance le grand horloger ! Fais-le ! Avance les aiguilles, choisis l'heure, la minute ! Tu m'as remplie d'une force que je ne me connaissais pas. Et je traverse ta mort comme une longue femme effritée qui se rassemble, voici l'ordalie de la maturité, j'accoste vers la vie solitaire sur une terre sans toi. Et tu me mords une dernière fois, tu m'étreins en t'arrachant, tu serres mon cœur avec ta sauvagerie de mère libre, tu me serres et m'abandonnes en laissant ton empreinte.

Est-ce que je vais parler à ma mère toute ma vie désormais ? se demanda Moussia. Est-ce que j'existe sans le regard de ma mère ? Ai-je plus de liberté sans ses deux yeux sur moi ? Mon fils a vingt ans, ma mère avait cent ans, et je me tiens debout sous cette soudaine crue du temps. Quel souvenir me fera cet anniversaire ! souffla-t-elle à Théo, mais il n'entendit pas, personne n'entendit. Elle avait parlé très bas, peut-être même au-dedans. C'était une manière de mettre ce moment à distance, de se projeter dans l'avenir. Elle n'annoncerait rien ce soir. Elle attendrait le matin. Nina avait compté sur cela. S'en aller pendant la fête mais ne pas la gâcher.

Je propose que nous jouions, vos objections trouveront naturellement leurs réponses, dit Niels. Moussia fit comme les autres : elle acquiesça. Se taire, on ne peut souvent pas faire mieux que se taire, c'était une pensée désespérante à avoir, comme si apprendre à vivre en société était une démission. Moussia avait les yeux pleins de larmes à l'idée de sa mère perdue, Nina seule là-haut dans sa chambre, avec ses jambes toutes bleues, son corps enfermé dans un millier de plis, et son ventre comme un ballon. Pouvait-on effacer une image pareille, se laisser distraire par le réel, restaurer en soi le sentiment de la vie ? Tous ici la croient vivante. Mais elle est bel et bien morte. Ma mère est morte. Je viens de perdre ma mère. Il y a en nous des phrases qui nous immolent. Ce ne sont même pas les autres qui nous les disent. Notre peine nous les susurre, elles sont incrustées, comme une rage de dents, ne se laissent pas oublier un instant, et nous finissons par nous les répéter nous-mêmes.

La jeune femme blonde avec ses nattes, qui tout à l'heure avait proposé de danser, acquiesça aussi : Marina avait écouté la règle du jeu et montrait maintenant un empressement à commencer. Il s'agissait plus de nervosité que de plaisir. Elle aurait pu s'impatienter, dire On commence oui ou non ! Elle était seulement aux aguets et prête à jouer dès qu'on le lui demanderait. Elle pouvait apercevoir son fils, installé à un petit bureau, sagement occupé à faire des dessins. Mais l'enfant en aurait bientôt assez, et lorsqu'il se lèverait, peut-être serait-il fatigué et capricieux, ou bien voudrait-il sortir dans le jardin alors qu'elle le lui avait interdit. Bref elle n'avait pas beaucoup de temps devant elle, il lui faudrait s'occuper d'Arthur et sans doute le ramener se coucher. Mais elle n'osait pas dire qu'elle était pressée, car elle était la seule ici à avoir un enfant, un enfant qu'elle n'avait pas désiré, ils le savaient tous, un accident (ainsi qu'on le dit non sans bizarrerie) de la vie ou de l'amour. Et puisqu'ils n'étaient pas encore des parents, ils ignoraient qu'à peine né un enfant ne reste pas dans l'esprit de sa génitrice l'accident qu'il avait été en même temps qu'il était encore invisible, intouchable, et porté comme un fardeau. Moussia le savait. Beaucoup de mères savent jusque dans les doigts comment l'émotion de la naissance surpasse celle de la conception : Moussia avait pu le voir lorsque Marina et Arthur étaient arrivés. Elle avait dit : Marina, vous êtes très en beauté, comme toutes les jolies femmes que la maternité épanouit. J'ai connu ce moment d'harmonie, et je suis émue maintenant de le contempler chez une amie de mes enfants. Cette parole spontanée d'une femme à une autre avait posé sa paix sur Marina.

Sous prétexte de bien mélanger les cartes-questions, Niels fit ce qu'il avait prévu. Il choisit une première question qui ne causerait aucun dommage et avait le mérite de tomber à propos. Alors ! dit Théo, je fais comme si c'était moi qui venais de choisir cette question dans mon jeu. En silence il lut la question, répondit sans hésitation, cochant sa grille, suspendit ses gestes pour réfléchir et dit : C'est à Fleur que je vais la poser. Et ce disant, il lut, au milieu d'un silence motivé, la carte qu'avait préparée son frère. « *On vous offre un cadeau qui ne vous plaît pas, vous dites :* a) *merci, ça me plaît beaucoup,* b) *c'est gentil d'avoir pensé à moi,* c) *peut-on l'échanger ?* » Aussitôt Fleur demanda à Théo s'il avait été ce soir vraiment heureux de ce cadeau. Et tous s'emportèrent : Interdit de poser des questions !

J'ai fini, dit Fleur. Elle avait noté sa réponse. Ils firent tous deux part de leur choix. Réponse *b*, dit Théo. Même réponse, dit Fleur. Ils rirent, ils étaient contents. Quand on est d'accord, c'est vraiment simple, remarqua Moussia. Et Marina demanda : Si les deux joueurs n'ont pas donné la même réponse, chacun d'eux peut-il comme les autres joueurs jeter un défi ? Tout à fait, répéta Niels. Puis il résuma : Tout le monde, à tout moment, quelle que soit la configuration des réponses, peut lancer le débat. Le visage de Moussia exprima à cet instant un épuisement complet, mais elle regardait ses mains sur sa jupe (le dos en était couvert de petites taches brunes, et jamais elle ne les avait remarquées auparavant), si bien que personne ne put voir ni son visage ni cette lassitude.

OK ? demanda Niels en guise de conclusion. Tout le monde a bien compris ? Alors nous commençons. Je vais distribuer les cartes. Si maman ne joue pas, ce sera à Marina, qui est à ma gauche, de parler la première. Marina sourit, un peu plus que les autres ; dans la ribambelle des gaietés que soulevait le début de la partie, voilà que c'était son tour d'être l'héroïne.

9

Sous les regards amusés qui l'attendaient, Marina étudia son jeu. Le bout de son index droit glissait d'un coin de carte à un autre, avec une sensualité née de l'inattention dans laquelle elle faisait cette caresse, pour à la fin extraire une carte bleue, d'un geste vif, décisif, qui coupa net l'impression de rêverie et d'abandon qu'elle avait donnée l'instant d'avant. Et Marina lut la question : « *Si vous étiez un objet du quotidien, ce serait :* a) *une horloge,* b) *un matelas,* c) *une soupière,* d) *un billet de banque.* » Tout le groupe eut un rire heureux, celui du soulagement après la tension, ce rire que l'on a après avoir joué avec le feu sans se brûler. C'est une jolie question, dit Moussia. Originale, dit Fleur.

Tout se passe très bien ! dit Théo. Nul n'aurait pu savoir s'il s'agissait de sa part d'une simple constatation ou au contraire d'une appréhension qui se signalait discrètement, d'étonnement, de plaisir, ou de tout autre chose qu'une référence au jeu. Peut-être par exemple était-il en train de noter que sa mère semblait aller mieux. Elle avait été très pâle tout à l'heure, d'un seul coup. Et maintenant, avec la chaleur du feu, le rose revenait à ses joues. Elle semblait toujours avoir l'esprit ailleurs, mais moins affaissée, moins inquiétante. Les blessures intérieures se cachent fort bien derrière la santé. Ainsi la force dont nous faisons preuve nous prive des consolations extérieures. La bonne mine que le feu donnait à Moussia rassura son fils et l'éloigna. Le jeu se poursuivait. Moussia lut : « *Vous ne supportez pas les gens :* a) *vulgaires,* b) *prétentieux,* c) *mesquins.* » Que répondre ? Ces trois défauts étaient évidemment détestables. Je te pose la question à toi, dit-elle à Niels. Note d'abord ta réponse, dit-il. Et la confiance ? protesta Estelle. Pas de confiance, dit Niels. Moussia obéit, elle inscrivit un *a* dans la colonne Ego. Et s'amusa de son fils qui la connaissait bien, car elle aurait triché sans l'ombre d'un remords, elle aurait changé sa réponse pour la faire coller avec celle qu'il donnerait.

Vous voyez ! dit Théo. On gagne lorsque l'on connaît bien ses partenaires de jeu. Et une partie où l'on est d'accord est une partie paisible, dit Fleur.

Sous le prétexte de rejoindre son mari, Moussia s'en alla vers le couloir et les chambres, grande fée de la maison, dans ses jupes de velours qui lui battaient les jambes comme la mer un rivage. Maman semble inquiète, hasarda Théo. Il parlait à son frère devant les autres. C'est toi qui l'es, dit Niels, et ce n'était de sa part ni indifférence ni méchanceté, il le pensait, car, inquiet, il l'était lui-même. Estelle dit : Nous le sommes tous. C'est vrai, dit Niels. Mais ça ne changera rien à la mort de Nina. Un jour il faut plier bagage. Il avait aboyé ces mots (ou bien ces mots étaient-ils trop cruels pour être dits autrement qu'à voix basse), comme s'il était sur le devant d'une scène, devant la gorge obscure de la salle, où le public, tapi dans sa quête et son admiration, écoute les acteurs du spectacle. Niels en réalité faisait son intéressant devant Fleur. Ce manège n'échappait à personne, tous connaissaient son besoin de plaire et de séduire. Il était pardonné parce que coutumier du fait. Cela arrive. Plus délicat était d'accepter la brutalité de sa pensée lorsqu'il parlait de sa grand-mère. Le silence tomba. Estelle dit : Tu n'es pas sentimental comme garçon. Et il y eut un débat sur la sensibilité des garçons où l'œil d'un observateur sans passion eût pu discerner une souffrance chez Marina. Mais les répliques passèrent et avec l'attention que chacun accorde aux mots, l'inattention qui reste pour l'invisible.

C'était au tour de Fleur. Qui riait, mettait sa main dans ses cheveux, puis devant sa bouche, pour réfléchir, agitée. Son désir de légèreté, l'idée qu'elle avait d'exister sans peser, de sourire résolument, d'acquiescer, d'éviter de se singulariser, cette envie de se fondre sans aspérité dans le bain des autres, étaient embarrassés par ces questions, et malmenée cette discrétion en elle qui confinait si bien au secret qu'aucun de ses amis n'en avait même idée. Marina avait senti d'emblée une antipathie pour ces manières. Elle regardait maintenant la bague de fiançailles qui jetait des feux jusqu'au plafond lorsque les doigts de Fleur se promenaient dans sa coiffure. Les objets nous jouent des tours, ils sont bavards et parlent de nous à ceux qui, ne nous connaissant pas, ne comprennent pas ce qu'ils disent. Ainsi un bijou précieux élaborait dans l'esprit de Marina une idée fausse de Fleur. Petite fille riche, disait le bijou, petite fille gâtée, jolie fiancée heureuse. Il est si facile de croire au bonheur des autres, et si difficile d'y faire face avec générosité lorsque l'on est soi-même malheureux, que Marina sentait la mélancolie et l'envie l'altérer.

Pas plus que les autres Fleur ne lambina. La politesse exige un conformisme : elle se dépêcha pour ne pas se faire remarquer. Sous les regards conjugués de ses partenaires, elle lut dans un amusement gracieux : « *La principale qualité que vous attendez d'un ami c'est :* a) *la disponibilité,* b) *la franchise,* c) *la complicité.* » J'attends tout cela ensemble, pensa Estelle. Mais Fleur choisit d'interroger son fiancé. Qu'attendait Fleur ? Qu'attendaient les femmes ? se demandait Claude Mauval, croyant par là accroître ses chances de découvrir la réponse, car Fleur figurait à ses yeux une vraie femme. Si quelqu'un lui avait demandé ce qu'il entendait par *vraie femme,* sans doute eût-il été bien en peine de répondre, mais l'expression pourtant avait une présence féconde et rassurante dans sa réflexion, elle résonnait en lui. Les femmes, pensa-t-il, n'attendent pas la franchise. Personne d'ailleurs ne l'attend, ce jeu en donnera la preuve. Personne n'espère vraiment du franc-parler pur, mais tout le monde prétend le faire. Je ne suis pas plus avancé, pensa Claude Mauval. Mais Fleur ? se dit-il pour rendre les choses plus simples. Il y avait ainsi dans sa pensée un aller-retour apaisant entre une femme et les femmes. Alors ? s'impatienta Niels. Et procédant par élimination, Claude donna une réponse qui n'était pas celle de Fleur. Ah ! fit le chœur des autres. Voilà les amoureux qui ne sont pas d'accord. Il y eut un silence empli du petit bruit de choses que l'on bouge. La porte du couloir s'ouvrit. Moussia entra, demandant la permission de revenir dans le jeu, son visage rougi par des larmes qui attendaient derrière ses yeux.

Théo pensa que ses parents avaient dû se quereller. Il gardait quelques souvenirs de scènes de ménage, sa mère avait alors ce même visage rougi et gonflé. Son père demeurait impassible, clos, toute émotion enfermée dans le coffre-fort de son crâne. Théo avait eu à pardonner au-dedans de lui cette indifférence d'homme à la tristesse maternelle. Chaque couple a ses registres, pensa-t-il. Et à cette idée il s'empara de la main d'Estelle, l'amena sur sa cuisse et la serra à lui remuer les os. Mais elle ne cria pas, elle eut un rire adorable et murmura : Tu me fais mal. Pourquoi les gens ne savent-ils pas se parler gentiment ? pensait Théo quand cette douceur naturelle l'emplissait de bonheur.

10

À ce moment du jeu, dans le commencement méthodique qui imprimait aux réponses de la délicatesse, un principe de précaution prévalait encore, l'harmonie était intacte. Réserve et politesse n'avaient pas cessé d'accompagner l'amitié. Mais cette réussite grisait les joueurs. Ils ne se disputaient pas, et pour cette raison allaient bientôt se disputer. Le plaisir d'échapper au danger conspirait pour ramener le danger. On se délure souvent de cette manière, au fur et à mesure que diminue l'appréhension, on baisse les armes, la vigilance s'interrompt, et l'on se fait, sans y songer, plus vulnérable d'être sans effroi. Le succès agissait comme un alcool : ces devinettes étaient délicieuses, mais non on ne provoquait aucun drame, on se connaissait bien et se tromper n'avait aucune importance...

Théo eut vite fait de choisir une question. Je me lance, dit-il. Il entendait par là : j'entre dans un territoire plus dangereux de notre conversation. Le rire gai de Marina picota le brouhaha des commentaires, c'était sa tendresse pour Théo qui lui faisait sauter le cœur. « *D'après vous, qui, au cours de ce jeu, est capable de tout arrêter si une réponse ne lui plaît pas ?* » Voici la question que Théo posait maintenant à son frère. Personne n'imagina que cela provoquerait une querelle. Le visage de Fleur souriait dans l'écrin mousseux de ses cheveux. Estelle enamourée ravissait Théo. Marina enroulait la boucle de sa natte autour de son index. Les images rêvées de la féminité agrémentaient ce moment, comme si les masques étaient portés que les hommes aimaient à lui voir. Aussi bien, dans son rôle, mère précautionneuse, Moussia attendait devant ses deux fils la fin d'une discussion qui s'envenimait. Paisible en apparence, le teint plus rose – qui avait rassuré Théo –, elle était en réalité affaiblie par ses secrets, chahutée dans l'avenir triste dont, par pudeur et courtoisie, elle taisait la persistante évocation. Moussia était peut-être de ces femmes chez qui tout est caché, la vitalité et le désir, la mélancolie, la pensée, et qui ne montrent jamais que le versant de tranquillité qui existe dans tout abattement. Elle avait l'esprit très occupé par son mensonge. Votre grand-mère dort. Nina dort. Elle avait été capable de prononcer cette phrase. Qu'il s'agît d'un dernier sommeil faisait-il de cette phrase un mensonge ? Nina reposait. Nina se reposait. Les deux phrases n'étaient pas si différentes, et tout le monde aime jouer avec ou sur les mots. Il y avait tant de vie dans cette maison, comment aurait-elle pu ce soir y porter la mort d'un coup, d'une phrase, en pleine conversation ? Le jeune Arthur appela Marina : Maman ! regarde mon dessin ! Magnifique mon amour ! disait Marina. Comme il est mignon !

s'extasia Estelle. Il n'y avait dans l'air que mots et rires légers de toutes ces femmes, amantes et mères. Puisque l'ambiance était au jeu, quoi de plus normal ?

Malgré tout, les jeux de mots ne font pas rire tout le monde et il y a souvent un dindon de la farce. Les remarques les plus anodines décontenancent celui qu'elles concernent. Un mot lâché avec humour vient désarçonner celui qui était si bien posé sur ses certitudes. Que disait-on ? Avait-il bien entendu ? Quelqu'un pensait cela ? Quelqu'un avait un jugement de cette sorte ? Les paroles déçoivent, de près ou de loin, en dévoilant la vision toujours trop critique entretenue par un autre, dans le secret des idées qu'on se forge au-dedans, seul, en observant, en écoutant mais ne disant rien, de sorte que personne ne sait ce qui est imaginé, réprouvé, apprécié ou déjugé. Tu me trouves susceptible, comprenait Niels en entendant Théo. Et il s'emporta. Il ne voulait pas être qualifié. Susceptible, il ne l'était pas. Cette accusation était fausse. Ce n'était pas une accusation ? Allons bon ! Son propre frère se permettait de le juger, et de surcroît se trompait. Allait-il le laisser dire sans se défendre ?

Les mots sont des poings. On peut se les envoyer à la figure. On les prend en pleine gueule. On est mentalement KO. À peine proférés, ils déchirent les images dans lesquelles nous sommes blottis, froissent les idées que nous habitons. On n'a pas assez la certitude du mal qu'on fait avec des paroles, pensait Fleur dans son silence. Elle souriait. C'était toujours cette résolution qu'elle avait prise : quoi qu'il arrive, sourire. Même si un drame se joue dans votre propre maison, sourire. C'est-à-dire appeler en premier le sourire de l'autre, ne risquer d'encourir ni sa pitié ni sa colère, avancer masqué en croyant à son masque. La politesse était à Fleur une issue et un secours, depuis si longtemps qu'elle souriait maintenant sans s'en rendre compte. Ne les regarde pas avec ce sourire ! lui dit son fiancé. Je ne souris pas, dit Fleur. Puisqu'il n'avait pas commencé de connaître sa future épouse, Claude Mauval déplora avec distraction qu'elle ne sût pas ce qu'elle faisait. Mais les frères se moquaient bien du sourire des autres, ils se parlaient, se ressemblaient, se disputaient. Séparés par la longueur en diagonale de la table basse où étaient posées les cartes à jouer, ils étaient assis sur les canapés, gesticulant au-dedans, le climat intérieur en tempête, les bras l'exprimant par de grands gestes, symétriquement les mêmes, comme s'ils s'étaient mimés l'un l'autre (mais il n'en était rien) de sorte que l'on savait en les voyant qu'en eux coulait le même sang. L'aîné cherchait l'affrontement quand le cadet, en dépit de sa franchise initiale, espérait l'éviter. Ne dramatise pas ! Si tu le prends comme ça je retire tout ce que j'ai dit, disait Théo. Trop tard, tu l'as dit ! disait Niels.

Ces deux-là s'aimaient mais ne savaient pas se le dire, songeait la mère devant ses fils. Aurait-elle pu penser autre chose qui fût moins banal ? Par exemple : ils se détestent. Non. Juste ou erronée, cette idée-là était inaccessible à Moussia. Elle en avait pourtant autrefois conçu une bien pire, qui émergeait à intervalles réguliers dans son esprit, comme une baleine monstrueuse, et qu'elle chassait résolument. Moussia était de ces femmes qui, ayant vu s'ensevelir leur mariage, cheminent debout grâce à la certitude qu'elles ont d'avoir du moins réussi leurs enfants. Et cela parfois sans savoir dire le moins du monde ce que pourrait signifier *réussir ses enfants*. Moussia quant à elle était capable d'expliquer ce qu'elle entendait par là : comment s'y étaitelle prise ? elle avait en tout cas donné à ses fils la confiance en soi, non pas sous les formes impures de l'orgueil ou de l'amour-propre, mais comme le fondement de la force intime, comme la carène inaltérable d'un bateau. Elle pouvait ainsi justifier sa fierté : les garçons avaient de l'élan pour vivre, l'appétit d'entreprendre, une confiance dans le génie de la vie. Ils étaient à l'abri des fantasmes archaïques, ceux de la perte du monde et de soi-même : ils étaient sûrs d'exister. Ils en seraient toujours sûrs, car c'était une chose que l'on acquiert pour la vie et dont elle partageait la vibration avec eux.

Auprès de ses fils, Moussia avait épanoui les grâces des mères comblées, celles à qui l'éducation des enfants procure plus de joies qu'elle ne réclame de sacrifices ou d'efforts. Mais chacun des deux enfants n'avait pas fait éclore en elle les mêmes fleurs. Elle avait la tendresse avec Théo, et le plaisir d'admirer avec Niels. De celui-là elle avait une peur singulière, irraisonnée, une peur de coupable. Elle s'obstinait cependant à mettre ses deux fils dans le même sac en répétant avec naturel : j'ai engendré deux bâtisseurs. C'était une réussite en soi, une chance. J'ai mes fils, disait-elle volontiers, quand on la plaignait de cet époux toujours en voyage. Pourquoi ne pas l'accompagner de temps en temps ? J'ai mes fils. Quelle bonne pensée c'était là ! Elle n'aurait pas eu le courage de sa vie, si toute cette vie avait été un échec privé de ce réconfort. Au moins, j'ai Théo et Niels. Les mauvais jours, il lui arrivait de le dire à voix haute. Que connaissait-elle d'eux pourtant ? Pouvait-elle avoir idée de ce qu'ils avaient dans la tête ? Les rêves, les vastes désirs, les doutes d'un jeune homme, qu'en savait-elle ? Rien, pas la moindre parcelle de certitude. Jeunes adultes, ils avaient cessé de se confier à elle, plus pudiques, délicats, posant des questions sans se raconter. Quoi de plus normal ? disait Luc. On ne raconte pas sa vie à sa mère ! Moussia regardait son mari : comme cet homme-là était dur, une force qui refusait la nostalgie et les regrets, les attentes et les complicités, qui ne s'apitoyait sur rien. Accepte que je ne sois pas comme toi, lui disait-il. Qui avait raison ? Il ne fallait pas se poser cette question. Il fallait cesser de croire qu'il existait une réponse. Tout le monde avait raison. Chacun faisait ce qu'il pouvait. Et que les redresseurs de torts aillent se rhabiller ! disait Luc. Il parlait, mais il ne s'approchait plus d'elle, il ne la touchait jamais, même pas ce geste d'une main qui serre le haut d'un bras, il envoyait les mots comme des chevaliers noirs maintenir l'exacte distance entre elle et lui : époux encore, parents dans la même maison, mais pas amants. Elle était désolée de ce qui la séparait de Luc. Sommes-nous si loin d'un autre, si isolés, si différents ? se disait-elle certains soirs. Et où sommes-nous dans ce cas, dans quel désert ?

Il y avait de cela quelques jours, Nina avait répondu à cette question. Nous sommes dans le désert de la méconnaissance, avait dit la vieille dame à sa fille, et c'est pure folie d'attendre des autres qu'ils nous comprennent ou, pire encore, qu'ils nous connaissent. Comme si devant le dernier pas vers l'absence, elle avait renié toutes les présences. Oui, Nina avait claironné tout le contraire de ce qu'elle avait cru dans sa vie, pour préparer sa grande enfant à la séparation : Nous sommes de parfaits inconnus les uns pour les autres, même toi et moi, quoique le même sang coule dans nos veines, quoiqu'un lien de chair, un jour d'enfantement et cent souvenirs de bonheur nous attachent, nous sommes séparées, enveloppées dans des corps séparés, et le miracle est ainsi que je puis choisir de mourir sans pour autant te donner la mort. Nous sommes capables de vivre les uns sans les autres. Bien sûr nous croyons le contraire, nous implorons de tout partager, nous feignons d'y croire, nous nous coulons les uns dans les autres, mais c'est une comédie, la comédie de la vie. Je l'ai tant jouée ma fille, et tu es la plus belle chair que j'ai embrassée. Et si Moussia avait bel et bien protesté, elle n'avait pas eu gain de cause : Ne sommes-nous pas vivants les uns pour les autres ? demandait la fille à la mère. Dédiés les uns aux autres ? Enchevêtrés dans la confusion des sentiments ? C'était une supplique, une injonction d'amour, mais qui n'avait pas décontenancé Nina. Pas pour l'éternité en tout cas, avait froidement répondu la vieille dame, car elle en faisait aussi la découverte. Voilà ce qu'elle avait dit à sa fille. Et maintenant laisse-moi. Et Moussia avait pleuré comme une enfant dont la mère se sépare, parce qu'à cet instant voilà ce qui est bon pour elle. Alors Nina avait pensé que les adieux étaient faits et qu'elle n'aurait pas à mourir à l'hôpital.

Tu as dit que j'étais susceptible, dit Niels. Eh bien alors ne le sois pas et donne-moi tort ! dit Théo. Pourquoi se disputent-ils ? déplorait Estelle. Que la compétition existât jusque dans l'amour, c'était un fait que tous les amants niaient, mais dont beaucoup faisaient l'épreuve. Et pareillement les frères et sœurs qui poussaient ensemble, comme les fleurs d'un même jardin, subissaient les forces de lutte, de domination et d'appropriation, au cœur du brouhaha de la famille. Alors comme ça tu me regardes ? C'est un spectacle ! Dans les moindres interstices d'une relation aimante se glissaient des rapports de force. Ils entraient par toutes les portes dérobées des êtres, par là où le cœur a perdu confiance, par là où il y a de la honte, et aussi par là où, se croyant sans espoir, les aspirations les attentes amènent la jalousie, l'envie, l'imitation, l'admiration. Les rapports de force sont comme trois petits graviers dans une sandale : gênant la marche mais ne l'arrêtant pas. Ainsi avaient-ils irrité la fraternelle cohabitation de Niels et Théo. Depuis la naissance du cadet, l'aîné avait éprouvé l'irrépressible obligation de surpasser son frère. Et le cadet avait occupé l'espace laissé libre par l'aîné, développant les qualités que ce dernier n'avait pas. De là que Théo fût capable, à ce moment de la conversation, de garder un calme qui faisait défaut à Niels. Théo regardait croître un emportement auquel il restait étranger et cette distance nourrissait encore cette colère. D'invisibles fils nous lient de cette manière les uns aux autres. Nos mouvements de cœur, nos humeurs, nos gestes mêmes, se déduisent les uns des autres en une détermination secrète, une influence réciproque indéfectible, un face-à-face perpétuel. Sommes-nous seulement ce que les autres font de nous en étant avec nous ce qu'ils sont que nous faisons d'eux ? pensait Théo. La victime et le bourreau, l'amant et la coquette, l'amante et l'amoureux marchent ensemble dans le tourment des jours, et ne se dégagent de leur rôle qu'à la faveur d'un orage. Était-ce un cataclysme que Niels escomptait provoquer en jouant ? Car il avait espéré quelque chose, c'était une chose certaine, on ne proposait pas un tel jeu sans avoir une idée derrière la tête, ou alors on était un imbécile et Niels n'en était pas un, non !

Des deux frères, Niels seul avait accès à la part noire de son amour fraternel. Toute la lucidité de cette relation lui appartenait : la jalousie était de son fait. À l'âge où Théo était devenu une voix dans la famille, Niels, dans le secret de lui-même, avait su qu'il en était agacé. Oui, il éprouvait une irritation, une impatience, à entendre son frère avoir un avis, le donner, et être écouté. C'est alors qu'il avait compris à quel point il lui semblait naturel d'être le meilleur, celui qui sait mieux et plus, celui qui réussit tout ce qu'il entreprend. Il en avait conçu de la honte sans pouvoir se corriger. Comment élucider les racines et les causes d'une nécessité de dominer celui qu'on aime ? Comment révéler ce qui en nous est capable de nous désapprouver ? Et surtout quand les autres conspirent contre vous en ayant une mémoire.

Je te rappelle que j'ai failli mourir à cause de toi, disait Théo, partagé entre un sourire narquois et une tristesse qui ignore ce qu'il faudrait penser. Mourir... tout de suite les grands mots ! dit Niels. Ça n'est pas vrai peut-être ? demanda Théo. C'était un accident, dit Niels. Il y avait dans sa voix la souffrance d'un regret inexpiable. Mais c'est arrivé, dit Théo. De quoi parles-tu Théo ? dit Estelle. Tu ne m'as jamais raconté ça ! Le jeu était à ce moment autour d'une autre question posée par Théo à son frère : « *D'après vous, qui serait capable de tuer quelqu'un ?* » Je te le raconterai plus tard, dit Théo à sa fiancée. Mais que pourrait-il bien dire ? Que s'était-il passé d'ailleurs ? Théo ne l'avait pas su. Personne n'avait voulu le lui narrer. Toutes ses questions avaient rencontré un flot de silence. Il n'avait pu que plonger en lui, dans la mémoire de sa propre chair immergée puis sauvée. Ensuite il avait enfoui, dans ce recoin inaccessible qu'on porte en soi, le souvenir confus de son corps dans l'eau, et le souffle coupé, les cris de sa mère, les hommes en blanc, l'hôpital et le retour. C'était une histoire secrète de la famille, un de ces actes enfantins dramatiques que les parents effacent car ils ne savent pas comprendre. Moussia d'ailleurs, aujourd'hui, près de seize ans plus tard avait rougi à l'évocation de cet épisode destructeur. En la regardant Théo pensa : Nous appartenons à une famille qui ne met pas les mots sur les choses. Et il dit à sa mère : Ne fais pas cette tête maman ! Souris !

11

À l'âge de sept ans, Niels avait failli causer la mort de son frère. C'était un accident stupide, une grave imprudence du père tout d'abord, puis un geste inattendu de la part d'un petit garçon d'ordinaire raisonnable.

Peut-être Niels n'avait-il pas poussé Théo dans la piscine. C'était ce qu'il avait répété pendant des jours et des jours, avec un visage sur lequel s'imprimait, comme par décalcomanie, l'effroi de ses parents. L'enfant avait découvert la terreur en la causant. Je ne l'ai pas poussé. Il est tombé tout seul. Je ne l'ai pas poussé. Il est tombé tout seul. Dans le jaillissement maladroit des questions, tour à tour harcelé ou abandonné, et finalement seul avec la conséquence immense d'un simple geste, il bégayait presque. Le sourire tendre de sa mère était perdu, envolé. S'il soufflait sur sa mère, s'il faisait comme autrefois, lui envoyer un baiser soufflé, elle s'effriterait en morceaux, elle tomberait. Il pouvait le deviner dès qu'il la regardait. Elle pleurait sans arrêt. Elle n'était plus en vie, elle était en larmes. Elle offrait à son fils aîné ce visage dévasté par trop de pleurs. C'était le spectacle le plus insoutenable qu'il eût jamais vu. Il avait perdu l'accès à sa mère. Quand elle ne pleurait pas, elle l'interrogeait fiévreusement, avec son nez tout rouge qui coulait et qu'elle n'essuyait même pas, et le bord de ses yeux qui semblait saigner. Niels était terrorisé. Laisse-le un peu ! disait Luc à son épouse. Mais c'était elle qui commandait désormais, on ne la dirigeait plus. Elle faisait taire son mari. Et posait sa question : Mais comment a-t-il passé la barrière ? Tu l'as aidé ? Niels répondait à sa mère. Il ne voulait pas perdre sa mère. Il disait : Théo voulait grimper. Papa était parti. Théo voulait grimper. Il est tombé tout seul.

Tout seul, je te dis tout seul, répétait Niels. Comment veux-tu qu'il te réponde quand il te voit dans cet état ? disait Luc. Et Moussia aurait pu le frapper. Elle le frappait avec des mots : Toi tu te tais ! Assassin, tu te tais ! Elle avait eu ces paroles-là devant son fils. Et elle scrutait ses yeux d'enfant. Qu'avait-il réellement fait ? Jusqu'où étaient allés ses actes ? La question tourmentait l'esprit de tous les adultes épouvantés : Luc, Nina, Moussia. S'il avait aidé son petit frère à escalader, était-il concevable que Niels n'eût pas su ce qu'il faisait ?

La réponse, qui pouvait être insupportable, avait été éludée. Un médecin avait murmuré le mot de *psychotique,* puis celui de *caractériel,* mais c'était pour les remplacer très vite par des vocables plus doux, comme *inconscient, jalousie inconsciente.* Ce concept ductile et imparable de la psychologie s'était installé, avec la paix restaurée, dans la légende familiale. Sorti du coma, ouvrant les yeux, Théo entama l'ère de cette reconstruction. Théo ne mourrait pas, Théo n'aurait aucune séquelle de son accident, Théo vivait, le reste n'était rien. C'était à peu près ce que l'on aurait pu répertorier dans la pensée très choquée de Moussia à cette époque. Mais il y avait eu guerre et destruction. Et la mère savait que l'on peut perdre deux fils en même temps : l'un parce qu'il est mort, l'autre parce qu'il a tué. Une nuit Nina avait fait ce rêve de la violence d'Abel et de Caïn, elle ne l'avait dit à personne. Mais parfois en regardant Niels, sa voix du dedans murmurait ce prénom, Caïn, elle sentait frémir la peau sur ses bras, et elle disait souvent à Moussia : Sois gentille avec lui.

C'était il y a plus de quinze ans, un mois de juillet caniculaire où l'activité intense des parents avait retardé le départ en vacances. Les choses et les décors changent moins que les personnes : le jardin était en tout point semblable à celui d'aujourd'hui, le grand marronnier à l'ombre duquel ils prenaient le goûter, les rosiers qu'un arrêté préfectoral interdisait d'arroser, le cerisier, l'allée de graviers blancs, et les portes-fenêtres ouvertes sur le jardin. Mais au centre de la pelouse il y avait alors une piscine. Plus tard, après l'accident, ils n'avaient pas vendu la maison (comme la plupart de leurs amis pensaient qu'ils auraient dû le faire), ils avaient comblé le bassin et replanté du gazon. En somme, tout avait été enterré. Théo pensait souvent que sa mémoire était pareille à ce jardin, cachant sous la terre un trou qui pouvait être mis au jour à tout moment et qui était sa mort.

Une barrière de protection entourait le bassin. La législation le réclamait et Moussia l'avait imposée tant que les deux enfants ne savaient pas nager. C'était une ferronnerie démontable d'environ un mètre de haut, peinte en noir, et qui s'installait facilement dans des trous percés au sol à cet effet. Aucune sécurité cependant ne valait la prudence intelligente d'un enfant averti, disait Luc à son épouse. À cette époque déjà elle l'agaçait, et il lui donnait beaucoup de leçons. Il avait interdit à Théo et Niels de se baigner sans leurs parents. À plusieurs reprises il avait expliqué à Niels que Théo, s'il tombait à l'eau, coulerait au fond sans un bruit. Le corps d'un petit a une densité forte, il ne flotte pas, descend à pic. Et les enfants ne crient pas, ne se débattent pas, parce qu'ils n'ont pas peur de l'eau. Luc avait expliqué ces détails. Niels était de ces enfants si intelligents que non seulement ils ravissent les adultes, mais qu'ils les conduisent à se méprendre sur leur maturité et l'innocence en général. Tu peux lui parler mais il ne comprend pas, disait Moussia. Bien sûr qu'il comprend, disait Luc. Tu ne peux pas en être sûr, disait Moussia. Elle serinait qu'une piscine est toujours dangereuse, qu'il peut arriver n'importe quoi, qu'il ne faut ni courir ni chahuter ni jamais pousser personne à l'eau… Ne leur fais pas peur, interrompait Luc. Du discernement mais pas de la peur, voilà ce qu'il voulait pour Niels et Théo. Qu'est-ce qui arrive à un petit garçon qui ne sait pas nager et qui se baigne sans son papa ? demandait Luc à ses fils. Il coule ! criaient les garçons. Ils riaient. Tu vois ! protestait Moussia. Ça les amuse, ils ne comprennent pas que c'est grave. C'est grave, répétait-elle avec un air grave. Puis elle demandait : Qu'est-ce que ça veut dire qu'il coule ? Elle savait que les mots peuvent être sans réalité. Ça veut dire qu'il va mourir, répondaient les enfants. Tu vois qu'ils comprennent, disait Luc. (Et Moussia plus tard ne s'expliquerait pas pourquoi elle n'avait pas demandé à ses fils : Et qu'est-ce que c'est mourir ?)

Ainsi le père, lorsque le téléphone avait sonné à l'intérieur de la maison, avait-il couru répondre en confiant à Niels le petit frère de trois ans qui ne savait pas nager. Ils ne comprennent pas que c'est grave… Et qu'est-ce que c'est mourir ? Quelques minutes plus tard, Luc avait trouvé ses deux fils mutiques : le grand assis dans l'herbe, le plus jeune dans l'eau inanimé.

Aujourd'hui encore Niels ne démêlait pas les motifs du garçonnet qui avait aidé Théo à grimper et à sauter dans la piscine, puis qui l'avait regardé descendre entre deux eaux en dansant. Il avait été ce garçon malfaisant. Avait-il voulu faire disparaître son frère dans une danse ? On peut dans un instant désirer une chose que l'on ne veut pas, être débarrassé par exemple d'un compagnon que l'on aime. La plupart du temps ce désir n'est pas exaucé. Il avait voulu regarder son frère disparaître dans la splendeur de l'eau bleue... quel beau spectacle... C'était en tout cas ce qu'avait lu sa mère dans ses yeux. Car Niels avait compris qu'elle lisait cela en lui. Et il n'avait jamais démenti. Bien plus tard, au gré de ses ruminations, avançant avec le psychologue dans une compréhension de son geste, il n'avait jamais contredit la première idée de Moussia. Au contraire, le regard de Niels parfois disait à Moussia : Tu t'imagines que j'ai voulu la mort de mon frère ? Crois-le. Oui ! j'ai voulu tuer mon petit frère de trois ans ! Le croyait-elle encore ? Avait-elle un matin cessé de le croire ? Il n'en savait rien. Il s'en moquait d'ailleurs. Ce qui comptait pour lui : elle avait été capable un jour de l'imaginer. Cela n'était-il pas suffisant pour être sûr que sa mère le prenait pour un monstre ?

Il ne s'en remettrait pas. Il aurait besoin d'être aimé de toutes les femmes qui aimaient son frère, puisque, à dater de cet été-là, la mère s'était entièrement tournée vers ce frère.

Le monde entier s'était tourné vers Théo ce jour-là, comme si la mort attirait la vie à son chevet tel un trou noir la matière. D'abord le père l'avait tiré de l'eau sans un regard pour Niels. Ensuite les secours, appelés en urgence. Puis la mère, en larmes et en cris, qui n'était plus une mère ou seulement le pire de cela, folle, animale, que l'on ne pouvait ni toucher, ni tenir, devenue sourde, enragée, accusatrice, accrochée à son enfant blessé. Il n'y avait eu que Nina, silencieusement descendue de sa chambre, pour prendre le grand garçon dans ses bras, le serrer sans rien dire, et embrasser ses cheveux secs sans croire qu'il avait le cœur sec. Il n'oublierait pas ces bras fripés, si doux à force d'être mous, qui avaient fermé sur lui leur cercle tendre sans rien demander.

Moussia était arrivée : elle avait vu le gyrophare du Samu devant sa maison. Son cœur avait reçu le deuxième grand coup de sa vie. Elle avait couru pour contempler le désastre, un petit garçon adorable couché dans une flaque d'eau sur les dalles d'une piscine, un homme penché sur lui les deux mains superposées qui appuient sur la poitrine et soufflant dans sa bouche, son mari debout silencieux, bras ballants, Niels prostré, réfractaire, protégé par sa grand-mère, Théo inanimé, le médecin qui essaie encore de le faire revenir à lui mais rien qui revient, juste des yeux clos dans un sublime visage lisse sous les cheveux qui dégouttent.

Elle avait d'abord éprouvé la colère. Était donc arrivé ce qu'elle avait craint, et les mises en garde n'avaient servi à rien ! Sans savoir ce qui s'était passé, il lui avait suffi d'apercevoir son aîné, elle avait marché vers lui : Niels. Elle l'avait séparé des bras de Nina, elle l'avait mené par la main jusqu'à Théo. Elle n'était pas douce. Son corps lui échappait. Elle répétait la question habituelle : Qu'est-ce qui arrive à un petit garçon qui ne sait pas nager et qui se baigne sans son papa ? Tu es folle ! disait Luc. Cette fois Niels ne répondait pas. Il ne riait pas. Elle hurlait sa question. Tu es folle ! disait Luc. Calme-toi, disait Nina. Moussia regardait dans les yeux de Niels. Niels était penaud devant le corps de son frère mais il y avait autre chose dans ses yeux, une chose qui avait fait se détourner ceux de Moussia. Quoi ? Quelque chose qui sait, quelque chose qui provoque, quelque chose qui regarde sans regretter, quelque chose qui attend, une lueur tapie, d'intérêt, de curiosité, et de cynisme. Il ne comprend pas ce qu'il a fait, souffla Luc. Mais si il comprend ! cria Moussia. Jamais ils ne se mettraient d'accord, jamais ils ne connaîtraient la vérité, jamais elle n'effacerait ce qu'elle avait pensé. Elle criait. Sa rage coulait sans rives. N'as-tu pas assez répété qu'ils comprennent ? J'ai envie de te tuer. Il sait ce qu'il a fait, il le sait ! À ces mots, un infirmier était venu lui faire une piqûre et Nina avait repris Niels dans le cercle de ses bras.

Avait-elle depuis ce jour pu affronter le regard de son fils aîné ? Moussia n'aurait pas su le dire. Il y a des moments qu'il nous faut traverser, puis des comportements que nous choisissons pour les fuir, et que nous ne pouvons nous avouer.

12

La douleur avait détruit le couple des parents. L'amour ne sait pas tout partager. Recevoir la vie en se donnant la main peut devenir impossible : quelquefois on lâche, on se venge de l'autre qui traverse l'épreuve à sa manière – qui se console plus vite par exemple, qui diffère et vit indépendamment – et que l'on ne comprend pas (comment peut-il ne pas être bouleversé, anéanti ?). Moussia en voulait à mort à son mari : de son imprudence. Laisser deux garçons de trois et sept ans seuls au bord d'une piscine ! Cinq minutes ! criait Luc. Cinq minutes ! C'est trop ! hurlait Moussia. N'as-tu pas vu maintenant que c'était trop ? L'événement lui donnait raison, on eût dit qu'elle s'en réjouissait, qu'elle triomphait. Cela aurait pu arriver à n'importe qui ! À toi ! disait Luc. À moi ? Jamais ! Pas une fois dans sa vie elle n'avait hurlé aussi fort. Toute l'énergie de son ventre venait dans sa voix. Elle faisait naître un cri qui disait exactement sa stupeur, le refus de cette douleur-là.

Ensuite. Les phrases les plus stupides étaient venues s'incruster entre eux, dévalant à grande vitesse comme sur un toboggan d'imbécillité : Ta mère évidemment n'est jamais là quand on a besoin d'elle. Laisse Nina tranquille, elle n'a rien à voir avec ça ! Tu es fou, complètement imprudent, j'ai toujours eu peur de te laisser mes enfants ! J'en étais sûre. Je ne trouve grâce en rien à tes yeux ! Tu es un homme qui ne s'est jamais occupé que de lui-même. Tu es un crétin, un sale con, quelqu'un qui croit forcément avoir raison et même pour faire mourir son enfant. Pauvre fille qui n'a pas coupé le cordon ! Beaucoup de paroles dictées par la colère et l'angoisse avaient été proférées. Et ce fatras verbal, de vérités et d'excès, en quelques jours d'incertitude autour du corps de l'enfant, était venu à bout de l'amour. Les époux n'avaient pas partagé l'inquiétude : ils se l'étaient envoyée à la figure. Et dans ce cataclysme, Théo avait ouvert les yeux. Le coma s'était fini en miracle clair. Le garçon s'était tout simplement écrié : J'ai faim ! Ses parents s'étaient précipités sur lui avec le même élan, mais, sans le savoir encore, c'était chacun pour soi. La fusion des énergies s'était empoisonnée elle-même et les acrobaties maladroites qu'un moment ils tenteraient pour la restaurer seraient sans effet. Rien de plus fragile qu'un couple, dirait Luc à ses fils.

Tu as de la chance qu'il ne soit pas mort, avait conclu Moussia. Comment pouvait-elle penser une chose pareille ? Je n'en crois pas mes oreilles ! avait répliqué Luc. Puis, avec plus de sagesse, il avait murmuré : Nous avons de la chance. Remercions le ciel, ou la vie, ou Théo... C'est ça, crache-nous ton baratin mystico-religieux, avait répliqué Moussia. Et son mari avait vu que la haine était là, viscérale, insurmontable.

Voilà, avait pensé Luc un peu plus tard : on se tue avec des phrases. On cesse d'exister sous les yeux de celui qui a prononcé les paroles irréparables. Puis on cesse de l'aimer parce qu'il vous a fait disparaître en vous parlant si mal. Tout cela sans un mot après trop de mots. Luc avait su qu'il fuirait pour toujours sa maison, comme on se sauve devant la folie ou la mort dans les yeux d'un ami. Moussia ne pouvait plus le regarder, lui son mari. Moussia était une louve qui avait vu souffrir son petit. Comment as-tu pu ? demandait-elle encore plus d'un an après l'accident. Aucune excuse ne valait. La mère ne cesserait plus d'accabler le père. Irresponsable, à ses yeux il le serait toute sa vie.

On peut réussir sans y penser le contraire de ce que l'on voudrait : les yeux de Moussia, bavards sans paroles et sans pardon, décimèrent la famille. Niels se renferma loin du regard de sa mère. Luc s'en alla. Théo oublia. L'accident, le mystère et la suspicion, la haine, tout devint un secret. Et l'ensemble de ce qu'avait engendré ce jour d'été demeura, mais la source en fut cachée sous l'herbe du jardin, et celle des années qui – on le sait – pousse sans qu'on la voie.

C'est une histoire terrible, murmura Estelle. Toutes les familles en ont de semblables, dit Théo, et celle-ci a le mérite de finir bien. C'est vrai, concéda-t-elle, mais elle était troublée par le comportement de Niels. Quel âge avais-tu Niels quand c'est arrivé ? Moussia essaya de donner la date, un mois de juillet où bien des bonheurs s'étaient détruits, et elle était seule à savoir à quel point. Votre père et moi nous voulions six enfants. Après ce drame, nous n'en voulions plus. Tu ne me caches rien de pareil ? demanda Fleur à son fiancé. Ni toi non plus ? répliqua-t-il, souriant, en faisant signe qu'il était la transparence même. Elle ne répondit pas, regardant au-dedans le secret noir enseveli sous ses sourires. Et chacun se trouva rendu à lui-même, enclos dans l'opacité de sa chair qui ne sait rien des autres, dans l'enchevêtrement secret des destins. Car c'est ainsi que se passent les choses, nous sommes indécryptables.

13

Et le jeu continua, comme une embarcation emporte ses passagers vers un drame qu'ils auraient pu prévoir. Les joueurs s'enhardirent, avancèrent dans la mer de leurs idées, s'engloutirent dans la procédure. Promeneurs imprudents, ils suivaient le chemin des questions : « *Vos vrais amis vous les comptez :* a) *sur les doigts d'une main,* b) *sur les deux mains,* c) *vous n'avez pas assez de doigts pour les compter.* » « *Combien de fois par jour vous regardez-vous dans un miroir ?* » « *Selon vous, quelle est ici la personne la plus charismatique ?* » Ils donnaient leurs réponses. Ils n'hésitaient pas longtemps. Ils devenaient de plus en plus spontanés, de moins en moins précautionneux. Une farandole de questions se composait, elle entraînait les tempéraments, chacun s'abandonnait au ravissement vif et éphémère d'être soi-même. Les taiseux se taisaient, les gracieuses souriaient, les plaintifs ou les agressifs glissaient vers la plainte ou la violence. Les mots étaient leurs grandes valises. Les langues se déliaient dans ce bavardage. Les amis se mirent à parler beaucoup, de plus en plus librement. Comme si les mots en eux, et tout ce qu'ils savaient, et tout ce qu'ils pensaient qu'ils n'avaient jamais dit, frappaient ensemble sur le bord de leurs lèvres, sautillaient sur le bout de leur langue. Comme si le temps d'un jeu était hors de la vie et qu'ils n'en auraient pas la mémoire. Comme si dire n'était rien. Comme s'ils étaient ivres ou stupides, ou encore malheureux.

Car c'est bien de leur malheur qu'ils se vidèrent, de leurs stupeurs et de leur courroux, des petites aventures qui avaient insinué une appréhension, des émotions qu'ils éprouvaient, et ils parlaient, se délivrant, semblables à des tonneaux percés, et chaque question forait un trou dans l'écorce de leurs cœurs.

Il y eut des questions originales et inoffensives, semées au milieu d'autres qui, au fil des vérités proférées, devenaient plus délicates à traiter. On eût dit que chaque mot causant un petit bleu, la peau et l'âme devenaient de plus en plus fragiles. « *Quel visage parmi ceux des personnes ici présentes vous fait le plus penser à un animal ?* » Cela pouvait encore être drôle et gentil. « *Si vous pouviez choisir, lequel de ces trois fantasmes assouviriez-vous :* a) *avoir le don d'ubiquité,* b) *être immortel,* c) *entrer dans la tête d'un autre ?* » N'était-ce pas une étonnante interrogation ? Il en résulta que Moussia fit des révélations. Elle entra dans un rôle qui ne lui était pas habituel. Plutôt que mère, un instant elle fut femme et amante. Ses fils en étaient ébahis. Maman ! disait Théo. Il aurait voulu la faire taire. Et ce fut ce qui advint : la stupéfaction des enfants stoppa le vacillement de la mère dans les grands aveux. On poursuivit. « *La vie de quelle personne à cette table ne voudriez-vous pas mener ?* » Cette question-là fut un poison pur, l'incitation à une délation grave. N'était-ce pas demander qui perdait sa vie ? Et accuser ? Donner un nom à celui-là manqua faire un drame. On ne saurait dire n'importe quoi, mais – plus singulier – on ne saurait non plus dire la vérité.

Il y eut des assertions, des sous-entendus, des constatations, des accusations, des démentis, des apartés, des promesses, des sermons, des révélations, des exclamations, des protestations, des aveux, des silences. L'écheveau en était à naître. Fleur en fut la première laine.

14

Personne ne connaissait Fleur Giaspini. Elle était comme un secret dans une boîte à musique, dont le fiancé lui-même n'avait pas trouvé le mécanisme. Nouvelle dans le groupe et dans l'amour, elle parlait de tout et de rien mais ne se livrait pas ; son sourire fermait la porte. Et puis sa joliesse attirait l'attention trop longuement sur son corps : elle avait un de ces physiques féminins captivants qui transforment les autres en spectateurs d'une enveloppe. Elle affronta donc les premières impressions, les déductions simples ou simplistes, les idées incomplètes, les détracteurs et les admirateurs du premier contact, et même les compliments qu'ils se faisaient entre eux sans que sa part à elle lui fût restituée puisqu'elle était hors de leur cercle. D'ailleurs, avait-elle jamais reçu son lot d'éloges ? Hormis l'hommage avilissant de son père, qui avait fait d'elle une adolescente sans attente, elle n'avait pas souvenir d'avoir été vantée par quiconque. Et ce soir non plus elle ne l'était pas autrement que par la convoitise de Niels, dont le regard insistant la troublait sans qu'elle se sentît capable de lui opposer un refus. Avait-elle le parfum d'une proie ? Se pouvait-il qu'une femme ne fût jamais que désirée ? Que les hommes ne se montrent capables que de ces rapports-là avec elle ? Tourmentée, endommagée – pensait-elle –, inapte à une forme de joie sans inquiétude, elle aurait pu se poser ces questions, au lieu de cela elle souriait. Qui avait dit une chose gentille à son propos ? Personne. Mais c'était ainsi. Elle souffrait dans ce champ de labour que l'on est pour soi-même, que l'on cultive et déteste, que des hordes ravagent, que l'on voudrait troquer contre un autre, et pour l'intégrité duquel on mourrait. Bien que, pensait Fleur, on ne meure pas si facilement qu'on se l'imaginerait, ou on croit le vouloir mais la vie gagne en nous, et avec elle, la rage et la douleur.

« D'après vous, qui ici aime le plus l'argent ? » « Vous êtes mariés ou vivez maritalement depuis dix ans. Vous n'avez plus aucun rapport sexuel depuis huit ans. L'avouez-vous à votre médecin s'il vous pose la question ? » Est-ce qu'on posait de telles questions ? ! Est-ce qu'elle se faisait des idées ou bien n'était-ce pas ahurissant ? Ce jeu était une sorte de viol mental. C'était ce que Fleur éprouvait, mais sans se le dire, une émotion qui ne devenait pas une idée, un point au cœur qui ne grimpait pas jusqu'à la tête, car le mot viol appartenait à son vocabulaire interdit. Voilà ! De nouveaux amis, des jeunes gens doués qui venaient de la rencontrer, évoquaient son prétendu goût pour l'argent, devinaient qu'elle n'était pas une femme sensuellement épanouie, lisaient peut-être avec plus de clarté sa façon de parler de tout et de rien, et heurtaient son besoin d'être protégée et aimée. Et elle avait fini par leur parler ! Elle avait nommé l'innommable. Elle avait posé devant eux l'œuf noir de sa vie. Juste pour voir leur réaction ! Et lorsqu'elle disait ce secret, cette traversée d'une enfance à faire vomir, ce qui l'avait foudroyée pour toujours, il lui semblait trouver dans le silence des autres moins d'ébahissement que de refus. Qui acceptait de savoir, et de dire je sais, et de réagir, d'ébaucher un geste ? Qui était courageux ? Fleur Giaspini savait que personne ne l'était. Personne. Ils n'avaient pas voulu se représenter ce qu'elle disait. Ils avaient essayé d'estomper le crime. Elle pouvait se tromper bien sûr, le silence de la gêne ressemble à celui de l'indifférence, en tout cas, ils n'avaient pas su quoi dire. Ils étaient cois. Or si

l'on parle c'est bien que l'on attend un mot en retour, et une transformation du monde. Fleur en éprouvait la frustration. Il lui semblait que rien ne s'était produit. Elle doutait. L'esprit peut mettre du coton dans les oreilles. L'avaient-ils seulement entendue ? L'avaient-ils crue ? Elle se le demandait tant ils étaient passés sur la révélation, inchangés (du moins en apparence), inaccessibles. Et Claude qui ne voulait pas entendre qu'elle n'aurait jamais d'enfant ! Et Niels qui la convoitait comme une petite chose à poser sur une commode... Les entendre tous était une telle souffrance ! Elle ne supportait même pas que Marina et Estelle gentiment la plaignent, elle qui s'obligeait à jouer. Elle ne croyait plus à une quelconque bienveillance des mots ? Elle ne pouvait donc plus rien entendre ? Avait-elle à ce point perdu la foi dans une parole ingénue ou complice ? Chacun à sa façon, le père puis la mère, avait coupé la tige du verbe en elle : elle ne savait ni parler ni écouter. Voilà ! Rien ne convenait : ni les questions qu'ils posaient, ni à qui ils les posaient, ni ce qu'ils disaient, ni ce qu'ils ne disaient pas... et le pire c'est qu'elle en voulait à Claude, d'interroger Estelle, d'obéir à Niels, et plus que tout d'avoir dit qu'elle-même était capricieuse. Soi-disant pour ne pas vexer les autres, il avait dit cela de sa fiancée ! Il préférait blesser sa future femme... Pourquoi n'était-elle jamais protégée par ceux qui partageaient sa vie ? Ce regret perpétuel, cette attente d'un geste qui ne venait jamais, tant d'espérance inexaucée, voilà ce qui creusait en elle le puits de la tristesse. Elle n'était plus qu'une grande larme. Elle était perdue, dans une confusion totale, se sentant à la fois allégée par son aveu mais le regrettant dans le même temps. Comment choisit-on en une fraction de seconde de révéler ou de taire, de dire vrai ou de mentir, de composer un sourire ou de s'abandonner à ses larmes ? Et d'où vient le choix de se dissimuler ou de se dire ? Se fait-il au-dedans ou au-dehors ? Qui jette ce dé de la parole ? Une humeur intérieure de celui qui parle, ou bien au contraire une expression de celui qui écoute ? Voilà tellement de questions ! Et où sont les réponses ?

La rébellion ouverte pourtant ne jaillissait pas et la jeune fiancée était figée autour d'un sourire qui faisait oublier le reste. Je ne sais qu'encaisser les coups et jamais les rendre, pensait Fleur. Elle se détestait, cette passivité, cet acquiescement malheureux au désir des autres, et elle répétait : Je déteste ce jeu ! Pourquoi ne s'arrête-t-on pas ? Et cela énervait son fiancé qui préférait l'action à la parole. Les mots sont-ils là pour nous réconcilier ou pour nous séparer ? Se taire et sourire était décidément la meilleure solution, pensait Fleur. Et elle aurait pu continuer de répéter cent fois les *je ne comprends rien* et *je ne sais pas* qui vous libèrent à la fois de dire autre chose et de l'intelligence qu'on vous trouve. Sans opinion : une place confortable.

15

Je suis fatiguée, je n'ai pas tellement le moral ce soir, disait Moussia à son fils aîné qui ne l'écoutait pas. Et il aurait fallu à ce fils entendre bien plus que ce qui était dit qu'il n'entendait déjà pas. Car Moussia disait : Je n'ai plus la moindre vigueur, je suis au fond d'une cuvette, je broie tout le noir de ma vie, et la vie en général, son principe tel qu'il se présente et s'impose – être propulsé dans une peau et dans l'essaim des hommes, s'éveiller, s'attacher, pour devoir tout quitter de gré ou de force –, ce papillonnement des humains jusqu'à l'apocalypse, ma mère qui l'a affronté, cette condition de l'être me donne seulement envie de capituler, je suis tout effilochée. Ces pensées-là pouvaient être entendues dans une seule phrase (je suis fatiguée, je n'ai pas tellement le moral ce soir) puisqu'elles s'y trouvaient, qu'elles en étaient le moteur silencieux, la source limpide mais enfouie.

Mais qui écoutait qui dans cette soirée ? Et qui disait la vérité ? Il eût fallu pour cela être aidé par un interlocuteur bienveillant et attentif. La vérité de soi, ou d'un moment de vie que l'on traverse, on ne la donne qu'à la demande. Il faut un geste d'écoute, si infime soit-il. Un regard attentionné de Niels aurait libéré le torrent des pensées de Moussia. Mais il ne l'eut pas. Il y avait dans ce salon beaucoup de bienveillance mais peu d'attention. Moussia pensait : Est-ce pour cela que je cache l'ensemble de mes sentiments ? Je dissimule ce que j'éprouve, je verrouille l'obscurité du dedans. Et je me l'avoue seulement ce soir. Sous le coup du jeu, dans les jaillissements imprévisibles de leurs bavardages, résonnait en elle ce qu'elle ne disait pas. Cela frappait au-dedans sous le front baissé, ces trois vérités qu'elle détournait de ses enfants. Vérités d'aujourd'hui : le souci qu'elle avait depuis cet après-midi, une boule au sein, devait-elle en parler avant de savoir ce qu'elle était ? La mort d'une grand-mère, était-ce un sacrilège d'en différer l'annonce ? Vérités d'hier : quel couple avait été le sien, ou plutôt quel couple il n'avait pas été. Dire les choses ! Parler, parler, ne pas garder un nœud en soi, se délivrer par la parole ! C'était bien ce dont on nous enjoignait. Moussia ne l'avait jamais fait. Et pour la première fois, elle prenait la mesure du mensonge qu'elle avait infligé à ses fils. Infligé ? Ce n'était pas ce qu'elle avait cru faire. Quel mot alors fallait-il employer ? Les enfants n'avaient pas su la vérité de la relation de leurs parents. Bon ! pensa-t-elle. De toute façon, disait Luc à ce propos, ça ne les regarde pas. Ils ne demandent rien. L'intimité de deux êtres est un secret. Personne n'a à le percer. En tant que père, Luc avait une théorie : les enfants ne réclament qu'une chose, qu'on les laisse grandir tranquilles et s'emparer de leur vie, qu'on leur foute la paix avec le bordel des adultes. Qu'ont-ils besoin de savoir sur la vie sensuelle de leurs parents ? Rien du tout. Et il avait convaincu sa femme. Bel et bien ! En traversant le filtre de ces idées, je suis devenue la reine des secrets. Ai-je simplement obéi à mon mari qui avait choisi de se taire ? pensa Moussia. Était-ce d'ailleurs un choix ou bien était-il incapable de la moindre parole ? Elle l'ignorait, et pourtant elle s'était conformée à ce qu'il tenait pour préférable. On ne veut décidément pas s'avouer jusqu'à quel point l'alliance avec un autre, la vie quotidienne que crée le mariage font de nous une autre personne. Veut-on oublier qu'à force de dialoguer avec un autre on ne parle plus avec soi-même ? Je l'ai voulu, pensa Moussia, j'ai tout voulu, l'alliance et la vie commune, et l'oubli de ce qui en résulte. Et tout cela pour un homme qui ne m'aimait plus.

Elle pouvait se remémorer exactement comment Luc avait masqué la fin de l'amour en lui : il en avait fait une chose aussi secrète que l'aventure de leurs fils. À sa femme il avait asséné cette apocalypse, à tous les autres il l'avait cachée. Les gestes, les mots, les décisions, tout ce qui prend une forme visible, affleurante, peut servir à cacher ce qui ne se voit pas : les époux désertés par l'amour avaient vécu exactement comme s'ils s'aimaient. Est-ce que ça n'était pas déjà beaucoup ? disait Luc à son épouse mélancolique. Préfères-tu que je parte ? Ça n'était pas de sa part une menace : il avait décidé de faire ce que voulait sa femme. Elle venait contre lui, s'accrochait au corps de son mari, il était dans le naufrage son épave flottante, elle disait non, qu'il ne parte pas, qu'il reste à côté d'elle, secouant alors son visage brûlant, mordu par le sentiment de la perte. Il ne lui faisait plus jamais l'amour, mais elle le prenait dans ses bras et se serrait contre lui comme une petite fille abandonnée, et elle ne se disait pas que c'était terrible, cette insensibilité d'un homme, non, elle se demandait ce qu'elle avait fait pour la mériter, car il était certain à ses yeux qu'elle la méritait. Ainsi le bourreau avait-il raison de sa victime en la désignant, elle était responsable de ce qui lui arrivait, elle avait peut-être créé elle-même son bourreau.

Aux yeux du monde et de leurs enfants, Moussia et Luc avaient joué leur vie conjugale comme un morceau de théâtre qu'ils avaient beaucoup répété. Ils se souriaient avec connivence, s'embrassaient (le minimum), faisaient ensemble les courses et des dîners, des promenades et des voyages, tous ensemble comme une famille. Des années plus tôt, dans un vif élan amoureux, ils avaient mené la même vie. Le sens de ce partage était niché dans le passé qu'il prolongeait, l'avenir quant à lui était une incertitude. Protège-toi, pense à toi ! On peut vivre ainsi, dans le déni de ce qui est fini, dans l'illusion de la persistance, mais gare à l'atterrissage, disait Nina à sa fille. Nina fut seule à percer le mystère d'une relation qu'il fallait observer de près, dans la promiscuité familiale du moins, pour deviner qu'elle n'avait plus rien d'un lien amoureux. De son côté, sans rien en raconter à sa femme, Luc connut d'autres amours. Moussia fut seule, fragilisée par son sacrifice. Le devoir vient en nous quand notre cœur est sec, le devoir commence quand le désir s'interrompt : Moussia fit son devoir sous les yeux de sa mère qui ne l'approuvait pas. Elle fit preuve d'une conviction intime et d'une force de caractère, qu'elle-même ne se connaissait pas. Elle tint l'édifice entier de sa famille dans la solitude de son cœur. Et puisqu'elle avait la larme facile, elle pleura beaucoup, si bien que nul ne connut sa force. Personne n'en eut idée et surtout pas ses enfants. Si nous ne voulons pas qu'ils sachent, les autres ignoreront à la fois celui que nous sommes et les pensées qui nous emplissent.

D'ailleurs à la table de jeu, seize ans après l'accident de la piscine et la fin de l'amour qui avait conçu deux garçons, Niels disait encore de sa mère : Maman est sensible et vulnérable, il y a des paroles qu'elle ne pourrait pas entendre sans être blessée. Des choses qui nous semblent insignifiantes ont pour elle beaucoup d'importance. Ça n'était pas faux mais c'était insuffisant. Et d'ailleurs Moussia s'insurgea avec un humour doux : Si je comprends bien, je figure à tes yeux une pauvre petite dame fragile qu'un mot fait tomber ! C'est comme ça que tu vois ta mère ? Il ne l'avait pourtant jamais vue flancher. Elle avait toujours eu la force nécessaire. Ne convient-il pas, aux yeux de ses enfants, de figurer une mère que rien ne détruit, qui sera toujours là, solide et attentive ? C'était ce qu'elle croyait. Et elle jouait ce rôle, elle savait le jouer sans erreur. Excellente actrice, parfaite menteuse, et ce soir plus que jamais, avec ses secrets comme des montagnes, dérobant à Théo et Niels, au nom d'un anniversaire et d'une bonne soirée, un moment basculant de leur vie. Ils n'en avaient aucune idée. Et ils se disputaient ! Elle se battait pour eux et ils trouvaient moyen de ne pas s'entendre ! Elle allait décamper. Je ne peux pas accepter que vous vous disputiez ce soir. Et pourquoi pas ? Qu'est-ce que ça peut faire ce soir ou un autre ? Parce que je fais tout pour que vous passiez une bonne soirée. Tout ! Cela voulait dire : Je vous trompe, je vous laisse dans le mensonge, ignorants. Votre grand-mère vient de s'offrir une mort digne et délibérée et je ne vous en dis rien. Votre mère vient d'apprendre qu'elle a peut-être une grave maladie et elle ne vous dit rien. Les grands deuils vous menacent mais vous n'en saurez rien car votre mère vous en protège. Elle eut cette pensée : Je n'ai fait que mentir à mes enfants, ils sont maintenant deux à ne pas me connaître. Personne ne me connaît hormis Nina qui m'a vue affronter sans faillir le cœur noir de ma vie.

Sa mère était donc la personne qui la méconnaissait le moins. Et sa mère n'était plus auprès d'elle, pour d'un signe des yeux savoir lui répéter son soutien. Moussia regardait ses fils. Et voilà qu'ils riaient maintenant, comme si le monde autour d'eux n'avait pas changé, comme si la maison était aussi pleine qu'elle l'avait toujours été pour eux, comme s'il n'y avait pas une morte allongée dans la chambre bleue. Ne devine-t-on pas ce genre de présence ? s'étonnait Moussia. Elle était déçue qu'aucune intuition du drame ne leur fût venue. Il y avait un cadavre dans la maison, il y avait un corps inerte qui s'était vidé sous lui, et personne ici ne le devinait. On croirait qu'une fibre existe en nous qui pourrait en avoir la prescience. Mais non ! Nos radars sont coupés. Bel et bien ! Théo était monté embrasser sa grand-mère sans lire dans ses yeux la décision qu'elle s'apprêtait à exécuter. Et Niels était pris par son jeu, captivé par Fleur qu'il ne cessait pas de regarder et qu'il voulait disqualifier aux yeux de Claude, Moussia l'avait très bien deviné, et c'était la raison pour laquelle il avait tant insisté pour jouer. Je ne suis pas si bête, pensait Moussia, il n'y a que moi qui ai compris ses manigances. Je ne sais pas ce qu'il a contre cette alliance, Fleur n'est pas si mal que cela, et elle est bien assortie à Claude.

16

Cette fille était la femme de sa vie, pensait Niels en regardant Fleur. Et le pensant, il était aussi inconsistant qu'un jeune amant, léger comme une rose blanche, un pétale, un souffle d'air sur l'ensemble. Sans doute est-il un peu ivre aussi (seule Marina l'avait pensé). Combien de femmes de sa vie allait-il rencontrer ? Il aurait pu commencer à se poser la question. Il souriait à celle-ci. Fleur, joli prénom, jolie femme. Il était installé dans un sourire à elle destiné. Et elle se demandait pourquoi, gênée par l'insistance de son regard (embusqué et hardi à la fois) et cherchant de temps à autre, pour rassurer son trouble, celui de son fiancé. Mais les autres ne savent pas à chaque seconde, ne sentent pas que l'on a besoin d'eux : Claude était distrait pendant que Niels dévisageait Fleur.

Niels s'abandonnait à la fantasmagorie d'une femme. Fleur était la personne la plus singulière qu'il eût jamais rencontrée : un grand tempérament qui se cachait, quelqu'un qui semblait désirer par-dessus tout n'avoir l'air de rien, une belle personnalité dissimulée derrière un petit personnage féminin. Vouloir s'effacer : n'était-ce pas un fait extravagant que celui-là ? Voilà ce qui troublait Niels tout occupé dans sa vie à se faire valoir, à se vanter.

La frivolité d'une femme peut être le meilleur camouflage qu'elle donne à sa puissance. Ou même précisément à l'inverse de la frivolité, à sa profondeur. Le meilleur parce que tout le monde y croit. C'était à ce jeu que jouait Fleur sans vraiment le savoir. Car elle-même ignorait ce dont elle était capable. De bonne foi, elle n'avait pas idée de sa volonté, de son endurance, de sa pugnacité :

commençant à peine sa vie d'adulte, et blessée d'une irrémédiable façon, elle n'avait pas découvert la femme qu'elle était. C'est un moment de la jeunesse que celui où l'on ne sait pas quelle promesse on porte en soi. Claude l'ignorait autant qu'elle, et s'il l'aimait, c'était qu'il croyait devoir la chérir et la protéger. Mais elle n'avait aucun besoin qu'on la protégeât. Il suffisait de faire attention : elle enfermait une énergie considérable et lorsqu'elle se passionnait, c'était un déchaînement qui n'avait plus rien à voir avec la jolie petite Fleur que Claude aimait. L'amour de ces deux-là reposait sur un malentendu, pensait Niels. Et s'ils avaient de la chance, la partie de ce soir le révélerait. S'ils avaient de la chance, qui ils ? Claude et Niels. Claude parce que lui serait épargné un mariage qui était une erreur d'appréciation. Niels, parce qu'il serait libre de s'approcher de Fleur. Elle est jolie ! pensa-t-il. Et il eut un sourire secret parce qu'il voyait bien qu'elle s'était vexée et qu'elle allait se trahir : montrer que la courtoisie était en elle un déguisement. Elle était bien plus que courtoise, pensait Niels : vivante, frémissante. Un fauve caché dans une chatte, un tigre dans un joli écureuil... Allait-elle griffer ? Elle était gravement fâchée de ce qu'on avait dit d'elle à propos de l'argent. Je sais tout cela ! Mais peu m'importe. Je n'ai pas envie de donner cette impression ! disait Fleur. Et Niels pensait qu'il n'avait envie de rien, que de lui faire l'amour. Il avait envie de lui prendre la main comme une jeune fille, de l'entraîner dans l'escalier, vers sa chambre de garçon. Il la coucherait sur le lit, il déboutonnerait les boutons de sa blouse, il prendrait tout ce temps qui dans l'amour emmène au paroxysme, et il la caresserait mise à nue et livrée à lui-même, il viendrait habiter cette maison de douceur, oui, car les femmes sont des foyers à elles seules, et les hommes des errants qui les cherchent, il se glisserait dans la promesse de volupté, puis il écouterait le chant de son plaisir féminin, jusqu'à sa résonance interminable dans son corps d'homme. Elle aimerait l'amour avec lui. C'était aussi ce défi qui était venu l'agiter : donner du plaisir à une femme qui n'en avait jamais eu.

Au lieu de cela pourtant il ferraillait avec Marina. Était-elle jalouse ? Elle avait peut-être idée de cette nouvelle convoitise ? Quand leurs regards se croisaient, Niels lisait en elle tant d'amertume et de colère. Leur histoire avait été une grave erreur, mais il pensait souvent qu'elle n'avait pas été une tricherie. Il avait été amoureux, et fou de cette présence blonde près de lui. L'aimantation inexplicable l'avait conduit vers elle. Il était capable de réaliser que c'était toujours en lui la même agitation du corps, le même ensorcellement des yeux, un appel irrépressible qui l'assignait à poursuivre une femme aperçue à travers le désir. Marina reconnaissait-elle cette fièvre qui, à l'instant, sous ses yeux, s'adressait à une autre ?

Pour Marina, Niels avait follement frémi, et regardé, et guetté, et attendu que se livre à lui cette amie de son frère avec ses nattes et son sourire de communiante épatée. Et à la fin, oui, il l'avait tenue dans ses bras. C'était ce qu'il se disait au-dedans quand éclatait son besoin de dominer Théo. Il lui avait ravi Marina. Il avait pris sa main blanche, l'avait emmenée dans sa chambre et dans son lit. La vulgarité du fait ne l'avait pas effleuré, ni l'hésitation romantique de la jeune fille. Il n'avait pas noté le regard triste qu'elle avait eu en passant devant la porte fermée de Théo (Théo n'est pas là, avait soufflé Niels, comme s'il avait su tout de même qu'il faisait le voleur), et elle avait continué de sourire quand il l'avait embrassée, c'était ce qu'elle voulait, et cela s'étirait sous son baiser, des lèvres douces et moelleuses comme la peau d'un dauphin. Son visage entre ses mains s'était froissé, il lui avait demandé de fermer les yeux, il avait entrepris très doucement de la déshabiller et de la caresser. De chastes caresses d'abord, puis toutes les tendresses de son désir précis, avide. À quinze ans, elle n'avait pas eu peur de lui. Elle avait donné son extrême jeunesse et son corps intouché. Il avait été le premier homme à l'entraîner dans l'impudeur et le désir. Et elle l'avait suivi, avec une sensualité spontanée, faisant de lui l'élu de sa convoitise, et le caressant comme si elle s'était sculpté un amant. Était-ce ce premier don qu'elle lui faisait payer aujourd'hui ? Et le regret de ne pouvoir jamais reprendre ce qu'elle avait donné ce jour-là ? Ou bien était-ce la rancune de sa rupture brutale en pleine risée de ses sentiments pour lui ? Car lorsque Marina avait fini de sculpter, la statuette s'était envolée... et l'artiste qu'elle avait été dans l'amour était tombée dans les larmes. Elle avait pleuré. Elle ne comprenait pas. Il n'y avait rien à comprendre, disait Niels. Pourquoi vouloir comprendre ? En amour, on se trouve envahi puis vacant, sans rien savoir ou maîtriser de ce mouvement. Il lui taisait qu'il était de ces hommes qui n'aiment que les commencements.

Marina était l'amie de cœur de Théo, sa confidente et sa meilleure compagne. De cette complicité, Niels avait été jaloux, comme il l'était de tout ce que tenait Théo dans l'existence. Alors il était venu saccager cette pureté dans une gestuelle de gros chat qui déchire une souris et se barbouille de sang. Il avait embrassé rageusement cette fille qui se laissait faire, et la bouche trempée qu'il ramenait de leurs étreintes était la bannière de cet amour voleur. Marina n'avait parlé à personne. Et Niels, sans se le communiquer à lui-même, avait été flatté (flatté plus que bouleversé ou touché) de devenir le secret d'une jeune femme perdue. Éperdue puis perdue, car il l'avait abandonnée. Il lui parlait à peine, il n'avait plus grand-chose à lui dire, c'était Théo qui avait conservé le lien. C'était Théo qui l'invitait encore à la maison. Et Marina venait, se tenait devant les fils et la mère, et personne ne lisait le passé sur son visage. Elle avait un fils. Niels était si nerveux à chacune de ces visites ! Cette fois encore il n'avait su s'empêcher de s'emporter à cause de l'enfant, mais l'enfant n'était qu'un prétexte, une raison choisie au hasard, pour faire sortir de lui la peur qu'elle parlât de lui. Lui qui avait dévoyé une fille mineure, la meilleure amie de son frère, et en cachette. Ah ! On est capable de telles choses. Et on ne se maîtrise pas. Comment fait-on pour être fier de soi ?

17

Qui avait dit que personne ne garde un secret ? C'était Claude. Il semblait vraiment tenir à cette idée que le monde bavarde. Ni Niels ni Marina n'avaient pu, par leur simple exemple, lui prouver qu'il se trompait un peu. Les secrets ne sauraient être utilisés pour démontrer qu'il existe des secrets. Niels et Marina s'étaient contentés de hocher la tête, ou peut-être même pas. Mais ils s'étaient regardés dans les yeux et ils avaient su l'un et l'autre (elle dans l'émotion, lui dans le désarroi) qu'ils avaient pactisé à jamais : ce qui a été ne peut pas être effacé. Marina avait caché leur liaison, et plus tard elle avait eu cet enfant, le lien existait et l'enfant dessinait. Plus tard elle avait connu d'autres amants et elle avait eu cet enfant, pensait Niels. Et elle n'avait pas davantage révélé un seul nom, un seul homme, un seul amour. Le nom du père n'avait jamais été prononcé. Ce silence-là était possible. Théo avait accompagné la naissance sans poser la moindre question. Niels ne s'était pas demandé si cet enfant était le sien. Marina avait fait de ce mutisme son nouveau charme, sa douceur de mère. Car elle avait aimé passionnément le nourrisson. Ne lui devait-elle pas, en plus de la joie sensuelle, sa liberté de fille ?

L'enfant de Niels et Marina n'était pas un hasard malchanceux, il était un désir, un envol, un cri de révolte, un ultime complot... Il y a dans l'adolescence des filles ce pouvoir fou de faire face à leur mère avec un enfant dans le ventre. Et de leur dire ainsi : Je suis comme toi, à la même place que toi, tu n'as plus ni droit ni ascendant sur moi. C'était exactement ce que Marina avait fait : en regardant sa mère dans les yeux, elle avait articulé cette phrase – j'attends un enfant ; et les mots avaient donné à ses lèvres un sourire insolent. Jamais elle n'avait entendu pareil cri de sa mère. Et la gifle qu'elle avait reçue avait brûlé sa joue jusqu'au soir. Mais c'était la gifle contre la vie qui s'enhardit, la gifle qui ne peut rien contre la vie.

Ensuite Marina avait porté l'enfant et le ventre, quittant le lycée, intimidée tout de même de vivre seule cette grossesse, cette grave rotondité, mais pressentant que devenir mère est pour une jeune femme le chemin qui l'éloigne de sa mère avant de la ramener plus tard vers elle, mais à égalité.

Quand le terme arriva, Marina dut se rendre à l'évidence : Niels était installé dans un déni péremptoire. Elle avait espéré que l'intuition de sa paternité viendrait un jour le brûler de bonheur. Il n'était sûrement pas prêt à être père, il délaissa son ancienne amie. Niels aimait commencer et savait finir. Leur histoire d'amour était bel et bien terminée et cet enfant ne pouvait en aucune manière dans son esprit en être la trace. Il n'y avait pas de trace, et il se voulait sans mémoire sensuelle. J'ai oublié le goût de tes baisers. Marina se souvenait de cette phrase lancée un jour comme on bouscule un corps par inattention.

Les parents de Marina, qui s'étaient déchirés tout le temps de la grossesse, entamaient une procédure de divorce et refusaient de parler à leur fille. On peut ne plus adresser un mot à sa propre fille, c'est possible. On peut ne plus la voir, ne demander aucune nouvelle, dans le temps où elle-même porte un enfant et va découvrir votre rôle, c'est un comportement que l'on peut adopter, qui existe. Tout existe, apprenait Marina, les gestes les plus inattendus, les réactions les plus inhumaines existent. Elle disait à l'arrondi de son ventre : tout existe. La future mère resta seule, elle n'en mourut pas, selon l'expression de son père, elle traversa sa disgrâce en trouvant le refuge d'un ami, Théo. Une mère pouvait donc abandonner son enfant, lui disait Marina. Il secouait la tête de droite à gauche, et cela disait : non, je n'y crois pas. Marina montrait à Théo son ventre que déformaient les coups de pied du bébé. Théo était le regard du père sur ce frémissement du corps de Marina. Marina, jugeait-il, était la plus courageuse personne du monde. Théo l'avait accompagnée à l'hôpital, juste en lui tenant la main, se faisant passer pour le père de l'enfant, apaisant et heureux. Quand la vie arrive, la vie a priorité, c'était ce qu'il pensait. Théo si sage et présent, elle l'aurait voulu pour elle et pour l'enfant. C'était lui dont elle avait toujours été amoureuse. Mais Théo était tombé amoureux d'Estelle et Marina avait senti une douleur aussi insupportable à porter que sa haine pour Niels. Il semble si inadmissible de passer ainsi à côté d'un homme qu'on aime… Comme elle avait pleuré alors ! Mais ensuite Estelle avait pris

Arthur dans son cœur. Pas un instant Marina n'oublierait cet accueil. De même qu'elle sentait autour d'elle les bras qu'un soir Nina avait serrés. Les autres parfois se trouvent bien placés sur le chemin de nos calvaires.

La vieille dame avait été une mère, murmurant pour Marina les mots de la force, ceux de l'intarissable foi des mères : On peut élever seule son enfant. Je l'ai fait et c'était de la joie. Nina avait donné son histoire à Marina. C'était après la guerre, j'avais perdu un mari et une fille. Je me sentais détruite, vieille, sans avenir. Je faisais l'amour comme une femme désespérée que seul le plaisir ranimait et qui s'en émerveillait. Bien sûr mon amant était fou de nous, sensuellement captif de mon désir. Je m'abandonnais à lui sans rien demander, et pour lui arracher finalement une deuxième fille. Moussia ! Il n'a pas pardonné cet accident, il a deviné que je l'avais voulu. Et ma chère belle Moussia est née et je ne regrette rien. Un père qui part, ça ne se regrette pas. Aucune parole n'avait fait autant de bien à Marina. Elle était souvent revenue dans cette maison où elle trouvait Théo et Nina. Niels l'évitait. Par chance son fils ne lui ressemblait pas beaucoup.

C'était seulement ce soir, au commencement de la partie, que Théo avait eu la révélation du lien qui attachait Marina à Niels. Tous deux se chamaillaient méchamment, leurs propos étaient pleins de sous-entendus, de références brusquement évidentes à une affaire de cœur ancienne par laquelle Marina – semblait-il – avait souffert. Marina et Niels avaient vécu une relation amoureuse ! Comment Théo ne l'avait-il pas vu ou imaginé avant, alors qu'aujourd'hui leur intimité empoisonnée lui mordait les yeux ? Je ne voulais pas voir, pensa Théo. Je me refusais à imaginer mon frère et ma meilleure amie amoureux l'un de l'autre. Il n'avait pas dit *amants* mais *amoureux*, le mot était plus flou, moins prosaïque, sentimental, puisque ce qu'il ne voulait pas imaginer était peut-être là, dans les caresses qu'il jugeait solennelles lui qui, par amour de l'amour, ne leur avait rien retiré de leur gravité. Il y eut cette question à propos des non-dits entre les personnes à cette table, et c'est à ce moment que Théo choisit de montrer qu'il avait compris. Et il reprit ce mot : amoureux. Mais Niels n'était ni doux ni romantique, il voulait que la vérité soit cette balafre, et il insista : Nous n'étions pas amoureux, nous étions amants. C'était la pire chose qu'il pouvait dire à son frère, la pire chose que l'on pouvait dire devant la femme que l'on doit aimer. Théo éprouvait une peine qu'il ne nommait pas. Il ne se comprenait pas.

Théo était blessé par la chorégraphie d'une histoire qui lui avait échappé dans le temps où elle se jouait : une romance secrète que Marina lui avait cachée, une légèreté de Niels qui n'était que dans le désir, ce malentendu donc entre deux êtres qu'il aimait, les gestes d'un garçon sur une fille si jeune (il préférait ne pas y penser), son air de vierge russe innocente et servile, qui se fait engrosser sans pousser un soupir… On voudrait par instant donner à un autre la colère et la force qu'il allume en vous par sa faiblesse.

18

Ce n'était plus une idée : la tension montait. « *Mentez-vous ?* a) *fréquemment, par plaisir,* b) *assez souvent, par nécessité,* c) *parfois, par omission,* d) *jamais, par honnêteté.* » « *D'après vous qui a eu le plus d'aventures sexuelles ?* » « *Selon vous quelle est ici la personne la plus capricieuse ?* » Les affrontements au sein du groupe enflaient. Chaque sous-entendu frappait le réel comme un sceau. Bientôt on en discernerait l'effigie et la devise. Le passé se dessinerait et les soubassements du présent. Et l'avenir s'en trouverait transformé.

Estelle fit un sourire et un signe de la main au petit garçon qui dessinait dans ce minuscule bureau adjacent qu'ils appelaient l'alcôve. Le fils de Marina était d'une sagesse et d'une tristesse exemplaires, pensait Estelle. Elle le pensait parce qu'elle avait la certitude qu'un enfant de quatre ans qui ne connaît pas son père ne peut pas être heureux. Un peu conventionnelle, très sage, et ne se fondant sur rien de précis ou de connu, elle ne pensait même pas à la gaieté qu'une naissance est capable d'installer dans une mère. Arthur leva les yeux de son dessin. Il avait la blondeur de Marina, la même texture épaisse des cheveux comme du crin, les mêmes pommettes hautes et larges. Estelle s'amusa à lui faire une grimace. Un chapelet de rires répondit à cet exercice, Marina jeta un regard sérieux à son fils, Niels fronça ses épais sourcils noirs et Arthur se cacha le visage dans les bras. Tu lui fais peur ! dit Estelle à son futur beau-frère. Je n'ai jamais su m'y prendre avec les enfants, dit Niels. Ils sentent que tu ne les aimes pas, dit Claude. Pourquoi ne les aimes-tu pas ? demanda Fleur, c'est vrai ça ? C'est affreux, dit Estelle, c'est comme les gens qui s'amusent à faire mal aux animaux. Théo eut un rire : Niels adore emmerder les animaux. Pourquoi dis-tu des choses comme ça ? Ce n'est pas vrai du tout ! dit Moussia. Théo s'amuse beaucoup à me faire passer pour un monstre, dit Niels. Ce n'était pas faux. Il y avait chez Théo une fascination pour le naturel brutal de son frère.

Comme elle aimera avoir un enfant à elle ! pensait Estelle. Un enfant de Théo, en elle, comme si l'amant qu'il était venait s'installer pour toujours, père et mari, à sa place dans le monde. Bien sûr elle serait une mère exigeante, mais pas une mère sévère et sèche comme l'avait été la sienne. Oh non ! Pour rien au monde elle ne voulait être pour ses propres enfants la mère qu'elle avait eue. La mère dépressive et figée qui n'avait jamais désiré enfanter et qui ne l'avait jamais acceptée. La mère en qui l'orgueil avait tenu lieu d'amour et dont la progéniture avait été l'objet obéissant. Et à cette idée, le sourire d'Estelle à Arthur s'agrandissait en rires. Je crois que tu plais beaucoup à Arthur comme ça, dit Marina.

Estelle plaît à tous les enfants ! dit Théo. Il dévisagea Estelle. Ses yeux amoureux inventoriaient les mille raisons d'un désir qui n'a pas de raison. C'était comme s'il faisait tomber ce visage dans son amour repu. Elle lui souriait. Pourquoi est-on ainsi heureux d'être avalé par des yeux ? pensait Estelle. Elle ne s'arrêtait plus de s'illuminer le visage avec son sourire. Pouvait-on tenir plus grand trésor que ce sourire ? pensait Théo. Elle sourira de cette manière à nos enfants. Nos enfants. À qui ressembleront nos enfants ? Les pensées ensoleillées d'avenir occupaient Théo. La tranquillité d'une épouse est ce qu'il y a de plus beau au monde, se disait-il. Il tenait la main d'Estelle avec émotion et volupté. J'ai le droit de toucher cette jeune fille. Cette idée simple suffisait à faire en lui advenir la joie. Cette joie autant que cette jeune fille faisaient ensemble un havre où s'apaiser. De tout son cœur il allait s'élancer avec elle, il avait dans le dos des milliers de petites ailes, il était réconcilié, enhardi, loyal et chevaleresque, bondissant dans la profusion de la vie en lui comme une sève, déambulant dans un futur imaginé, et qui est toujours un mirage sans discordance tant il est vrai que l'amour nous vole la moitié noire de notre regard.

Il l'avait demandée en mariage. C'était la meilleure chose qu'il eût faite dans sa vie, se disait-il. Trois mois plus tôt, avec son regard de lumière et sa voix de velours, murmurant plutôt que parlant, il avait dit des choses qui ne se disaient plus, et réclamé une main qui se donnait, comme faisaient autrefois les amants avant de se toucher, et ses yeux fixaient la bouche d'Estelle, repli de chair rosée qui semblait badin et enchanté. Estelle était florale, sertie dans sa jeunesse, et elle disait oui à tout ce qu'il demandait, prétendait, affirmait, ignorant que les oui du début sont comme une perturbation qui ne dure pas.

Estelle était une étrange jeune fille ! Ce mélange de jeunesse et de compétence, une autorité naturelle qu'elle avait étaient déconcertants. Elle avait parfois des paroles si inattendues ! Elle les lui soufflait à l'oreille, sincère, transparente, puis l'instant d'après désolée de l'être et se jugeant indélicate, et apeurée comme une enfant : J'ai si peur ! J'ai peur que tu cesses un jour de m'aimer. Pourquoi m'aimes-tu ? Tu ne le sais pas ! Moi aussi j'ignore pourquoi je t'ai choisi. Je n'ai pas accès à mes motifs. Je n'ai pas la clef pour ouvrir ou fermer la porte de l'amour en moi. J'ai peur de ne plus t'aimer. J'ai peur de ne pas savoir comment t'aimer. J'ai peur de ne pas susciter l'amour. Théo riait, car l'amour donne la force d'écouter les bêtises de l'amour.

Théo pouvait être fou pour deux, il croyait à l'éternité de son amour, et il répliquait : Regarde mes parents ! Quarante ans d'amour sans une ombre... Oui, disait Estelle, ta famille est en diamant. Elle avait ce beau sourire qu'il aimait, qu'il regardait croître dans son visage comme une fleur. Je suis jalouse de ta famille, disait Estelle. C'est la tienne désormais, disait Théo. Et tu vas porter mon nom pour toute ta vie, et tu mourras dans ce nom, dans mes bras ou dans le souvenir de moi, et nous serons alliés par ce nom, dans la vie et la pierre, et dans le cœur de nos enfants. Je ne suis pas un fou, je suis un sage, assagi par toi et par l'amour de toi. Viens.

Viens. Viens là. Ce jour-là, en plein cœur de l'après-midi, percevant les rires de Moussia qui, dans le jardin, parlait à sa mère assise au soleil une couverture sur les jambes, ils avaient fait l'amour avec ferveur. Se pliant l'un vers l'autre dans ce mouvement d'incrustation que conduit le désir, si proches alors qu'à seulement les entendre, se murmurant leurs prénoms au cœur de leurs soupirs, s'appelant toujours plus près pour réduire cette distance que creuse entre les amants l'arrivée du plaisir, nul n'aurait admis que cette étreinte ne fût pas éternelle et les sentiments avec elle. Mais les faits sont incisifs quand nous les voulons voluptueux : il y a une fin. Il y a tellement de fins à tout ! disait Estelle. Elle était alors au début, elle soufflait ce prénom Théo, Théo, elle s'accrochait à lui avant de s'envoler. Elle savourait le musc des commencements. As-tu déjà imaginé tes parents dans leurs étreintes ? avait une fois demandé Théo. Il pensait souvent à eux.

Regarde mes parents ! Il le répétait. Il avait prononcé cette phrase avec une telle foi ! Sa confiance était là. Il avait avancé sa preuve, et devant sa fiancée voilà que cette preuve, par les révélations d'un jeu, se trouvait réfutée. Voilà que sa mère racontait qu'elle n'avait pas été aimée, qu'elle aurait voulu prendre des amants pour consoler sa vie. Deux êtres s'étaient ainsi sacrifiés pour lui Théo, et pour son frère : un père qui n'était pas parti et une mère qui n'avait pas vécu. Comme il se sentait naïf à présent que Moussia avait détruit l'image glorieuse et insipide de ses parents amoureux. Il s'était longtemps offert cette image. L'enfant en lui venait de mourir. Le petit garçon qui allait éveiller sa mère endormie, dans le lit immense comme une plage vouée à l'amour, pensait-il. Leur amour ! Une tricherie, une simagrée... il n'en voulait pas à sa mère, elle avait espéré bien faire, d'ailleurs qui pouvait dire qu'elle s'était trompée ? Il fallait davantage incriminer la faiblesse de ce père. Être présent pour ses enfants et absent pour sa femme, est-ce que ce n'était pas un grand égoïsme ? Rester à mi-chemin d'une destruction ? Mais que faire quand on éprouve que l'amour en soi s'est perdu ?

Qui sait entrevoir l'avenir d'un couple à l'instant où il se forme ? Qui saurait dire si Fleur et Claude, Estelle et Théo, vivraient des alliances sereines, chantonnantes, complices, ou bien indigentes, inapaisées. Au temps des épousailles et des enchantements, dans la griserie du commencement, le doute et les questions se trouvent bannis de la pensée enamourée. C'est le premier amour perdu, quand il avait tant d'atouts pour s'épanouir, qui vous retire la foi, pensait Marina. Elle venait de mener Moussia à des aveux. Niels et Théo étaient en même temps estropiés et vigoureux. Voilà qu'ils rencontraient leur mère dans ses atours de femme blessée. Voilà qu'ils découvraient que la vie n'est pas un joli long ruban rose.

19

Claude Mauval ne soufflait mot. Il avait beaucoup parlé pour dire et soutenir qu'il ne mentait jamais, et se défendre, puisque les autres ne le croyaient pas. C'était amusant cette conjonction : dire qu'on ne ment jamais, être en train de mentir, ne pas être cru mais croire soi-même à ce qu'on dit ! Par honnêteté, je ne mens jamais, affirmait Claude Mauval. Et il avait argumenté. Niels pouffait, mais devant le visage outragé de la jolie Fleur il avait lâché sa prise : non il ne sacrifierait pas Claude sous les yeux de sa fiancée. De toute façon Claude avait prévu de ne jamais avouer quoi que ce fût. Après ces résolutions, il se sentait las. Il n'avait plus envie de jouer. Son mensonge l'avait sonné, comme un uppercut au dernier round. Ses yeux se promenaient désormais sur les murs du salon. Quel joli lieu avait créé Moussia ! Il y était sensible comme peu d'hommes le sont, et il attendait de Fleur qu'elle eût du goût, qu'elle fût pour lui une maison. Les objets lui parlaient de la vie qu'il voulait mener. Avoir de l'argent est une obligation, pensait-il. Avoir de l'argent change l'existence. Que Fleur fût d'une famille riche n'était pas étranger à son mariage avec elle. Bien sûr il allait s'employer à réussir par lui-même, mais elle était comme une gerbe de lys avant la représentation, un cadeau avant Noël. Il aurait préféré la perdre à se l'avouer, parce que l'on retrouve une femme plus facilement que l'estime de soi.

Claude Mauval avait juré qu'il ne mentait jamais. Il aurait été plus juste de dire qu'il savait croire à ses mensonges. Il était capable d'une reconfiguration mentale du réel pour le faire coller avec un mot qui manquait de vérité. Les mensonges n'étaient plus des mensonges. Il ne se mentait qu'à lui-même. Ainsi, par ce genre de stratagème, il était certain d'épouser Fleur par amour, alors qu'il faisait un mariage d'argent. Il croyait l'aimer sans avoir la moindre curiosité d'elle et sans lui confier rien de son monde à lui. Mais il lui avait offert une bague. Et il lui avait fait un mensonge.

Depuis qu'il avait prononcé cette phrase si singulière à inventer, *je suis orphelin*, il avait oublié ses parents. Il avait espéré par ce mensonge en trois mots – et profitant de la discrétion qu'impose le deuil – faire disparaître le vaste problème que constituait à ses yeux sa famille. L'origine modeste, le manque d'argent, les mesquineries qui s'ensuivaient, l'alcoolisme de la mère, surtout cette maladie de la mère (car c'était une maladie), la dégringolade entre ses parents, la déchéance des corps et du désir dans le whisky. Jamais il n'avait pu mettre un mot sur cela et ensuite, posément, prononcer ce mot devant une personne. Jamais. La honte de ses parents avait dévoré tout l'amour qu'il avait eu pour eux. La rage de quitter leur monde l'avait conduit à cette invraisemblable invention : j'ai perdu ma famille dans un accident de voiture. Désormais il n'avait tout simplement plus de parents. Il les avait effacés. Tout de même c'était le plus gros mensonge qu'il eût jamais fait, et depuis ce jour il avait essayé (étrange mais véridique) de ne plus mentir à Fleur. Comme s'il avait voulu, ayant déjà beaucoup péché, ne rien ajouter à sa liste. De là venait qu'il fût ainsi capable de prétendre ne jamais rien lui cacher. En somme, en ce jour, dans un présent amnésique, c'était vrai. C'était vrai d'abord parce qu'il le croyait. Et de la sorte, certain d'être transparent, il avouait à Fleur beaucoup de ces broutilles que les maris cachent à leurs épouses. Mais il tenait dans ses mains la bogue de l'avenir : que ferait Fleur si elle découvrait un jour la vérité ? Elle n'en connaîtrait rien, se répétait-il. D'ailleurs il nierait. Et pourquoi s'inquiéter ? Même dans une soirée comme celle-ci, pleine de révélations, son secret était resté enfoui. On ne découvre pas tout.

20

Non, les autres ne découvraient pas tout. Moussia le pensait ce soir chaque fois que, les yeux fixés sur un de ses fils, elle se passait la main sous le renflement du sein. La chair recouvre les secrets de la chair, et ceux de l'âme, et ceux de la vie (paroles dites en douce, actions cachées, ou oubliées). La chair était comme la pelouse du jardin sur la piscine et l'accident, et alentour de nous, les autres savaient ce que nous voulions bien leur dire. Et d'ailleurs ils n'écoutaient pas forcément ce que l'on espérait leur faire entendre. Ils préfèrent quelquefois ne pas savoir, pensa Moussia. Et puis il y a ces phrases qui restent au-dedans, paralysent les lèvres et se figent dans les mots imprononçables : votre grand-mère est morte, il est dans le coma, je vais quitter votre mère, vous avez un cancer, et votre sœur ceci et votre fils cela, etc. Nous allons au tombeau et nous sommes des tombes qui gardent ce secret, muets, inauthentiques, et aveugles. Tout l'échange humain peut devenir une illusion. On se ment même à soi-même. Est-ce que j'ai un cancer ? Non ! Il n'y en a jamais eu dans la famille. Oui ! J'ai subi une telle angoisse. Je me suis fait tellement de souci. Luc m'a mené une vie impossible. J'ai pleuré, j'ai espéré, j'ai attendu, j'ai nié... et j'ai enfermé ces mouvements intérieurs dans ma discrétion. Il me semble que ma vie s'est envolée dans cette obsession : réunir la famille. J'ai souvent imaginé que j'allais finir par tomber malade. Et ça n'est pas arrivé. Mais je n'ai pas profité de ma santé, et maintenant qu'elle vacille, je découvre la chance que j'avais. Avons-nous des mains et des yeux qui ne savent pas travailler ensemble : ne pas voir ce que l'on tient, voir ce que l'on perd ?

Le médecin avait dit : Je vais vous faire une ordonnance pour une mammographie et une échographie mammaire. Ne vous faites pas de souci. J'ai senti une petite boule à la palpation, ce n'est probablement qu'un kyste. Il faut aller voir ça de plus près, c'est tout. Il avait une voix veloutée et un sourire des yeux. Moussia avait l'impression qu'il éprouvait de la tendresse pour ses patientes. Alors comment va la vie ? demandait-il en s'asseyant, jetant un œil au dossier dans lequel il trouvait la date de la dernière consultation. Il écoutait la réponse, il semblait avoir tout son temps. Beaucoup de confidences avaient dû être faites dans ce cabinet. Moussia n'avait jamais dit un mot. Elle souriait à la question. Ça va très bien, disait-elle. Cet homme avait pourtant mis au monde Niels et Théo, il connaissait Luc, il avait accompagné le couple dans la jeunesse et la joie des deux naissances, il savait le courage de Moussia. Je vais vous examiner, disait-il quand la conversation se tarissait. Ses mains étaient des papillons, légères, ne pesant pas dans le geste, des mains qui effleurent, qui caressent. Moussia pouvait encore convoquer dans ses yeux l'image précise du geste coulé qu'il avait eu pour sortir Niels jusque dans le froid du monde, un geste rapide et doux, comme le mouvement parfait d'un serpent. Mais elle était de ces gens qui ne confient rien à personne et de ces femmes qui ont honte d'être abandonnées.

Il n'y avait pas tant de différence entre la fin d'un amour et celle de la vie : les deux faisaient mal, les deux ne se partageaient pas, les deux se trouvaient serrées dans le même silence de Moussia. Moussia ne disait pas. Elle avait fait face à la petite boule comme si elle n'avait aucune inquiétude. Et sur le chemin du retour, elle avait gémi de peur, mais sans témoin. Au volant de sa voiture, une suée froide l'avait trempée. Le jour de l'anniversaire de Théo ! pensait-elle. Puis : Y avait-il un bon jour pour ça ? ! Le défilé des pensées de l'angoisse s'était ébranlé, en farandole intérieure qui vient à bout de toutes vos forces. Et puis elle s'était affairée dans la cuisine. Quand les garçons étaient rentrés, elle les avait envoyés se changer, tout était prêt, la table mise et le repas au four. Et pas un signe de Luc... Aucun homme n'abat la tâche d'une femme travailleuse. Aucun homme n'atteint le degré de présence au monde d'une femme maternelle. Et la vie habite les femmes non pas parce qu'elles mettent au monde mais parce qu'elles accompagnent, heure par heure. Les femmes ne font pas relâche. Quand Marina, qui tenait la main de son petit garçon, était restée debout devant les vociférations de Niels, cette force des femmes s'était incarnée un instant sous les yeux de Moussia. Un élan de sympathie l'avait enveloppée. Elle avait fait sauter Arthur dans ses bras. Elle avait caressé l'épaule de Marina. Et elle avait regretté d'être une mère de garçons. Et elle ignorait alors qu'elle était aussi grand-mère d'un petit garçon.

21

Ils avaient joué à ouvrir la cage de leurs pensées. Ils avaient libéré leur parole, et les mots s'étaient échappés comme des oiseaux. Les mots avaient été lâchés, personne n'avait pu les rattraper, ils avaient atteint toutes les oreilles. Ils volaient encore (par exemple les mots : Paie-moi une baby-sitter et je laisserai ton fils à la maison !). Leurs ailes caressaient le réel qu'ils avaient transformé : une porte avait claqué juste après l'écho d'un sanglot. C'était Marina, sa blondeur dévastée par cet aveu (les mots : ton fils !), son avenir suspendu à Niels, allait-il entendre ce qu'elle lui disait ? Une impression d'apocalypse avait envahi l'esprit de Moussia (les mots : Je suis bouleversée). L'appel suppliant d'un enfant traversait la maison (les mots : Maman ! Maman !). Deux amoureux se donnaient la main. Une jeune femme regrettait d'avoir montré sa blessure. Un fils se découvrait père (les mots : La vie va changer !), une mère en était fière, une jeune femme en était soulagée. L'enfant qui pleurait s'endormait.

Par les portes-fenêtres, la lumière des lampes se jetait dehors comme sur l'ombre un enchantement d'or. C'était le plein cœur d'une nuit de printemps, et ils parlaient de ce qu'ils s'étaient dit auparavant. On peut ainsi converser en boucle, ou en pyramide, amonceler les mots sur les mots, empiler les phrases parlant des phrases, parler de ce qui a été dit. Et tous ils se levaient, se rasseyaient, commentaient, essayaient de comprendre, se rassuraient ensemble, s'appliquaient à conclure, cherchaient leurs mots, toujours voués à la parole, voués à l'autre. Ils avaient cru ne faire que jouer, mais c'était dans la vie qu'ils avaient inscrit une soirée : la réalité ne s'interrompt pas, la vie s'élabore en continu, tout ce qui est dit aura été dit. La mémoire est une veille. Leurs mots pesaient déjà, aussitôt incrustés dans leur matière personnelle, futurs fossiles de conversation. Tout de même la rivière de leur langage se tarit. Moi aussi je vais rentrer, disait Marina. Non restez ! dit Moussia. Vous êtes chez vous dans cette maison.

Alors enfin, au début du profond de la nuit, dans le sillage de la fête, le silence se posa. L'imbroglio des paroles s'interrompit. Leur essaim papillonnant retomba, comme la neige artificielle des jouets d'enfant que l'on retourne puis regarde revenir à l'immobilité. Où était passé tout ce qu'ils s'étaient dit ? Et les sentiments qui avaient enflé, qu'en advenait-il ? Le silence semblait un démenti : mais non, rien ne s'était passé. Il ne tenait qu'à eux d'effacer les griffures des mots. On peut ainsi biffer une idée par un soupir, tout noyer dans le mutisme, et reprendre sa pause après la fréquentation prolongée des autres qui ont des avis. Qu'est-ce qui est le plus juste ? Tenir compte des commentaires, évoluer sous leur impulsion ? Ou faire comme si rien n'avait été dit, oublier et rester figé ? Se croire épargné d'écouter les commentaires, Claude Mauval pensait que c'était la seule chose à faire, nier. D'ailleurs il ne le pensait pas, il le faisait. Il était sûr de lui, il ne croyait pas à la boursouflure des mots : parler c'est exagérer, parler c'est souvent créer. On se parle dans tous les sens, on s'emporte, on va trop loin, on ne sait plus ce qu'on dit, qui sait si l'on ne s'amuse avec les mots, on élabore des désarrois qui ne sont pas réels, pas aussi grands que les mots le font dire. Alors celui qui entend ces jeux du langage, cette fantasmagorie de la parole, a le droit de négliger ces fauves lâchés sur lui par des gens qui savent si peu de lui, et qui sont dans l'erreur, sauvages et faux comme le verbe des hommes. Qui peut croire que les mots servent la vérité ? Qui sait ce qu'ils transforment vraiment en nous ? Quel est ce pouvoir qu'on leur prête ? On est toujours rendu à soi-même, pensait Claude Mauval. On ne retourne jamais que là, au cœur de soi, dans un face-à-face inépuisable. On pourrait croire que rien n'est changé par le volettement d'un mot. On peut s'apercevoir que rien ne change aussi facilement. Rien ne s'améliore : on ne souffre pas tellement moins, pas tellement plus, parce que des paroles ont été dites. Tout ce vent pour si peu ! Ces soirées ne riment à rien et ne sont que du temps perdu. Claude Mauval préférait les tête-à-tête, les rencontres face à face, l'émotion secrète d'un visage qui s'exprime pour vous seul, pas les bavardages, ni les virevoltes avides

des mondains. Que pensait Fleur à cet instant ? Elle n'était pas heureuse. Il pouvait le lire sur la pente de sa bouche et ses mains dans ses poches. Elle avait été froissée par ce que l'on disait d'elle. Elle ne parvenait pas à l'oublier. Fleur n'effaçait jamais un mot, elle entrait dans le ressassement, elle avait déposé la parole des autres sur un piédestal en même temps qu'elle enfermait la sienne dans une cave. Elle croyait que l'on n'oublie rien, que ce qui nous échappe n'a pas vraiment disparu, se trouve descendu au fond de nous, installé dans des régions inaccessibles. Elle croyait que les mots dits autant que les mots tus filent l'écheveau de notre élan. Je suis le seul à ne pas réagir, se disait Claude Mauval.

Les mots avaient agité la vie, comme les cristaux colorés du kaléidoscope : Marina et Niels contemplaient leur fils endormi. Estelle et Théo se tenaient la main devant le feu. Sur le départ, Fleur et Claude s'observaient, se défiaient. Montée se coucher après avoir invité Marina à rester dormir avec son fils, Moussia regardait son époux, allongée à côté de lui sans oser le toucher, se sentant une gisante dans le lit conjugal, une vestale intouchée et vieillie, et ressentant le trajet de chaque larme qui traversait sa tempe, le bord de son oreille, la masse des cheveux, pour aller mouiller le tissu de l'oreiller. Pleurer seule est une des voluptés les plus tristes. Et Nina, capturée dans l'ultime fracture de son temps, reposait sur son lit, dans la dernière robe qu'elle s'était choisie, dans sa chambre bleue et sa manière de vie, le visage clos sur un assentiment à tout ce qui fut.

Nous aurions dû inviter Nina à jouer, dit Théo à Estelle. Son humour russe et décalé de vieille dame indigne aurait tout changé. Et peut-être serait-elle encore avec nous à cette heure... Il ne faut rien regretter, dit Estelle.

TABLE

8937

Composition
NORD COMPO

Achevé d'imprimer en Espagne
par ROSES
le 16 mars 2009.

Dépôt légal mars 2009.
EAN 9782290006566

ÉDITIONS J'AI LU
87, quai Panhard-et-Levassor, 75013 Paris

Diffusion France et étranger : Flammarion